Hortense Ullrich

ATMEN SIE NORMAL WEITER

Hortense Ullrich

ATMEN SIE NORMAL WEITER

Roman

Wunderlich

1. Auflage Februar 2015
Originalausgabe

Redaktion Silke Kramer

Satz aus der Dolly PostScript (InDesign)
bei Pinkuin Satz und Datentechnik, Berlin
Druck und Bindung CPI books GmbH, Leck, Germany
ISBN 978 3 8052 5070 2

TEIL I

VENEZUELA

1. KAPITEL

«Alexa Langendorf.»

Lexi nannte nun schon zum dritten Mal ihren Namen, aber Rosita, das Mädchen hinter der Empfangstheke der gynäkologischen Praxis in der Avenida Rio Manapire in Caracas, nickte ihr nur freundlich zu und blätterte weiter in irgendwelchen Unterlagen. Parallel dazu führte sie ein Telefonat und tippte eine Nachricht in ihr Handy. Zwischendurch lächelte sie Lexi entschuldigend zu.

Lexi wollte nur ein paar Akten abholen, aber offenbar war das Ablagesystem in der Praxis nicht alphabetisch angelegt. Sie seufzte. Sie hatte sich im Lauf der Jahre an vieles gewöhnt. Sie mochte die freundliche, lebhafte und unbeschwerte Art der Südamerikaner, aber ihre deutschen Wurzeln konnte sie nicht verleugnen. Besonders wenn es um Pünktlichkeit und Organisation ging. Möglicherweise lag es auch an ihrem Alter; mit sechzig war sie vielleicht nicht mehr so chaosresistent.

Die Atmosphäre in der Praxis unterschied sich kaum von der in einem Straßencafé. Während weitere Frauen die Praxis betraten und direkt miteinander palaverten, liefen ihre Kinder umher, spielten und plapperten ebenfalls ununterbrochen. Lexis Spanisch war fließend, sie konnte mithalten, aber ihr Temperament war nach wie vor sehr deutsch.

Ob sie diesen Trubel und das bunte Leben vermissen würde, wenn sie wieder in Deutschland lebte? Das war heute ihr letzter Besuch in der Praxis von Dr. Ramirez, denn sie würde das Land verlassen. Vor zwanzig Jahren war sie mit ihrem Mann von Deutschland nach Südamerika gezogen. Erste Station: São Paulo. Im Laufe der Jahre ging es weiter, im Uhrzeigersinn einmal um die südamerikanische Küste: Montevideo, Buenos Aires, Santiago, Lima. Dann nach Ecuador, dort lebten sie in Guayaquil, von dort zogen sie in die kolumbianische Hafenstadt Cartagena. Inzwischen wohnten sie in Caracas.

Vor ein paar Wochen hatte ihr Mann sie mit der Mitteilung überrascht: «Lexi, ich werde mich aus dem aktiven Berufsleben zurückziehen. Wir gehen nach Deutschland zurück.» Lexi – das «I» hatte sich seit ihrer Teenagerzeit hartnäckig gehalten, und jeder ihrer Versuche, ihren Namen in Lexa umzuwandeln, als sie die fünfzig überschritten hatte, war gescheitert – war etwas irritiert, denn das kam für sie sehr unvermittelt. Und er hatte auch bereits eine Wohnung in Deutschland gekauft. Aber nachdem Lexi sich an den Gedanken gewöhnt hatte, freute sie sich auf den Umzug. Nicht auf den Umzug an sich, aber darauf, wieder in Deutschland zu leben. Und vor allem darauf, dass Karsten nicht mehr arbeiten würde, sie endlich sesshaft werden würden und nun gemeinsam ihr Leben genießen konnten.

Lexi versuchte erneut, die Aufmerksamkeit des Mädchens am Empfang zu bekommen. «Ich setze mich in den Wartebereich. Sagen Sie Bescheid, wenn Sie meine Unterlagen gefunden haben.» Sicherheitshalber nannte sie noch einmal ihren Namen: «Alexa Langendorf.»

«¡No hay problema!»

«Von wegen: Kein Problem», dachte Lexi, nickte jedoch geduldig und nahm Platz. In Sicht- und Hörweite des Empfangs, damit sie Rosita jederzeit wieder ihren Namen zurufen könnte, falls es notwendig sein sollte.

Während sie in einer Zeitschrift blätterte, bekam sie am Rande mit, wie ein Paar aus einem der Behandlungszimmer kam und zum Empfang ging.

Lexi hörte, wie die Patientin sagte: «Dr. Ramirez meinte, Sie geben mir noch eine Liste mit Präparaten, die ich während der Schwangerschaft nehmen soll.»

Munter spulte Rosita den Text ab: «Hier ist eine Broschüre mit Verhaltensregeln und Empfehlungen. Folsäure ist sehr wichtig, und es gibt spezielle Vitaminpräparate für Schwangere. Alles Gute und herzlichen Glückwunsch.»

«Vielen Dank», sagte der Herr. «Wir freuen uns sehr auf das Kind. Es ist unser erstes.»

Beim Klang seiner Stimme durchfuhr Lexi ein heißer Schreck. Er klang wie ... Nein, Unsinn. Dennoch sah sie auf und blickte zum Tresen. Das Paar verabschiedete sich und verließ die Praxis.

Lexi war wie paralysiert: Der glückliche werdende Vater sah aus wie Karsten. Ihr Ehemann!

«Señora Langendorf», tönte es in den Wartebereich.

Lexi reagierte nicht. Die Stimme wurde lauter, schließlich trat Rosita hinter der Empfangstheke hervor und kam auf sie zu: «Hola! Señora Langendorf!»

Lexi stand mechanisch auf, in ihrem Kopf rauschte und brummte es. Sie konnte keinen klaren Gedanken fassen.

Rosita streckte ihr stolz einen Papierstapel entgegen. «Ich hab endlich Ihre Unterlagen gefunden!»

Lexi griff danach und murmelte geistesabwesend: «Vielen Dank.»

«¡Buena suerte!», rief ihr Rosita hinterher, als sie mit schweren Schritten die Praxis verließ.

Viel Glück? Glück? Das hatte sich gerade aus ihrem Leben verabschiedet.

Lexi versuchte, etwas zu fühlen. Irgendetwas. Nichts. Sie spürte nichts. Ihr ganzer Körper fühlte sich taub an. Und sie konnte nicht denken. Sie war nicht mal in der Lage, bis zwei zu zählen oder einen Gedanken, der ihr durch den Kopf huschte, festzuhalten.

Sie bewegte sich wie in Trance und schien keinen Einfluss darauf zu haben, wohin sie ging. Als sie an einer kleinen Grünfläche vorbeikam, meldete sich ihr Kreislauf. Ihr wurde übel. Oh, gut, sie lebte noch. Sie setzte sich auf eine Bank. Das flaue Gefühl ließ langsam nach. Und ihr Gehirn begann wieder zu arbeiten, sie erlangte die Kontrolle über ihre Gedanken zurück. Was ihr jedoch fehlte, war ein Gefühl. Irgendeins. Wut, Trauer, Schmerz, Verzweiflung, Hass. Nichts. Sie war zu keinerlei Gefühlsregung fähig. Nun gut, eins nach dem anderen. Erst mal war Lexi froh, dass sie wieder denken konnte.

Hätte sie ihren Mann ansprechen sollen? Er hatte sie nicht gesehen. Er wusste nicht, dass sie wusste ... Ein wenig war es ihr sogar unangenehm, dass sie einen so intimen Moment im Leben ihres Mannes mitbekommen hatte. Sie fühlte sich wie der Lauscher an der Wand. Vielleicht hatte sie sich ja auch geirrt? Aber wie wahrscheinlich ist es, den eigenen Ehemann, mit dem man seit fünfunddreißig Jahren verheiratet ist, nicht zu erkennen? Bei einem geschätzten Abstand von zehn Metern? Unwahrscheinlich. Sehr unwahrscheinlich.

Seine Worte echoten durch ihren Kopf: «Wir freuen uns sehr auf das Kind. Es ist unser erstes.» Ihr wurde wieder übel. Er *freute* sich auf ein Kind? Wie konnte das denn passieren? Er mochte keine Kinder. Keine fremden, keine eigenen. Auf Wunsch ihres Mannes war ihre Ehe kinderlos geblieben. «Zu viel Verantwortung, das bringt mein Leben durcheinander.» Ihr Kinderwunsch war nie stark genug ausgeprägt gewesen, um sich gegen Karsten durchzusetzen. Und nun wollte er mit dreiundsechzig Vater werden?

Und was war das mit dem Satz «Es ist unser erstes»?

Deutete das auf eine gemeinsame Zukunft hin? Sind noch mehr geplant?

Dann durchzuckte sie eine weitere Erkenntnis, die sie empörte. «Er hat eine Affäre!»

Die Gefühle waren zurückgekehrt! Und nun wusste sie nicht, in welcher Reihenfolge sie sich aufregen sollte beziehungsweise, was schmerzhafter war: das Kind oder die andere Frau?

Das Sirren in ihren Ohren wurde lauter. Ihr Kreislauf sackte ab. «Stabile Seitenlage», fiel ihr ein. Sie musste sich hinlegen. Ihr Atem wurde hektischer. Lexi bekam Panik.

Ein Mädchen im Teenageralter blieb neben ihr stehen. Sie aß ein Tequeño, eine frittierte Käsestange. «Alles okay?», erkundigte sie sich kauend.

Lexi reagierte nicht, sie war damit beschäftigt, nicht zu sterben.

Das Mädchen betrachtete Lexi kritisch: «Sie hyperventilieren.»

Lexi stöhnte auf.

«Kenn ich, hab ich auch manchmal», sagte das Mädchen, zog das letzte Tequeño aus der Papiertüte und reichte sie Lexi. «Atmen Sie in die Tüte.»

Lexi tat es gehorsam. Zuerst kamen ein paar Krümel und dann der Kassenzettel. Sie hustete, nahm die Tüte von Mund und Nase, spuckte den Kassenzettel aus und schüttelte die Krümel aus der Tüte.

«Ups!» Die junge Samariterin kicherte entschuldigend.

Lexi atmete ein paar Minuten in die Tüte. Dann normalisierte sich ihre Atmung wieder. «Danke», murmelte sie und gab dem Mädchen die Tüte zurück.

«Besser?»

«Ja.»

«Kann ich noch etwas für Sie tun?»

«Nein. Das war wirklich sehr lieb von dir.»

«Kein Thema», winkte das Mädchen ab. «Ich muss jetzt gehen. Bleiben Sie noch einen Moment liegen. Und atmen Sie normal weiter.»

2. KAPITEL

Nach einer Weile setzte sich Lexi wieder auf. Es ging ihr besser. Vor allem deshalb, weil ihr eingefallen war, dass es gar nicht Karsten gewesen sein konnte, den sie da eben in der Praxis gesehen hatte, denn ihr Mann war ja seit zwei Tagen in La Guaira und würde erst heute Abend wiederkommen. Karsten war überhaupt nicht in der Stadt! Wäre ihr das mal gleich in dem Moment eingefallen, als sie Karstens Doppelgänger gesehen hatte. Meine Güte, wie konnte sie nur so hysterisch reagieren?

Tatsächlich huschte nun ein kurzes Lächeln über ihr Gesicht. Karsten würde sich königlich amüsieren, wenn sie ihm heute Abend die Geschichte erzählte.

Heute Abend! Sie musste ja noch einkaufen. Karsten hatte sich ein deutsches Abendessen gewünscht. Er wollte sich langsam auf Deutschland einstimmen.

Lexis Ehemann hatte sich vor vielen Jahren in Südamerika selbständig gemacht. Dafür war keine Investition nötig gewesen, er brauchte lediglich ein Telefon, einen PC und ein Bankkonto. Karsten war der geheime Joker für Logistikunternehmen, die bei der Lösung von Einfuhrproblemen Hilfe brauchten. Ihn zu engagieren, war die beste Garantie für eine reibungslose Freistellung der Container und die Abwicklung der Zollmodalitäten. Karsten bot seine Dienste als «Agent» an, seine Telefonnummer wurde mit den Worten «Wir haben da einen Mann vor Ort» dezent weitergereicht.

«Unser Mann in Havanna», spottete Lexi gelegentlich. Es war das einzige Buch Graham Greenes, das ihr gefiel. Aber nach Havanna kamen sie nie. Karsten folgte der Auftragslage. Und so zogen sie alle paar Jahre um.

Bevor er sich selbständig machte, hatte er in Deutschland als Speditionskaufmann bei einer Logistikfirma im Bereich Seefracht gearbeitet. Sein Kundenkreis bestand aus Firmen, die ihre Waren nach Südamerika exportierten. Karsten war für die Organisation und Abwicklung zuständig. Alles lief gut. Doch nach einiger Zeit dauerte die Abfertigung im brasilianischen Hafen Santos auf einmal ungewöhnlich lange. Die Freigabe der Container zog sich hin. Die Zollabwicklung stockte. Von Frachter zu Frachter dauerte es länger, bis die Ladung gelöscht war und die Container für den Weitertransport verladen werden konnten. Zu lange. Ausgerechnet im größten Hafen Südamerikas gab es Probleme. Das war nicht gut. Karstens Firma fürchtete, Kunden zu verlieren, wenn es nicht gelingen würde, diesen Prozess zu beschleunigen. Karsten flog nach Santos, um herauszufinden, woran es lag.

Der Despachante, ein staatlich geprüfter Zollagent, der sich im Auftrag des dortigen Spediteurs um die Abwicklung vor Ort kümmerte, seufzte, hob hilflos beide Arme in die Höhe und jammerte: «Die Behörden! Die Bürokratie! Vorschriften, Vorschriften, Vorschriften. Alles sehr kompliziert.»

Karsten wollte es konkreter wissen.

Der Despachante erklärte es ihm: zu hohes Containeraufkommen, zu wenig Fachkräfte. Hatte er die vorgeschriebene Mannschaft endlich zusammen, zog sich das Löschen der Ladung weiter in die Länge, da die meisten Arbeiter gar nicht wussten, was sie tun mussten. Anschließend tagelanges Anstehen für die erforderlichen Papiere – das verkürzte den Prozess auch nicht. Und weitere wertvolle Zeit ging verloren, da das Receita Federal, das Finanzamt, das auch für die Zollkontrolle verantwortlich war, am Wochenende nicht arbeitete.

Der Despachante zuckte die Schultern. «Was soll ich tun?»

An der Art und Weise, wie der Despachante dies sagte, erkannte Karsten, dass es keine Resignation war. Es bedeutete vielmehr: «Lass dir was einfallen. Ich bin offen für Vorschläge.»

Karsten horchte auf. Es lag also an mangelnder Motivation der beteiligten Parteien. Mangelnde Motivation kann monetär behoben werden. Er lud den Despachante auf ein paar Caipirinhas ein. Und am Ende des Abends besiegelten sie ihre Zusammenarbeit.

Karsten blieb ein paar Wochen vor Ort. Kam eins seiner Containerschiffe an, machte er sich mit einem gutgefüllten Umschlag auf den Weg zum Despachante, der wiederum ging mit diesem – inzwischen etwas weniger gefüllten Umschlag – zu diversen weiteren, am Prozess beteiligten Personen, und dann lief die Abwicklung wie am Schnürchen. Alles ging äußerst schnell und problemlos vonstatten. Santos war zwar teurer als die Alternativhäfen in Montevideo oder Buenos Aires, aber da die ankommenden Container nun schnellstens abgefertigt wurden, verringerte sich ihre Wartezeit auf die Verladung, was wiederum zu erheblich niedrigeren Hafenkosten führte. Die Rechnung ging auf.

Karsten gefiel der Aufenthalt in Brasilien, er konnte seine Firma davon überzeugen, dass nur mit ihm vor Ort der Despachante bei Laune gehalten werden konnte. Er zog mit Lexi nach São Paulo, knapp achtzig Kilometer von Santos entfernt. Eine äußerst lukrative Entscheidung, denn zu seinem Gehalt kamen schon bald nicht unerhebliche Nebeneinnahmen hinzu. Der Despachante hatte ihn darauf gebracht. Dieser nahm eines Tages aus dem prallgefüllten Umschlag ein paar Scheine heraus und drückte sie Karsten in die Hand; seine Art, sich für die gute Zusammenarbeit zu bedanken. Diese Geste gefiel Karsten; die Idee sogar noch besser. Er kalkulierte von nun an seinen Anteil mit ein, nahm ihn vor der Übergabe des Umschlags heraus, nahm anschließend den «Dank» des Despachante entgegen und wurde so zum Doppelverdiener. Dreifachverdiener genau genommen, denn er bezog ja auch noch sein Gehalt. Schon bald überstieg sein Nebeneinkommen sein monatliches Salär.

Doch dann führte Missmanagement in seiner Firma dazu, dass die Aufträge spärlicher wurden. Die finanziellen Einbußen bei seinen Nebeneinnahmen schmerzten Karsten sehr. Die Erkenntnis, dass andere Logistikunternehmen die gleichen Probleme hatten, und die Tatsache, dass die speziellen Gepflogenheiten in Santos kein Einzelfall waren, sondern durchaus System hatten im südamerikanischen Raum, brachte ihn auf die Idee, sich selbständig zu machen. Karsten hatte vor Ort immer schnell «seine Leute» gefunden, die dank des inzwischen legendären Umschlages dafür sorgten, dass die Container von

Karstens Auftraggebern schnell und problemlos abgefertigt wurden. Karsten erledigte das sehr diskret. Zu seinem Konzept gehörte, selbst, so gut es ging, unsichtbar zu bleiben. Gelegentlich waren Wohnortwechsel nötig, die sich stets als gute Entscheidung herausstellten, da dies seinen Kundenkreis erweiterte und sein Einkommen erhöhte.

Als Lexi sich wieder gefangen hatte und von der Bank aufstand, klingelte ihr Telefon. Karsten.

«Gutes Timing», rief sie fröhlich in ihr Handy. «Ich will gerade für unser Abendessen einkaufen; hast du spezielle Wünsche?»

«Ja. Nein. Also, das ist dann ja wirklich gutes Timing, ich wollte dir nämlich sagen, dass ich erst morgen komme. Gut, dass du noch nicht eingekauft hast, mi vida.»

«Morgen erst?», echote Lexi etwas verloren. Und die hässliche Schlange des Zweifels kroch wieder unter ihrem Stein hervor. «Wieso?»

«Arbeit. Es gibt eine Verzögerung bei den Containern mit den Maschinen für die Ölförderung. Sie hängen noch im Zoll fest.»

«Oh.» Konnte doch sein, oder? Natürlich! Was hatte sie nur für zweiflerische Gedanken?! «Okay, schade. Also dann morgen?»

«Ja, bis morgen Abend. Te amo!»

«Ja», sagte Lexi nur. Und als sie sich entschlossen hatte, ihm ebenfalls ein «Ich liebe dich» zuzurufen, hatte er bereits aufgelegt.

Lexi setzte sich wieder. Das war jetzt irgendwie ungeschickt. Hatte es etwas zu bedeuten? Es wäre besser gewesen, er wäre, wie ausgemacht, heute Abend zurückgekommen.

Es verunsicherte sie. War es wirklich seine Arbeit, die ihn dort festhielt? Er war doch in La Guaira? Er hatte sie eben von dort aus angerufen. Dann konnte sie ihn nicht hier in Caracas gesehen haben. Obwohl – die Hafenstadt war nur dreißig Kilometer entfernt. Und? Was sollten all die Überlegungen?

Diese vermeintliche Begegnung in der Arztpraxis hatte sie völlig aus dem Konzept gebracht. Und nun turnten alle möglichen bösen Gedanken wie wilde Affen in ihrem Kopf herum. Sie musste unbedingt damit aufhören. Er konnte es nicht gewesen sein! Aber es hatte sich so real angefühlt, ihn dort zu sehen.

Schluss jetzt!

Ihr Mann war in La Guaira und musste aus geschäftlichen Gründen noch einen weiteren Tag dort verbringen. Das war alles. So etwas kam oft vor, es war nicht ungewöhnlich. Das brachte sein Job mit sich.

3. KAPITEL

Lexi hatte doch direkt eingekauft. Auch wenn das gemeinsame Essen mit Karsten erst morgen stattfinden würde. Sie hatte sich für Kohlrouladen entschieden. Während sie die Einkäufe verstaute, schossen ihr wieder die Bilder aus der Praxis durch den Kopf. Nein, nicht mehr daran denken, war doch alles geklärt. Falscher Alarm.

Doch sie fand keine Ruhe. Sie musste sich ablenken. Sie könnte etwas Ordnung schaffen. Die Dinge, die nicht mit umziehen sollten, aussortieren. Vielleicht fing sie bei Karstens Anzügen an. Vielleicht mussten ja einige noch zur Reinigung gebracht werden. Und bevor man Anzüge zur Reinigung gibt, leert man natürlich die Jackentaschen. Ja, das würde sie tun.

Nachdem sie, mit zunehmender Unruhe und ohne nennenswerte Ergebnisse, alle Taschen seiner Anzüge durchsucht hatte, kam sie nicht umhin, sich einzugestehen, dass sie ihrem Mann misstraute und auf der Suche nach Indizien für außereheliche Abenteuer war. O Gott! Sie benahm sich jämmerlich! Nein. Auf das Niveau würde sie nicht sinken.

Sie hielt inne, ging in die Küche, schenkte sich einen argentinischen Luigi Bosca ein und setzte sich ins Wohnzimmer. Doch auch der Rotwein brachte nicht die erhoffte Entspannung. Im Gegenteil, er senkte ihre Hemmungen derart herab, dass sie wieder aufstand und erst zögernd, dann immer zielstrebiger zunächst Karstens Schreibtischschubladen, seine Ordner und dann seinen PC durchsuchte.

Es war kurz nach Mitternacht, als sie ihre Arbeit abgeschlossen hatte und auf die Fakten ihres gemeinsamen Lebens mit ihrem Ehemann blickte. Sie hatte auf dem großen Esstisch alle relevanten Beweise ausgelegt. Akribisch, systematisch, in zeitlicher Reihenfolge. Kopien von E-Mails, Ausdrucke der geführten Telefonate, Hotelrechnungen, Restaurantquittungen. Es war, als habe sie gerade ihr Leben gepuzzelt, und das Bild, das sich ergab, war nicht das, das sie stets im Kopf gehabt hatte. Es war ein völlig anderes Leben.

Die stundenlange Detektivarbeit hatte sie gleichmütig werden lassen. Eine innere Ruhe war eingekehrt. Sie war nicht schockiert, sondern verblüfft. Es hatte etwas Irreales, so als ob es sie gar nicht betraf.

Sie öffnete die zweite Flasche Luigi Bosca. Erstaunlich, dass sie nicht betrunken war, aber die neugewonnenen Erkenntnisse hatten sie ziemlich ernüchtert.

Sie blickte auf das Etikett der Flasche und fragte: «Luigi, was tun wir jetzt?» Luigi antwortete nicht. Sie setzte das Gespräch dennoch fort. «Mein Mann ist ein Betrüger.»

Das Bild, das sich abzeichnete, war kein schönes.

Karsten hatte offensichtlich in jeder Stadt, in der sie gelebt hatten, Verhältnisse gehabt. Und wenn sie die Indizien richtig interpretierte, war der Grund, weshalb sie immer wieder umzogen, nicht geschäftlich bedingt, sondern privat: zu viele Affären in derselben Stadt; das gab Ärger. Vor allem – wie dämlich kann man sein! – waren seine Geliebten oft die Ehefrauen seiner Kontaktleute. Das ging aus den Hassmails und Drohmails hervor, die ihm seine Geschäftspartner geschickt hatten. Wenn sie ein Land verließen, war es also weniger ein Umzug als vielmehr eine Flucht gewesen.

Wieso hatte er all das Zeug überhaupt aufgehoben? Hatte er vor, seine Memoiren zu schreiben?

Lexi seufzte und sagte zu Luigi: «Mein Mann ist ein dämlicher Hund! Nein, warte, ich mag Hunde. Sagen wir Ochse. Nein, jedes Tier ist noch zu gut für ihn. Sagen wir ... Wurm. Auch ein Tier. Ich hab's: Er ist das Exkrement eines Wurms. Hach, besser noch: die Bazille auf dem Exkrement eines Wurms.»

Luigi widersprach ihr nicht.

Sie seufzte. Sie konnte also aufhören, sich einzureden, es wäre nicht Karsten gewesen, den sie mit der schwangeren Frau gesehen hatte. Es war Karsten! Mit einer anderen Frau!

Was tut man, wenn man herausfindet, dass der eigene Ehemann einen betrügt?

Natürlich wusste Lexi, was man tut. Es gab ein ungeschriebenes Gesetz, dass man seinen Mann in einem solchen Fall verlässt. Aber tut man das auch noch in ihrem Alter? Ändert das Alter etwas daran?

Gab es vielleicht auch die Möglichkeit, einfach die Augen zu verschließen und so zu tun, als wüsste man es nicht? Karsten hatte sich ja viel Mühe gegeben, es vor ihr geheim zu halten, also wäre es doch logisch, dass sie keine Ahnung hatte. Meine Güte! Sie hatte ja wirklich keine Ahnung gehabt! Wieso war ihr nie etwas aufgefallen? War sie so naiv? Alles eine Lüge, ihr ganzes Leben eine einzige

Lüge! Sie wollte sich nun leidenschaftlich in ein Meer von Selbstmitleid stürzen, aber es gelang ihr nicht, sie war einfach zu fassungslos. Bis heute war ihr Leben mit Karsten perfekt gewesen. Er war stets charmant und liebevoll zu ihr, sie stritten sich nie, hatten keine Geldprobleme, es gefiel ihr, immer mal wieder in einem anderen Land zu leben, sie war zufrieden, es war alles gut. Aber würde ihr das helfen, weiter mit Karsten zusammenzuleben? Nein! Jetzt ging es nicht mehr. Nachdem sie vom Apfel der Erkenntnis gekostet hatte, war sie raus aus dem Paradies. Und es führte kein Weg zurück in die Unwissenheit.

Wieso hatte Karsten das getan? Wie konnte er in dem Bewusstsein, dass er sie tagtäglich betrog, mit ihr zusammenleben? Hatte er denn kein Gewissen? Was für ein Mensch tat so etwas?

Halt! Auch diesen Weg würde sie jetzt nicht gehen. Das würde sie auf gar keinen Fall analysieren. Es ging nicht um Karsten, es ging um sie. Was sollte sie nun tun?

Rache?

Hm. Nein, dazu war sie nicht der Typ. Außerdem hatte sie auch keine geniale Idee für einen Racheplan.

Was dann?

Vielleicht die ganze Angelegenheit sachlich angehen?

Trennung. Finanzverhandlungen. Neustart.

Neustart? Mit sechzig? O Gott!

Ihr Körper zeigte eine unmissverständliche Reaktion: Panik. Besser schon mal eine Tüte zur Hand nehmen. Da sie auf die Schnelle keine Tüte fand, entschied sie sich für ein weiteres Glas Rotwein. Das ging auch.

Sie bemühte sich, noch einmal zu den Fakten zurückzukehren: Karsten betrog sie seit Jahrzehnten. Seine Belle de Jour war nun schwanger. Sie schluckte, und heiß schoss ihr das Blut durch die Adern. Aha, da saß der Stachel. Es war die Schwangerschaft und die Tatsache, dass Karsten sich offensichtlich darüber freute, was sie wütend machte. Das empfand sie als größten Betrug. Nein, das würde sie ihm nicht verzeihen. Dass er mit ihr nie Kinder wollte, sich aber jetzt mit dreiundsechzig noch einmal fortpflanzte und sich darüber auch noch freute, das war der Tropfen, der für Lexi das Fass zum Überlaufen brachte. Nein! Nicht mit ihr. Sie würde aussteigen aus der «Bis-dass-der-Tod-euch-scheidet»-Nummer. Sie wollte die Scheidung!

Als ihr klarwurde, was ihr da bevorstand, musste sie doch beruhigende Atemübungen machen. Würde Karsten einer Scheidung zustimmen? Ging es ohne Stress und Rosenkrieg? Was würde aus ihrem Umzug nach Deutschland werden?

Da schoss ihr ein anderer Gedanke durch den Kopf: War der Umzug nach Deutschland auch wieder eine Flucht? Vor der Vaterschaft? Vielleicht wollte er einen echten Neuanfang in Deutschland? Ohne Affären. Ohne Kind. Nur mit ihr. Hatte ihn die Schwangerschaft vielleicht zur Vernunft gebracht? Was, wenn er ihr all seine Verfehlungen gestehen und sie um Vergebung bitten würde? Wenn er ihr sagen würde, dass er immer nur sie geliebt hat und nun mit ihr ein neues Leben anfangen wolle?

Sollte sie ihm dann verzeihen? Könnte sie das? Aber viel wichtiger war doch: Wollte sie das überhaupt?

Sie hatte keine Ahnung.

Wie würde das neue Leben denn aussehen? Was würde sich ändern? Was würde er ändern? Würde er sich ändern?

Würde sich ihr Leben denn ändern, wenn es weiterhin ein Leben mit Karsten wäre?

Er war all die Jahre der Mittelpunkt ihres Lebens gewesen, hatte alle Entscheidungen getroffen, und sie hatte sich darauf beschränkt, für ihn da zu sein und ihm ein schönes Zuhause zu bieten. Sie hatte es sogar versäumt, sich Hobbys oder einen Freundeskreis zuzulegen. Sie hatte Karstens Leben mitgelebt und musste nun erkennen, dass sie nicht nur kein eigenes Leben hatte, sondern noch nicht einmal wusste, was für eine Art Leben sie eigentlich wollte. Karsten war ihr Leben.

Verflixt, wie war das denn passiert?

4. KAPITEL

Lexi war nervös. Karsten würde in einer halben Stunde nach Hause kommen. Sie hatte nach einer schlaflosen Nacht und einem sehr unruhigen Tag immer noch keine Entscheidung getroffen. Sie wusste nicht, wie sie sich verhalten sollte und was sie tun würde. Konnte sie sich ganz normal verhalten und abwarten? Würde er ihr ansehen, dass sie es wusste?

Karsten kam, küsste sie, machte ihr Komplimente, sagte ihr, sie sähe wundervoll aus und er habe sie vermisst. Er überreichte ihr den obligatorischen Rosenstrauß, den er, wo immer er herkam, nie vergaß, und küsste sie erneut. Unglaublich. Alles war wie immer. Er wich keinen Millimeter von seiner Routine ab.

Das Essen war fertig, der Tisch war gedeckt, Karsten nahm Platz und schnupperte genießerisch. «Riecht vielversprechend!»

Als sie die Schüsseln auf den Tisch stellte, rief er erfreut: «Kohlrouladen! Mucho gusto, mi amor!» Er nickte ihr zu und begann zu essen.

Lexi aß nichts, aber das fiel ihm nicht auf. Sie erkundigte sich nach seiner Arbeit, er berichtete Belangloses. Aufmerksam beobachtete sie ihn. War ihm irgendetwas anzumerken? Woran erkennt man, dass der Ehemann auf Abwegen ist? Gab es dafür eindeutige Anzeichen? Verhaltensveränderungen? Sie fand nichts Ungewöhnliches. Vielleicht war er tatsächlich zu routiniert, um sich durch dies oder jenes zu verraten?

Während er kaute, sagte er plötzlich: «Hör mal, vielleicht verschieben wir das mit unserem Umzug nach Deutschland noch mal.»

«Bitte?» Damit hatte sie nicht gerechnet.

Ein mulmiges Gefühl machte sich in ihr breit.

«Wieso?», fragte sie misstrauisch.

«Wieso was?»

«Wieso du den Umzug verschieben willst!» Sie klang unbeabsichtigt schroff und ungehalten.

Er sah erstaunt auf. «Ist was?»

«Nein. Aber wieso willst du auf einmal unsere Pläne aufgeben?»

«Nicht aufgeben. Nur fürs Erste aufschieben. Es haben sich neue Entwicklungen ergeben. Ich kann jetzt hier nicht weg. Weißt du, es ist nämlich so ...»

Ihr wurde übel.

Der Grund ist das Kind, dachte sie. Wieso traf sie das so sehr? Sie wusste es doch. Aber nun hatte sie auf einmal Angst davor, dass er es aussprechen würde. Sie wollte es nicht hören, weil sie nicht darauf reagieren wollte. Plötzlich hatte sie Panik, er würde ihr alles gestehen. Um das zu verhindern, rief sie schnell: «Kein Problem. Bleiben wir halt hier.»

Er schien verblüfft, er hatte wohl mit mehr Widerstand gerechnet.

«Gut», nickte er. «Ich habe nämlich gestern noch ein paar sehr lukrative Aufträge bekommen, leicht verdientes Geld, das nehme ich noch mit.»

Lexi entspannte sich erstaunlicherweise. Aha. Er würde sie also weiter belügen.

«Wie lange, glaubst du, bleiben wir noch hier?», tastete sie sich vorsichtig vor.

«Ein paar Jahre.»

Sie verzichtete auf einen Kommentar, nickte nur.

«Und was ist mit der Wohnung?»

«Welche Wohnung?»

«Die Wohnung in Deutschland, die du gekauft hast.»

«Ach so. Die behalten wir natürlich. Für später. Ich werde den Makler anrufen und ihm sagen, er soll sie vorläufig vermieten.»

Sie nickte bedächtig.

«Also läuft alles so weiter wie bisher?», fasste sie zusammen.

Er lächelte sie liebevoll an. «Ja, mein Schatz.»

Lexi biss sich auf die Lippen und senkte den Kopf. Sie konnte ihn nicht ansehen.

«Alles läuft so weiter wie bisher», echote es in ihrem Kopf. Sicher. Wieso auch nicht? Karsten würde an diesem für ihn perfekten Arrangement nichts ändern wollen. Ihr Leben drehte sich um Karsten, Karstens Leben drehte sich um Karsten. Ihre Gemeinsamkeit war: Sie beide wollten Karsten glücklich machen. Sie hatte das auch die ganzen Jahre für ihre Hauptaufgabe gehalten. War er unterwegs, so hatte sie sich und die Wohnung auf seine Rückkehr vorbereitet. Sie war stets bestrebt, seine Stimmung auszuloten und entsprechend darauf zu reagieren. Sie wollte ihn glücklich machen, denn wenn er glücklich war, hatte sie das Gefühl, alles richtig gemacht zu haben, und das war ihre Belohnung. Sie führten durchaus anregende Gespräche, deren Themen Karsten vorgab. Politik und Geschichte. Das waren seine Lieblingsthemen und deshalb auch ihre. Aber interessierte sie sich wirklich dafür? Eigentlich nicht. Aber Karsten war immer so enthusiastisch dabei, also las sie brav täglich ein paar Zeitungen, studierte Geschichtsbücher, um ihm eine perfekte Gesprächspartnerin zu sein.

Sie versuchte sich daran zu erinnern, ob er eigentlich je danach gefragt hatte, wie es ihr ging. Nein. Aber da sie sich ja bemühte, stets gut gelaunt zu sein, gab es für ihn auch keinen Grund. In den wenigen Situationen, in denen sie mal schlecht gelaunt war, zog er seine Aufmerksamkeit von ihr ab – und das führte dazu, dass sie sich schlechte Laune verkniff.

Während sie also damit beschäftigt gewesen war, sich zu überlegen, wie sie sein Leben angenehm gestalten konnte, hatte er auch dafür gesorgt, sein Leben angenehm zu gestalten. Mit anderen Frauen.

Was sie jetzt besonders erschütterte, war die Tatsache, dass es ihn nicht im Geringsten belastete. Dass er sie freundlich anlächeln und über ihre gemeinsame Zukunft sprechen konnte, während eine andere Frau gerade sein Baby austrug. Wie abgebrüht er doch war! Er belog sie, ohne mit der Wimper zu zucken.

Sie hielt es nicht länger aus, sie musste das Zimmer verlassen. Abrupt stand sie vom Tisch auf, rief: «Mein Handy klingelt!», und flüchtete ins Schlafzimmer.

Sie setzte sich aufs Bett und stellte fest, dass sie zitterte.

Mist, jetzt bloß nicht heulen!

Als sie Schritte hörte, erschrak sie. Was nun? Hektisch suchte sie nach ihrem Telefon, fischte es aus ihrer Handtasche und hielt es sich ans Ohr. Da sie vor Aufregung rot wurde, drehte sie sich mit dem Rücken zur Tür. Sie sollte etwas sagen. Mit ihrem imaginären Anrufer reden.

«Aber nein, du störst nicht, ich freue mich, dass du anrufst ...» Wer würde sie anrufen? Sie brauchte einen Namen. «... Benita.»

Es war der Name ihrer Friseurin. Sie hörte, wie er ins Zimmer trat, und intensivierte ihr fingiertes Gespräch. «Mir geht es blendend. Karsten ist gerade aus La Guaira zurückgekommen.»

Er umfasste sie liebevoll von hinten und drückte ihr einen Kuss auf den Nacken. Nein, das würde sie jetzt nicht ertragen. Es gab einen Ausweg.

«Jetzt gleich?», flötete sie ins Telefon. «Ich frag Karsten mal. Treffen wir uns im ...»

Ihr Handy klingelte. Er ließ sie erstaunt los, sie zuckte ertappt zusammen, nahm das Gerät vom Ohr und sah es an.

«Es klingelt, während du redest?», erkundigte er sich.

Sie sah ihn hilflos an. «Versteh ich auch nicht.»

«Wer hat angerufen?»

«Benita.»

Sollte er denn jetzt nicht fragen, wer Benita war?

Das Telefon klingelte weiter.

«Willst du nicht drangehen?»

Sie sah auf das Display. Maria, ihre Haushaltshilfe, die jeden Vormittag zu ihr kam.

«Nein.» Sie drückte den Anruf weg, denn sie konnte sich denken, wieso Maria anrief. Maria behauptete in regelmäßigen Abständen, dass sie ihren Dienst nicht antreten könne, weil sie ihre kranke Mutter auf Isla Margarita besuchen müsste. Lexi wusste, dass Marias Mutter nicht auf der mondänen Insel lebte, sondern dass die Familie, für die Maria nachmittags arbeitete, dort ein Ferienhaus hatte und Maria mitnahm, wenn sie dahin fuhren.

Und da hatte sie eine Idee, wie sie kurzfristig Abstand zwischen sich und Karsten bringen könnte.

«Maria hat gefragt, ob ich mit ihr nach Isla Margarita fahre. Für drei Wochen. Ist das okay für dich?»

«Maria?»

Sie zuckte ertappt zusammen und wurde rot, als sie sich korrigierte. «Ähm, nein, Benita.»

Er überlegte.

Lexi schluckte und wartete gebannt ab.

«Sicher, fahr nur, mein Schatz», sagte er schließlich. «Was immer dich glücklich macht …»

Lexi war verblüfft, dass es so leicht ging. Kein Widerspruch? Keine weiteren Fragen? Sie war gekränkt. Es schien ihm wohl ganz recht zu sein, wenn sie nicht zu Hause war. Vielleicht würde sie morgen wirklich wegfahren. Oder in ein Hotel gehen.

Er umarmte sie wieder. Sie erstarrte. Sie hielt es nicht länger aus. Sie musste die Wohnung auf der Stelle verlassen. Sie wand sich aus seiner Umarmung und sagte: «Ich hab Benita versprochen, dass wir uns gleich noch mal treffen.»

«Heute Abend?»

«Ja. Wir fahren morgen ganz früh los.»

«Wo trefft ihr euch denn? Soll ich dich hinbringen?»

«Nein, Benita holt mich ab.»

Und bevor Karsten noch etwas sagen konnte, schnappte Lexi ihre Handtasche und stürmte aus der Wohnung.

Sie rannte immer zwei Stufen nehmend, bis ihre Knie versagten und sie sich erst mal setzen musste.

Sie hätte den Aufzug nehmen sollen. Aber das Bedürfnis, sich räumlich von Karsten so schnell wie möglich zu entfernen, ließ ein Warten nicht zu.

Der Aufzug hielt auf der Etage, auf der sie zusammengekauert auf der Treppe saß. Eine Frau trat heraus und ging zu einer der Wohnungstüren. Dann entdeckte sie Lexi und fuhr zusammen.

«Gott, haben Sie mich erschreckt.»

«Tut mir leid.»

«Alles okay?»

«Ja, ja.»

«Zu wem wollen Sie denn?»

«Ich wohne hier im Haus.»

«Aha.»

Die Frau sah Lexi abwartend an. Lexi fühlte sich zu einer Erklärung verpflichtet.

«Ich, ähm, warte auf eine Freundin.»

«Im Hausflur?»

«Ähm. Ja. Ich hatte ihr die falsche Etage genannt, auf der sie aussteigen soll. Deshalb warte ich hier auf sie.»

«Ah ja», nickte die Frau etwas unschlüssig.

Lexi lächelte ihr zu und sagte: «Ich wünsche Ihnen noch einen schönen Abend.»

Die Frau zuckte die Schultern und ging in ihre Wohnung.

Lexi war erstaunt darüber, wie leicht es ihr fiel, zu schwindeln. Das war neu. Aber das war eine Notlüge, und Notlügen konnte sie moralisch rechtfertigen.

Als sie sich wieder besser fühlte, stand sie auf, wollte gerade ihren Weg fortsetzen, als ihr auffiel, dass sie in ihrer Eile nicht daran gedacht hatte, eine Jacke mitzunehmen. Tagsüber war es angenehm warm, aber nachts fiel die Temperatur um etwa zehn Grad, was sie zum Frösteln brachte. Deprimiert sein und auch noch frieren? Nein. Sie brauchte eine Jacke.

Sie drehte um und schlich die Treppe wieder hoch. Ganz behutsam schloss sie die Tür auf. Wenn sie Glück hatte, konnte sie schnell zum Schrank in der Diele huschen und ihre Jacke holen, ohne dass Karsten sie bemerkte. Karsten telefonierte. Sehr gut, er war im Wohnzimmer, und er war abgelenkt. Als sie gerade den Schrank geöffnet hatte, hörte sie ihn näher kommen. Schnell schlüpfte sie hinein und zog die Tür zu.

Karsten stand direkt vor dem Schrank.

«Nein, mi cariño, ich konnte noch nicht mit ihr reden», hörte Lexi ihn ins Telefon sagen. «Sie ist nicht zu Hause, sie ist für drei Wochen mit einer Freundin auf Isla Margarita. – Reg dich nicht auf, Dolores, ich hab alles im Griff. – Nein. Auf mein Geld hat sie keinen Zugriff. Die Konten laufen ausschließlich auf meinen Namen. – Te amo, mi cariño, vertrau mir, es wird alles gutgehen. – Na, na, nicht jammern. Ich hab dir doch so ein schönes Haus gekauft, setz dich auf die Terrasse, mach es dir gemütlich, ich komme. Sobald sie zurück ist, kläre ich alles mit ihr. – Nein, sie wird mir nicht das Fell über die Ohren ziehen. Dazu ist sie gar nicht fähig. – Nun entspann dich. – Adios, mi vida, pass gut auf unser Baby auf. Ich fahre jetzt los, bin gleich bei dir.»

Lexi stand im Schrank in die Ecke gepresst und hielt die Luft an. Die Schranktür öffnete sich, Karsten tastete nach einer Jacke, während er auf sein Handy sah. Er unterbrach seine Suche und schrieb eine Textnachricht. Lexi wusste, welche Jacke er anziehen wollte, und schob sie so leise und unauffällig wie möglich in sein Blickfeld. Als er aufsah, griff er sich diese Jacke und schloss die Schranktür. Er drehte den Schlüssel rum.

Dann hörte sie, wie die Wohnungstür ins Schloss fiel.

Er hatte sie im Schrank eingeschlossen. Sie war in ihrem eigenen Schrank eingeschlossen. Und nun?

Ihr Handy piepte. Eine SMS von Karsten.

Alvaro hat angerufen, es gibt Probleme mit dem letzten Container. Muss hinfahren und mich darum kümmern, bleibe über Nacht. Sehe dich in drei Wochen. Viel Spaß! Ich melde mich.

Lexi ließ sich an der Wand des Schrankes nach unten gleiten und fing an zu weinen. Nicht nur, weil sie im Schrank eingeschlossen war.

5. KAPITEL

Nachdem sie fast zwanzig Minuten im dunklen Schrank gesessen hatte und über den Scherbenhaufen, der nun ihr Leben war, kontempliert hatte, wurde ihr schlagartig klar, dass sie handeln musste. Der erste Schritt: raus aus dem Schrank.

Es ging so leicht, dass sie fast schon enttäuscht war. Man musste lediglich die Verriegelung oben und unten an der zweiten Hälfte der Tür lösen und schon konnte man beide Türen problemlos aufdrücken.

Ihre Jacke zu holen und ins Hotel zu ziehen war nun nicht mehr nötig. Karsten hatte ja das Feld geräumt. Gut so. Das war ihr auch viel lieber.

Sie räumte den Tisch ab und sorgte für Ordnung. Das tat ihren Nerven gut. Als ihr Blick auf den Rosenstrauß fiel, den Karsten ihr mitgebracht hatte, schnaubte sie verächtlich. Dann lächelte sie, holte die Küchenmaschine heraus, stopfte die Blumen rein und häckselte sie klein.

Das kurze Wiedersehen mit Karsten hatte ihr deutlich gemacht, dass sie nicht mehr mit ihm zusammen sein konnte. Genau genommen wollte sie ihn nie wiedersehen. Sollte sie alleine zurück nach Deutschland gehen? Ja, der Gedanke gefiel ihr.

Sie würde den Makler anrufen und sich erkundigen, ob die Wohnung bezugsfertig sei.

Sie sah auf die Uhr. Der Zeitunterschied zwang sie, sich zu gedulden. Vor drei Uhr Ortszeit würde sie in Deutschland niemanden erreichen. Aber das war nicht weiter schlimm. Sie hatte eine Beschäftigung gefunden: Sie verbrannte alle Fotos von Karsten. Als ordentliche Hausfrau über einem großen Kochtopf. Mit jedem Foto, das sich in Rauch auflöste, fand sie mehr Gefallen daran. Sie machte sich auf die Suche nach weiterem brennbarem Material und fand seinen Personalausweis, seinen Pass und seinen Führerschein. Karsten war stets ohne Papiere unterwegs, was sie oft genug gerügt hatte. Sie zögerte. Nein, die würde sie nicht verbrennen, wer weiß, wofür sie seine amtlichen Unterlagen noch brauchte. Sie nahm sie an sich. Stattdessen verbrannte sie seine alten Briefe, seine früheren Arbeitsverträge, seine Zeugnisse und alles, was sie finden konnte, auf dem sein Name stand.

Ihr gefiel die Symbolik. Karsten löste sich in Rauch auf. Die Asche füllte sie in einen Umschlag und legte ihn beiseite.

Doch die Befriedigung hielt nicht lange an.

Als Nächstes nahm sie alle leeren Kartons, die sie finden konnte, und füllte sie mit Karstens Kleidern. Die würde sie morgen bei einer Organización de Caridad abgeben. Ihre Rachsucht erschien ihr weniger kindisch, wenn sie die Kleider einer Wohltätigkeitsorganisation spenden würde.

Gegen drei Uhr nachts suchte sie die Nummer des Maklers raus.

«Guten Morgen, hier spricht Alexa Langendorf. Ich wollte mich nach unserer Wohnung erkundigen ...»

«Ach, Frau Langendorf! Guten Tag, wie geht es Ihnen?»

«Wie weit sind wir mit der Wohnung?»

«Alles erledigt, alles unter Dach und Fach. Wieso fragen Sie? Das Geld müsste doch schon auf dem Konto Ihres Mannes sein.»

Lexi verstand nicht. Was meinte er? Welches Geld? Und von welchem Konto sprach er? Sie hatten nur ein Konto, und das lief auf ihren Namen.

«Ich hatte Ihrem Mann ja schon gesagt, dass man bei einem so schnellen Wiederverkauf finanzielle Verluste hinnehmen muss. Aber unter diesen Umständen hat er noch einen sehr guten Deal gemacht.»

Lexi schnappte nach Luft. Karsten hatte die Wohnung wieder verkauft? Aber er hatte doch erst gestern Abend gesagt ... Na toll! Seine neue Lebensplanung hatte also schon vor Wochen begonnen. Für Dolores kaufte er ein Haus, und ihre Wohnung in Deutschland verkaufte er wieder!

Lexi legte auf. Die Wut überrollte sie, und laut schimpfend stampfte sie durch die Wohnung: «Das glaub ich ja nicht! Dieser durchtriebene gewissenlose Schuft! Dieser miese Kerl!»

Natürlich spielte Karsten auch hier ein falsches Spiel, was hatte sie erwartet? Und da er es schon seit Jahren tat, war er geübt darin. Sie hatte keine Chance gegen ihn.

Wirklich nicht? Sie sollte es zumindest versuchen. Karsten wusste nicht, dass sie über seine Machenschaften informiert war. Er hielt sie nach wie vor für die naive, gutgläubige Ehefrau. Das verschaffte ihr einen Vorteil.

Nun war sie im Kampfmodus. Das Adrenalin machte sie entschlossen und kreativ.

Dann würde sie eben eine neue Wohnung kaufen, in einer anderen Stadt. Eine Wohnung, von der Karsten nichts wissen würde. Dafür brauchte sie Geld. Wie viel Geld hatten sie überhaupt? Rechtlich stand ihr die Hälfte zu.

Was seine Finanzen betraf, war Karsten immer sehr wortkarg gewesen. Wenn sie ihn gelegentlich mal danach gefragt hatte, hatte er stets gelächelt und gesagt: «Darüber musst du dir nicht deinen Kopf zerbrechen, Liebling. Ich habe alles im Griff.» Sie konnte ihm nicht widersprechen, denn auf dem Konto, das er in Caracas auf ihren Namen eingerichtet hatte, ging regelmäßig Geld ein. Sie kam gut damit aus, bezahlte die Miete, das Auto, alle Rechnungen, die anfielen, und hatte am Ende des Monats immer noch etwas übrig. Es hatte wirklich nie einen Grund gegeben, sich Gedanken zu machen. Bis jetzt. Er hatte zu Dolores am Telefon gesagt: «Auf mein Geld hat sie keinen Zugriff. Die Konten laufen ausschließlich auf meinen Namen.» Was meinte er damit? Sie hatten nur ein Konto. Und das lief, Karstens Wunsch entsprechend, auf ihren Namen.

Erneut durchstöberte sie die Akten und seinen PC. Diesmal nicht auf der Suche nach Anhaltspunkten für die Untreue ihres Mannes, sondern um sich ein Bild von seinem Einkommen und ihrer finanziellen Situation zu machen. Ein Steuerbescheid würde darüber Aufschluss geben. Doch es gab keinen.

Karsten hatte, ebenso wie sie, die deutsche Staatsangehörigkeit, zahlte aber dort keine Steuern. Ihre Internet-Recherche ergab, dass das legal war: Wenn man sich weniger als 183 Tage pro Jahr in Deutschland aufhält, muss man dort auch keine Steuern zahlen; die zahlt man in dem Land, in dem man 183 Tage oder länger im Jahr lebt. Aber Karsten zahlte auch in Caracas keine Steuern. Er hatte, wie sie verblüfft feststellte, einen Wohnsitz auf den Cayman Islands. Und offensichtlich auch ein paar Konten, wie sie dem Schreiben der Cayman Island Bank entnahm. Eine Visitenkarte war beigeheftet: «James Morgan, Kundenberatung».

Wieso hatte Karsten einen Wohnsitz auf den Cayman Islands? Eine knappe Stunde später hatte das Internet all ihre Fragen beantwortet: Auf den Cayman Islands zahlt man keine Steuern. Es ist ein Tummelplatz für Steuerbetrüger, Geldwäscher und Kriminelle verschiedener Couleur. Google Earth zeigte ihr Karstens «Wohnsitz» – es war ein Briefkasten. Sie schluckte schwer. Das klang nicht gut. War das legal? Wieso hatte sie das nicht gewusst? Hätte sie sich dafür interessieren müssen? War ihr blindes Vertrauen naiv? Dumm? Strafbar? Hing sie da etwa mit drin?

Wen könnte sie fragen? Karsten ganz sicher nicht. Und das Internet gab nur verwirrende Auskünfte. Doch dann fiel ihr ein, wer ihr weiterhelfen könnte: Mr. Morgan, Karstens Kundenberater. Ein Banker unterlag doch der Schweigepflicht? Oder? Egal, sie würde ihn anrufen.

Leider war es für einen Anruf aber noch zu früh. Sie würde sechs Stunden warten müssen. Sechseinhalb.

6. KAPITEL

Lexi war mit dem Telefon in der Hand auf der Couch eingeschlafen. Sie wachte auf, weil es an der Tür klingelte. Es war fast Mittag. Sie ignorierte das Klingeln. Sie wollte keinen Kontakt zur Außenwelt, sie wollte in ihrem Kokon bleiben. Das Telefon, das nun neben ihr lag, erinnerte sie an den Anruf, den sie dringend machen musste. Sie setzte sich kerzengerade hin, ordnete ihr Haar und wählte dann die Nummer des Kundenberaters auf den Cayman Islands.

«James Morgan.»

«Guten Tag, hier spricht Alexa Langendorf. Mein Mann ist Kunde Ihrer Bank.»

«Ja?» Das *Ja* war keine Bestätigung, sondern lediglich ein Zeichen, dass man bereit war, das Gespräch mit ihr fortzusetzen. Alles sehr diskret.

Lexi war ein wenig verunsichert. «Es geht um die Konten meines Mannes ... Ich habe Ihre Visitenkarte in seinen Unterlagen gefunden ... Ich wollte wissen ...» Sie stoppte, weil sie nicht genau wusste, wie sie ihre Frage formulieren sollte.

Doch Mr. Morgan kam ihr zuvor. «Wir können Ihnen leider keine Auskünfte erteilen. Für Informationen zu seinen Konten müsste uns Ihr Mann selbst anrufen.»

Die Schroffheit brachte Lexi aus dem Konzept. «Aber das geht nicht, weil ... Es ist etwas passiert ...»

Lexi stotterte, ihre Stimme wurde piepsig und klang verzweifelt.

«Gibt es Probleme?» Es war wohl Lexis Ton gewesen, der ihn veranlasste, nachzufragen.

«Ja. Mein Mann ist …»

Weiter kam sie nicht, sie fing an, unkontrolliert zu weinen. Es war das erste Mal, dass sie einer fremden Person gegenüber zugeben musste, dass ihr Leben nur noch ein Häufchen Schutt und Asche war. Und es schien ihr viel mehr zuzusetzen, als sie sich eingestehen wollte. Dennoch versuchte sie weiterzureden. Sie schluchzte und stammelte etwas unzusammenhängend: «Wissen Sie, ich hätte nie gedacht … Ich meine, ich hab einfach nicht damit gerechnet. Es kam so plötzlich. Und nun stehe ich ganz alleine da und weiß nicht, was ich tun soll.»

«Oh … ich verstehe. Es tut mir so leid, Frau Langendorf.»

Sein Mitgefühl tat ihr gut. Sie beruhigte sich etwas, doch dann musste sie wieder laut schluchzen.

«Alles kein Problem, Frau Langendorf. Wir müssen nur ein paar Formalitäten erledigen. Wir brauchen die Sterbeurkunde Ihres Mannes und einen Nachweis, dass Sie erbberechtigt sind.»

«Sterbeurkunde?», japste sie.

«Ja. Und ein Testament, wenn vorhanden.»

«Ich verstehe nicht …»

«Haben Sie und Ihr Mann gemeinsame Kinder?»

«Nein.»

«Hat Ihr Mann Kinder? Zum Beispiel aus einer früheren Ehe oder so?»

«Nein.» Noch nicht, dachte sie bitter.

«Also sind Sie die Alleinerbin. Das vereinfacht es.»

Nicht für Lexi, sie war nun vollständig verwirrt.

«Ich … ich brauche einen kleinen Moment, bitte bleiben Sie am Telefon.»

Sie legte den Hörer zur Seite und starrte ihn an.

Sterbeurkunde? Er nahm an, ihr Mann sei verstorben? Wie kam er denn auf die Idee? Besser, sie beendete das Telefonat. Sie nahm den Hörer wieder in die Hand.

«Danke für die Auskunft.»

«Kein Problem. Danke für die Information. Die Konten sind ab sofort eingefroren. Ihr Geld ist sicher. Wenn Sie die nötigen Unterlagen haben, setzen Sie sich wieder mit uns in Verbindung, dann leiten wir alles in die Wege. Dann können wir das Geld auf ein Konto Ihrer Wahl überweisen oder für Sie neue Konten hier einrichten. Oder Sie besuchen uns persönlich und bringen einen großen Koffer mit.»

Sollte das mit dem großen Koffer ein Scherz sein? Lexi fragte nicht nach. Sie wollte das Gespräch einfach nur zum Abschluss bringen.

«Gut. Danke.»

«Jederzeit. Und nochmals: mein Beileid.» Seine Stimme klang sanft und mitfühlend.

Lexi legte auf. Sie starrte ausdruckslos vor sich hin. Hatte sie Karsten gerade als verstorben gemeldet? Ach, du grüne Neune! Sie wollte doch eigentlich nur wissen, wie viel Geld auf den Konten war und ob sie sich strafbar gemacht hatte. Und jetzt? Plötzlich war sie Witwe.

Nun ja, das würde eine Menge ihrer Probleme lösen. Wenn Karsten tot wäre, wäre eine Scheidung hinfällig. Bis dass der Tod euch scheidet. Ja, das wäre auch eine Art der Scheidung. Mit jeder Menge Vorteile: Lästige Diskussionen über Unterhalt blieben ihr erspart. Sie müsste kein weiteres Gespräch mit ihm führen. Sie müsste ihn nicht mit all diesen hässlichen Dingen konfrontieren, und er müsste nicht mit weiteren Ausreden und Lügen ihre Intelligenz beleidigen. Und das Allerbeste: Er könnte kein pathetisches Geständnis ablegen und um Vergebung bitten. Sie müsste nie wieder mit ihm reden, und alle ihre Probleme wären mit einem Schlag gelöst. Sie würde trauern, sein Erbe antreten und nach Deutschland zurückkehren.

Hm. Interessante Idee ...

Nicht geschieden, sondern verwitwet.

Witwe sein hat was, überlegte sie. Diese Rolle würde ihr gefallen. Sie wäre eine würdevolle Witwe. Man würde ihr kondolieren, sie würde seufzen und tapfer sagen: «Das Leben muss weitergehen.»

TEIL 2

DEUTSCHLAND

7. KAPITEL

Drei Wochen später saß Lexi in einem gecharterten Jet, der sie nach Deutschland brachte. Sie war bester Laune. Was nicht so ganz zu ihrem Outfit passte. Sie war tiefschwarz gekleidet. Sie war eine sehr attraktive Witwe. Sie war tatsächlich attraktiver geworden. Nicht mehr unsichtbar, wie früher. Sie ging aufrechter, ihr Schritt war federnd und selbstbewusst, sie bewegte sich wie ein Sieger. Und so fühlte sie sich auch. Zum ersten Mal in ihrem Leben. Sie hatte sich verändert. In ihrem bisherigen Leben war sie wie eine Flipperkugel gewesen, ständig in Bewegung, aber nie aus eigenen Impulsen. Ihr Weg war stets von außen bestimmt. In ihrem Fall von Karsten. Es hatte sie nie gestört, sie war eine zufriedene Flipperkugel gewesen. Aber damit war nun Schluss. Von nun an würde sie bestimmen, was in ihrem Leben passierte.

Ihr Flieger landete in dem Terminal des Flughafens, der für die Abfertigung privater Flugzeuge vorgesehen war, dem GAT, General Aviation Terminal. Mr. Morgan hatte ihr geraten, einen Jet zu chartern, als sie ihm mitteilte, dass sie das Geld ihres Mannes per Koffer transportieren wollte. Denn ab einer Summe von 10 000 Euro bestand eine Anmeldepflicht bei der Einreise nach Deutschland, und der Zoll machte bei der Abfertigung privater Flugzeuge beim GAT nur gelegentlich mal Stichproben. Sie hatte also gute Chancen, auch die letzte Hürde zu überwinden. Sie lag weit über der erlaubten Summe. Sie war aus allen Wolken gefallen, als sie erfahren hatte, wie viel Geld Karsten auf den Caymans gehortet hatte. Sie hatte James Morgan die Sterbeurkunde ihres Mannes und sein Testament vorgelegt, das ein geschäftstüchtiger Notar gegen eine um ein Vielfaches erhöhte Gebühr auch ohne Karstens Anwesenheit beglaubigt hatte, und Morgan hatte sich nur noch erkundigt, auf welches Konto er das Vermögen überweisen sollte. Sie kam auf die von ihm erwähnten Koffer zurück, denn sie wollte keine Spuren hinterlassen.

Wie Morgan vorausgesagt hatte, spazierte sie problemlos mit ihren Koffern am Zoll vorbei.

Sie wurde von einem uniformierten Fahrer mit Limousine abgeholt. Der Fahrer organisierte einen Gepäckträger für ihre Koffer und geleitete sie zum Wagen, der direkt vor dem Gebäude geparkt war. Alles nahezu wortlos, aber sehr zuvorkommend. Lexi genoss die Fahrt. Deutschland war still, sauber und gut organisiert. Leider kühl. Aber daran würde sie sich gewöhnen. Sie würde sich neu einkleiden müssen; ihre südamerikanische Garderobe würde hier wohl nur im Hochsommer zum Einsatz kommen.

Sie hatte sich für den Norden Deutschlands entschieden; schon deshalb, weil Karsten den Süden bevorzugte und ja geplant hatte, sich dort mit ihr niederzulassen. Sie wollte so weit wie möglich weg von ihren gemeinsamen Plänen. Alles sollte nun neu sein in ihrem Leben. Nichts sollte mehr an Karsten erinnern. Kurz entschlossen hatte sie eine Dachterrassen-Wohnung gekauft, von der Maklerin, Frau Daniels, «Penthouse» genannt, und deren Aufgaben erweitert: Sie hatte darum gebeten, ihre Wohnung zu möblieren, sie bezugsfertig zu machen und im Ankleidezimmer einen Safe einbauen zu lassen. Dafür hatte sie eine Zwischenwand einziehen lassen, um einen Raum für den Safe zu schaffen. Vor der Wand stand ein Regal, das sich auf Knopfdruck verschob und den Weg zum Safe frei gab. Alles hatte sie telefonisch in Auftrag geben können. Erstaunlich, was mit Geld alles möglich war.

In ihrer neuen Wohnung wurde sie von Frau Daniels erwartet. Sie hatte sich um alles gekümmert, und während der Fahrer nach und nach ihr Gepäck hochbrachte, begutachtete Lexi ihr neues Zuhause. Frau Daniels hatte gute Arbeit geleistet. Die Einrichtung traf Lexis Geschmack. Man hatte ihre Wünsche präzise umgesetzt. Perfekt. Selbst der Kühlschrank und das Weinregal waren gefüllt.

Der riesige Raum, in dem sich Küche, Esszimmer, Wohnzimmer und eine Bibliothek befanden, war durch die geschickte Platzierung der Möbel optisch in eigene Bereiche geteilt. Die Bibliothek war durch eine Bücherwand, die in den Raum ragte, definiert, der Essbereich war durch ein paar hohe Kübel mit Bambus vom Wohnbereich getrennt. Die Küche hatte eine Theke, vor der Barhocker standen. Im Wohnzimmer dominierte eine Gruppe mit Lounge-Möbeln, die dem Foyer eines Edel-Hotels Ehre gemacht hätte. Von dort blickte man durch bodentiefe Fenster auf die Stadt, fast rundherum verlief die Terrasse.

Es war sehr elegant, sehr modern, sehr luxuriös. Definitiv nicht Lexis bisheriger Stil, aber genau das wollte sie. Alles anders.

Eine Tür führte in einen Flur, von dort gelangte man in die Mastersuite mit Ankleidezimmer und Bad. Die anderen Türen im Flur führten in vier weitere Räume und zwei Badezimmer.

«Gott, was soll ich denn mit so vielen Räumen anfangen?»

«Ich habe sie erst mal als Gästezimmer einrichten lassen, da sie für diese Zimmer keine speziellen Wünsche geäußert hatten», sagte Frau Daniels.

«Die Wohnung ist ja riesig! In der Broschüre wirkte sie gar nicht so groß.»

«Platz kann man nie genug haben. Und Gästezimmer braucht man immer mal. Sie können die Zimmer aber auch in ein Büro, Fitnessraum oder Atelier umwandeln. Können Sie ja noch entscheiden, wenn Sie sich eingelebt haben.»

Frau Daniels überreichte ihr die Schlüssel, wünschte ein gutes Einleben und verabschiedete sich.

Lexi sah auf ihr Gepäck. Es waren genau vier Koffer. Das war ihr Leben. Drei, wenn man den Koffer mit dem Geld abzog. Sie hatte nur das Wesentliche mitgenommen. Sie hatte Ballast abgeworfen, alles entsorgt, was mit Karsten zu tun hatte. So, als hätte er nie existiert. Sie hatte ihn ganz und gar aus ihrem Leben verschwinden lassen.

Sie lächelte, öffnete einen der Koffer und holte eine Urne heraus. Sie trug sie wie einen Siegerpokal zum Kamin und stellte sie dort ab. Nur für ein paar Tage. Dann würde sie die Urne beisetzen lassen. Auch das war bereits organisiert.

Das Missverständnis beim Telefonat mit Karstens Cayman-Banker hatte den Ausschlag gegeben: Ein Leben als

Karstens Witwe würde einige ihrer Probleme lösen. Nur – wie wird man auf die Schnelle zur Witwe, ohne seinen Mann umzubringen?

Ihre Recherche hatte ergeben, dass der Dreh- und Angelpunkt ein Totenschein war. Den musste ein Arzt ausstellen.

Dr. Hernández war in diesem Fall perfekt. Ein ausgesprochen reizender und charmanter, wirklich liebenswerter, aber völlig konfuser und vergesslicher alter Herr. Am Ende der Behandlung wusste er nie, was zu Anfang besprochen worden war, und gelegentlich war er sogar während der Behandlung eingeschlafen. Das war teils seinem hohen Alter und teils seiner Hingabe an alkoholische Getränke zuzuschreiben. Er war Lexis idealer *Partner in Crime* gewesen.

Abends war sie zur Praxis von Dr. Hernández gegangen. Carmen, seine Sprechstundenhilfe, hatte bedauernd auf die Uhr gesehen. «Señora Langendorf! Wir schließen jetzt.»

«Ähm, ich weiß, ich brauche nur ganz schnell ein Rezept. Ist Dr. Hernández noch da?»

«Allerdings! Er schläft, und ich krieg ihn nicht wach. Dabei muss ich jetzt dringend weg.»

«Gehen Sie ruhig. Ich warte hier, bis er aufwacht.»

«Würden Sie das tun?»

«Ja, ich habe Zeit.»

«Danke! Wenn er aufwacht, sagen Sie ihm, dass es nun Zeit ist, nach Hause zu gehen.»

«Mach ich.»

Nachdem Carmen gegangen war, war sie ins Behandlungszimmer geschlichen. Der Doktor hatte auf der Liege gelegen und geschlafen. So leise wie möglich hatte sie seine Schreibtischschubladen geöffnet, auf der Suche nach einem Totenschein. Als sie einen gefunden hatte, wollte sie wieder gehen, denn den Totenschein könnte sie selbst ausfüllen und unterschreiben. Sie hatte zu Hause genug Rezepte mit seiner Unterschrift. Da hatte sich Dr. Hernández mit einem Ruck aufgesetzt. Lexi war fast zu Tode erschrocken, hatte gequiekt und sich die Hand ans Herz gehalten.

Der Doktor hatte sich freundlich erkundigt: «Kindchen, Sie sehen blass aus. Ist etwas passiert?»

Sie hatte nur nicken können.

«Worum geht es?»

«Ähm … um meinen Mann …»

«Wo ist er?»

«Er … ist gerade gegangen.»

Und dann hatte sie eine wagemutige Idee gehabt: «Von uns gegangen. Er ist gerade abtransportiert worden.»

«Ach?»

«Aber Sie haben getan, was Sie konnten. Vielen Dank.»

«Keine Ursache.»

Sie hatte ihm den Totenschein gereicht.

«Sie müssten nur noch hier unterschreiben.»

Während Dr. Hernández unterschrieb, hatte er gefragt: «Was hat Ihr Mann denn?»

«Das Herz …»

Er hatte genickt: «Das ist es meistens», und ihr den Totenschein gegeben. Dann hatte er ein Rezept ausgefüllt und es ihr überreicht.

«Richten Sie ihm aus, er soll sich morgen mal bei mir melden. Wenn die Beschwerden nicht weg sind, probieren wir ein anderes Medikament …»

«Aber ... er ist gerade gestorben.»

«Oh. Das tut mir leid.» Dann hatte er leise gemurmelt: «Ich sollte vielleicht doch aufhören zu trinken. Oder zu behandeln.»

Lexi hatte ihn getröstet: «Sie haben getan, was Sie konnten, Dr. Hernández, und mein Mann hat nicht gelitten.»

Der Rest war ein Klacks gewesen. Mit dem Totenschein ließ sie sich von der venezolanischen Registerbehörde eine notarielle Sterbeurkunde ausstellen. Zur Verwendung in Deutschland musste sie sich vom venezolanischen Außenministerium die Sterbeurkunde apostillieren lassen und schließlich von einem staatlich anerkannten Übersetzer ins Deutsche übertragen lassen. Voilà – Karsten war nun nicht nur für sie, sondern auch offiziell gestorben. Alles lief problemlos und zügig, sogar schneller als üblich; man wollte der trauernden Witwe, die so rasch wie möglich wieder zurück in ihr Heimatland wollte, keinen unnötigen Kummer bereiten.

Karsten «verschwinden» zu lassen, war viel einfacher gewesen, als sie gedacht hatte; sein bisheriger Lebensstil kam ihr da sehr entgegen. Er hatte nirgendwo Spuren hinterlassen. Egal, in welchem Land sie lebten, stets musste sie die Wohnung, das Auto, die Telefone und alles, was offiziellen Charakter hatte, auf ihrem Namen anmelden. Seine Geschäftspartner vor Ort kannten ihn nur unter dem Namen Carlos. Ob seine verflossenen Verhältnisse ihm in einer solchen Situation beistehen würden? Lexi bezweifelte das. Mit Bekannten oder ehemaligen Schulfreunden aus Deutschland hielt er keinen Kontakt. Ihre Nachbarn kannten sie kaum. Definitiv nicht gut genug.

Blieb nur Dolores. Aber die konnte viel erzählen. Ohne Beweise kam sie nicht weit.

Waren irgendwo seine Fingerabdrücke registriert? Soweit sie wusste: nein. Er mied alles, was ihn bei Behörden sichtbar machte. Wie schön, dass ihr das nun zugutekam.

Hatte er unverkennbare Narben, Verletzungen, die irgendwo notiert waren? Nein. Konnte aus ärztlichen Unterlagen etwas hervorgehen, was ihn eindeutig identifizierte? Zahnarztunterlagen!

Das Internet gab ihr Auskunft: Ärztliche Unterlagen werden nicht länger als zehn Jahre aufbewahrt, Röntgenbilder dreißig Jahre. So war es zumindest in Deutschland. Da sie schon über zwanzig Jahre in Südamerika lebten, konnte sie davon ausgehen, dass es dort nichts mehr gab. Und in Caracas hatte sie sich bereits, wie jedes Mal, wenn sie umzogen, die ärztlichen Unterlagen aushändigen lassen, um sie dem nächsten Arzt zur Verfügung stellen zu können.

Während sie sein Ableben vorbereitete, war sie von Zeit zu Zeit mit Karsten in Kontakt gewesen. Er hatte sich regelmäßig bei ihr gemeldet. Wenn er anrief, ging sie nicht dran, reden konnte sie nicht mit ihm. Aber sie schrieb ihm eine SMS, dass sie leider seinen Anruf verpasst hätte, der Empfang nicht besonders gut sei, er solle ihr eine SMS schicken. Das tat er. Er berichtete von zu Hause, wie er alleine auf der Couch saß, Fastfood aß und wie einsam es ohne sie sei. Da Lexi meist einen freien Blick auf die Couch hatte und ihn da nicht sitzen sah, war es für sie jedes Mal eine Bestätigung, dass das, was sie gerade tat, goldrichtig war. Sie revanchierte sich mit Ausschmückungen, wie wundervoll es auf Isla Margarita sei. Und als er ihr per SMS mitteilte, er müsse leider gerade an dem Tag, an dem sie zurückkäme, geschäftlich für ein paar Tage nach Bogotá, freute sie sich. Sehr gut, das würde ihr noch einen Zeitpuffer geben, falls es irgendwo Verzögerungen gab.

Gab es aber nicht. Sie war sehr fleißig, arbeitete Tag und Nacht, beherrschte Karstens Unterschrift inzwischen aus dem Effeff, sodass sie sein Testament aufsetzen und unterzeichnen konnte. Sie schrieb unermüdlich Kündigungen: für die Wohnung, die Kreditkarten, die Autoversicherung, die Handyverträge. Die verbrannten Unterlagen deponierte sie in der Urne, die restlichen Dokumente von Karsten, die sie nicht verbrannt hatte und eventuell noch benötigte, packte sie in einen Koffer. Das wäre ein Teil ihres Reisegepäcks.

Zur Sicherheit hatte sie kurz vor ihrer Abreise in Venezuela noch eine Anzeige gegen unbekannt gestellt; sie berichtete der Polizei, sie habe nun schon mehrfach von einem Mann gehört, der behauptete, er sei Karsten Langendorf. Sie gehe davon aus, dass dieser Mann entweder ein Betrüger sei, ein gewissenloser Scherzbold oder aber, nun ja, vielleicht ein Fall für eine psychiatrische Behandlung. Jedenfalls wollte sie die Polizei darüber informieren, bevor sie nach Deutschland umziehe.

Man nahm ihre Beschwerde auf und versicherte, man werde den Spaßvogel dingfest machen, falls man ihn erwischte. Und man wünschte ihr alles Gute.

Karsten hatte es ihr wirklich leichtgemacht, ihn verschwinden zu lassen. Sie hatte ihn schachmatt gesetzt. Sie griff nach dem nächsten Koffer, da klingelte ihr Handy. Eine unbekannte Nummer erschien auf dem Display.

«Langendorf», meldete sie sich.

«Hier auch! Sag mal, bist du völlig verrückt geworden? Hast du den Verstand verloren?»

Lexi durchfuhr ein heißer Schreck. Ihr wurde schwindelig, sie musste sich setzen, und ihr Herz klopfte beunruhigend laut und heftig. Dabei hatte sie diesen Anruf erwartet.

Tagelang hatte sie in Gedanken dieses letzte Telefonat mit Karsten durchgespielt. Nur deshalb hatte sie noch ihre alte Handynummer. Nun kam endlich ihr Auftritt. Und gleich morgen würde sie sich ein neues Handy zulegen. Mit neuer Nummer.

In der Wohnung in Caracas hatte sie eine Kopie seiner Sterbeurkunde zurückgelassen.

«War dir meine Mitteilung nicht aussagekräftig genug?», fragte sie.

«Ich komme nach Hause und stelle fest, dass du dich aus dem Staub gemacht hast und ich nicht mehr existiere.»

«Ja, nette Überraschung, nicht wahr?»

«Glaubst du im Ernst, du kommst damit durch?»

«Bin ich schon. Es ist amtlich. Du bekommst übrigens ein wirklich schönes Grab.»

Karsten schnappte hörbar nach Luft. «Wieso, Lexi? Was hab ich dir getan?»

«Ich dachte, ich revanchiere mich für die Überraschung, die du mir bereitet hast.»

«Welche Überraschung? Ich habe überhaupt nichts getan.»

«Oh, weißt du es noch nicht? Karsten, du wirst Vater! Glückwunsch. Auch an Dolores.»

Karsten schwieg.

«Lexi ... Es tut mir leid ... Ich kann das erklären ...»

«Nicht nötig, ich hab in Biologie aufgepasst.»

«Lexi, bitte, lass uns vernünftig darüber reden. Lass uns gemeinsam einen Weg finden, wie wir das rückgängig machen können. Wir können uns doch irgendwie einigen.»

«Tut mir leid, es ist zu spät. Im Übrigen bin ich noch in Trauer, mein Mann ist gerade verstorben. Gott hab ihn selig. Ich muss jetzt auflegen.»

Sie schaltete das Handy aus. Geschafft! Sie war sehr stolz auf sich. Sie beruhigte ihr aufkeimendes schlechtes Gewissen damit, dass er ja keine Not litt. Karsten hatte sogar ein Dach über dem Kopf – das neue gemeinsame Haus mit Dolores. Und er hatte noch das Geld aus dem Safe in ihrer alten Wohnung in Caracas, in dem er stets größere Summen Bargeld aufbewahrte. Lexi kannte die Kombination nicht, das war Karstens Glück.

Außerdem konnte er ja weiterhin arbeiten und Geld verdienen. Sie hatte sein Leben nicht ruiniert. Sie hatte ihm nur sein altes Leben genommen. Und seine Konten auf den Caymans leer geräumt. Das schmerzte ihn vielleicht am meisten; es waren mehrere Millionen. Doch dann keimte Unruhe in ihr auf. Karsten wusste nun Bescheid. Hatte sie wirklich an alles gedacht? Sie wurde immer nervöser. Ein flaues Gefühl breitete sich in ihrem Magen aus. Sie lief auf und ab und versuchte ganz ruhig zu atmen. Er würde nicht hier auftauchen können, er wusste gar nicht, wo sie sich befand. Nicht einmal das Land. Außerdem konnte er Venezuela nicht verlassen, er hatte ja keine Papiere mehr. Und er würde auch keine bekommen: Er war schließlich offiziell tot. Es gab eine Sterbeurkunde.

Aber wie wütend war er? Wütend genug, um Himmel und Hölle in Bewegung zu setzen, sie ausfindig zu machen? Würde es ihm gelingen, sich Papiere zu beschaffen? Würde er sich rächen wollen? Und wie würde seine Rache aussehen? War ihr Leben in Gefahr? Ihr Herz schlug unregelmäßig, ihre Atmung beschleunigte sich. Er würde sie nicht finden. Wie denn auch? Karsten konnte sie nicht aufspüren. Er hatte keinen Anhaltspunkt, wo er nach ihr suchen sollte.

Morgen würde sie feiern. Nur wo? Ihr Blick fiel auf die Rückseite des Stadtmagazins, auf der eine Anzeige des Imperial Hotels war. *Historischer Charme, außergewöhnlicher Luxus, internationales Flair – das Grand Hotel, in dem sich die Welt trifft. Lassen Sie sich verwöhnen, wir erfüllen Ihnen jeden Wunsch.* Ja. Perfekt. Sie wollte die Welt treffen, sich verwöhnen lassen, und das Versprechen, dass man ihr jeden Wunsch erfüllen würde, gefiel ihr ebenfalls.

Also: ein netter Lunch im Imperial Hotel und dann einen Cocktail in der Lobby. Oder zuerst den Cocktail, dann den Lunch.

8. KAPITEL

Wolf Novak bog um die Ecke, dann sah er «Rosis Bar». Er blickte auf die Uhr. Er war auf die Minute pünktlich. Er strich sich über sein sorgfältig gepflegtes, welliges, dunkles Haar, das trotz seiner fünfundsechzig Jahre sehr voll und kaum von Silberfäden durchzogen war und ihn daher jünger wirken ließ. Er zog seine Lederjacke zurecht und betrat das Lokal. Es war relativ leer. Das Rotlichtviertel erwachte erst abends zum Leben. Zwei, drei Gestalten, vielleicht vom gestrigen Abend übrig geblieben oder für ein Frühstücksbier vorbeigekommen, saßen an der Theke. Er ging auf die Barfrau zu, lehnte sich lässig an die Theke und lächelte.

Die Barfrau lächelte ebenfalls. Wolf war zufrieden. Er war noch keiner Frau begegnet, die nicht auf sein Lächeln reagierte.

«Was kann ich für Sie tun?», fragte sie.

«Was wären Sie denn bereit zu tun?»

«Bier und Korn?»

«Bin im Dienst.»

Sie hörte auf zu lächeln. «Bulle?»

«Nein.» Er grinste. «Sehen die neuerdings so gut aus?»

Sie lachte wieder. Er fragte nach Rosi.

«Rosi ist oben», teilte sie ihm mit und begann, die Theke abzuwischen

«Gibt's 'ne Abkürzung dahin?»

Sie winkte ihn hinter die Theke, ging mit ihm durch eine kleine Küche und deutete im angrenzenden Flur auf eine Treppe. «Da hoch. Klingeln Sie bei Schmitt.»

«Danke.» Wolf schenkte ihr sein charmantes Lächeln.

Sie gurrte: «Ich seh Sie auf dem Rückweg. Sie können gern wieder die Abkürzung nehmen.»

Im ersten Stock des Hauses waren vier Wohnungstüren. Weisungsgemäß klingelte er an der Tür mit dem Namen Schmitt.

Eine attraktive Schwarze öffnete. Altersmäßig schlecht einzuordnen, Wolf schätzte sie zwischen dreißig und fünfzig.

«Wolf Novak?», fragte sie.

Wolf nickte, lächelte und fügte mit geübt rauer Stimme hinzu: «Privatdetektiv.»

Sie winkte ihn unbeeindruckt herein und bot ihm einen Kaffee an. Er nahm auf einem Sessel Platz, sie reichte ihm eine Tasse.

Wolf sah den Kaffee an, dann sie und lächelte: «Heiß und schwarz. Genau mein Geschmack.»

Rosi verzog das Gesicht: «Soll das ein Flirtversuch sein?»

«So schlecht?»

«Sehr einfallslos.»

«Na, das fängt ja gut an. Was kann ich für Sie tun?»

«Mir gehört dieses Haus; also die Bar und die Wohnungen hier. Die Wohnungen sind vermietet. Meine Mieter haben sich beschwert, dass sie in der letzten Zeit vor dem Haus immer wieder angesprochen werden, ob sie nicht umziehen wollen, die Gegend sei nicht sicher.»

«Wir sind im Rotlichtviertel. Vielleicht hat die Heilsarmee mal wieder eine Aktion gestartet, Seelen zu retten.»

«Es war nicht die Heilsarmee, zwielichtige Gestalten lungern vor meinem Haus herum.»

«Kein Wunder in der Gegend.»

«Wollen Sie ein Besserwisser sein oder einen Auftrag bekommen?»

«Letzteres.»

«Also: Zwei meiner Mieter sind inzwischen ausgezogen, und gestern hatte ich die dritte Kündigung im Briefkasten. In der Bar tauchen Typen auf, zetteln Schlägereien an, bedrohen meine Stammgäste, die Gäste bleiben aus. Diese Aktionen sind eindeutig gegen mich gerichtet.»

Rosi schwieg und sah Wolf abwartend an.

Wolf fragte: «Können diese Vorfälle rassistische Gründe haben?»

«Wie kommen Sie denn auf die Idee?»

«Weil Sie schwarz sind.»

«Ich bin was?» Rosi sah ihre Hände und Arme an. «Holy shit! Sie haben recht.»

«Haha», machte Wolf.

Da Rosi schwieg, fragte er: «Sagt man nicht mehr schwarz? Heißt das jetzt dunkel? Farbig? Maximalpigmentiert? Afrikaner?»

«Ich komme nicht aus Afrika. Ich bin Deutsche.»

«Gut, also dunkelhäutig vielleicht? Neger ist nicht; weiß ich, seit Negerküsse und Mohrenköpfe in Schaumküsse umbenannt wurden. Ich bestelle sicherheitshalber auch kein Zigeunerschnitzel mehr.»

«Schwarz ist völlig okay. Um auf Ihre Frage zurückzukommen: nein. Mit meiner Hautfarbe hat das nichts zu tun. Sie wollen, dass ich mein Haus verkaufe.»

«Okay. Und ich soll jetzt herausfinden, wer dahintersteckt?»

«Das weiß ich bereits.»

«Ach?»

«Sergej Petrow. Ein halbseidener Russe. Er tauchte hier auf und hat gesagt, er will mein Haus kaufen. Ich sagte: ‹Nein, kein Interesse›, und dachte, damit wäre die Sache erledigt. Aber dann ging das mit meinen Mietern und den Schlägereien in der Bar los.»

«Dann sollten wir ihn mal überprüfen und feststellen, was er mit Ihrem Haus vorhat.»

«Weiß ich schon. Er ist ein Zuhälter und Mädchenhändler und will in meinem Haus ein Stundenhotel betreiben.»

«Okay. Also, Sie wissen bereits, wer und warum. Wieso bin ich hier? Sie wollten mal mit jemandem darüber reden?»

«Witzbold.»

«Ich bin kein Bodyguard, ich kann niemanden für Sie vermöbeln.»

Rosi verdrehte die Augen. «Gewalt? Das ist alles, was Ihnen dazu einfällt? Männer!»

«Was ist mit der Polizei?»

«Was soll die denn tun? Die kümmern sich erst um die Sache, wenn ich abgemurkst in einer Ecke liege.»

«Gut. Dann noch mal von vorne: Was kann ich für Sie tun?»

«Ich brauche Informationen. Ich bin sicher, dass Petrow für jemanden arbeitet. Ich will wissen, wer sein Auftraggeber ist. Vielleicht kommen wir da weiter.»

«Okay, dann werde ich diesen Petrow mal ausfindig machen.»

«Sie müssen einfach nur hierbleiben. Petrow kommt um elf vorbei. Wenn er geht, hängen Sie sich an ihn dran und finden heraus, wen er trifft, mit wem er Kontakt hat, na, das Übliche eben. Sie wissen schon.»

«Alles klar», sagte Wolf. «Beschattung. Recherche. Hintermänner finden.»

Sie nickte, stand auf und gab ihm einen Umschlag.

Er sah hinein. Es waren 1500 Euro drin. Sein Tagessatz.

«Melden Sie sich, sobald Sie wissen, wer dahintersteckt. Dann sehen wir weiter.»

Sie sah auf die Uhr. «Am besten warten Sie draußen auf ihn. Wenn Sie nach links gehen, finden Sie etwa hundert Meter von hier auf der anderen Straßenseite einen Kiosk. Von dort haben Sie einen guten Blick auf die Straße und den Eingang meiner Bar, und Sie fallen nicht auf. Da hängen immer ein paar Schnapsnasen rum.»

Wolf war etwas empört. Aber die 1500 Euro in dem Umschlag ließen ihn schweigend nicken. Er verabschiedete sich und verließ das Haus wieder auf dem Weg durch die Bar. Zeit für einen Plausch mit der Barfrau hatte er zwar nicht, aber zumindest konnte er ihr noch ein charmantes Lächeln schenken und ihr zuzwinkern.

Am Kiosk gegenüber verlangte er nach einem Päckchen Zigaretten und einem Feuerzeug. Dann lehnte er sich lässig an die Hauswand und behielt den Eingang zu Rosis Bar im Auge.

Wolf war früher bei der Streife gewesen. Er hatte sich vom Polizeimeister über den Obermeister bis zum Hauptmeister hochgearbeitet. Ende der mittleren Laufbahn. Der Weg zum Kriminalkommissar, dem gehobenen Dienst, war ihm verwehrt geblieben, da er kein Abitur hatte. Nach seiner Pensionierung hatte er eine Privatdetektei eröffnet und sich damit einen Traum erfüllt. Wolf Novak. Privatdetektiv. Eigentlich hieß er Wolfgang. Aber mit der Eröffnung seiner Detektei kürzte er seinen Namen zu Wolf ab.

Seine Leidenschaft galt schon immer dem Computer und den neuen Technologien, und im Laufe der Zeit hatte er sich eine bemerkenswerte Fähigkeit angeeignet, Recherchen per Internet zu betreiben, die hart an der Grenze zum Hacken lagen. Er war in der Lage, innerhalb kürzester Zeit eine Menge Informationen über Personen und ihr Umfeld zusammenzutragen. Facebook und dem Social Network sei Dank. Die Leute sind so naiv, schreien nach Schutz der Privatsphäre und posten dann alles selbst im Internet.

Der Bedarf an Detektiven war groß. Meist arbeitete Wolf für Versicherungen, für die er zweifelhafte Schadensfälle kontrollierte. Oder Arbeitgeber, die ihre langfristig krankgeschriebenen Angestellten überprüfen ließen, oder Firmen, die ihre Gesellschafter unter die Lupe nehmen wollten. Erstaunlich viele Aufträge kamen von Ehefrauen, die ihre untreuen Männer beschatten ließen. Rosis Auftrag war eher die Ausnahme. Aber ganz nach seinem Geschmack. Action. Echte Kriminelle. Gefahr. Ein Klassiker, wie aus einem Film.

Wolf blickte auf die Uhr. Zehn nach elf. Hatte er Petrow übersehen? Oder war der einfach nur unpünktlich?

Seine Frage wurde im selben Moment beantwortet. Ein schwarzer Cadillac Escalade hielt ganz in der Nähe.

Ein gelackter Typ stieg aus und verschwand in Rosis Bar. Petrow. Keine Frage. Steht offensichtlich auf amerikanische Geländewagen. Wenn dieser Petrow Teil einer Organisation ist, muss er wohl in der Rangordnung ziemlich oben sein.

Wolf schnickte seine Zigarette weg, winkte sich ein Taxi heran und stieg ein. Der Fahrer, ein junger Typ, wahrscheinlich Student, drehte sich zu ihm um.

«Wohin soll's gehen, Meister?»

«Sag ich Ihnen gleich. Im Moment warten wir hier einfach.»

«Klar, aber die Uhr läuft schon.»

Petrow kam schon bald wieder aus Rosis Bar und stieg in seinen Wagen ein. Wolfs Anweisung an den jungen Taxifahrer war klar und unmissverständlich: «Folgen Sie diesem Wagen.» Er deutete auf Petrows Auto.

Der Fahrer drehte sich um. «Im Ernst?»

«Ja.»

«Is ja cool.» Er grinste breit: «Unauffällig, nehme ich an?»

«Richtig», knurrte Wolf.

Der Fahrer stellte das Taxameter wieder ab. «Der Rest geht auf mich. Auf so was warte ich seit langem.»

Wolf musste lächeln. Bisher waren auf der Uhr vier Euro fünfzig aufgelaufen. Tatsächlich stellte sich der Fahrer bei der Verfolgung sehr geschickt an. Wobei ein Taxi im Straßenverkehr einer Großstadt ja nun wirklich nicht auffällt. Aber egal. Petrow umkreiste nun schon zum dritten Mal das Imperial Hotel. Er schien auf der Suche nach einem Parkplatz zu sein. Der Fahrer und Wolf kamen zum selben Schluss: Das war Petrows Ziel.

«Soll ich hier anhalten, und wir warten, bis der Typ kommt?»

Wolf gefiel der Vorschlag. Kurz darauf kam Petrow tatsächlich zu Fuß die Straße entlang und steuerte auf das Imperial Hotel zu.

Als Wolf ausstieg, reichte er dem Fahrer einen Zwanzig-Euro-Schein. «Stimmt so.»

Der Fahrer kritzelte eine Nummer auf eine Karte und gab sie Wolf. «Rufen Sie mich an, wenn Sie wieder mal was haben.»

Wolf gelang es, noch vor Petrow das Imperial zu betreten. Er ging zur Rezeption, nahm sich eine Broschüre, tat, als studiere er sie, und wimmelte die eilfertige Dame am Empfang mit den Worten «Ich warte auf jemanden» ab.

Petrow stand kurz darauf am Empfang. «Sergej Petrow. Melden Sie mich bitte bei Jurij Melnikow an.»

Wolf musste einen Pfiff unterdrücken, verließ den Empfang und ging ein paar Schritte in die Lobby. Jurij Melnikow. Der Boss der Russenmafia. Das wird spannend. Er würde noch eine Weile hierbleiben, warten, bis Petrow wieder ging. Und sich dann an seine Fersen heften.

9. KAPITEL

Wolf sah sich in der Lobby um und steuerte einen der Sessel einer kleinen Sitzgruppe an.

Diese Idee hatte auch eine elegant gekleidete Dame mittleren Alters.

Wolf sah sie an, setzte sein bestes Lächeln auf und fragte: «Leisten Sie mir Gesellschaft?»

Sie schien im ersten Moment etwas verblüfft, lächelte dann aber ebenfalls und nahm Platz.

Er setzte sich ihr gegenüber und wollte nach einer der Zeitungen greifen, die auf dem kleinen Tischchen lagen, doch sie war schneller.

«Sport oder Wirtschaft?», fragte sie.

«Privatdetektiv.»

Sie sah ihn erstaunt an. «Nein, ich meinte, ob Sie lieber den Sportteil oder den Wirtschaftsteil haben wollen? Wir können uns die Zeitung ja teilen.»

«Oder wir unterhalten uns», sagte er und schickte ein vielversprechendes Lächeln hinterher.

Sie lachte. «Von mir aus.»

Er stellte fest, dass sie attraktiv war.

Ein Kellner kam und fragte Wolf, ob er den Herrschaften etwas zu trinken bringen könnte.

Wolf wandte sich an die Dame: «Darf ich Sie einladen?»

«Gerne.»

Er warf einen unauffälligen Blick auf seine Sitznachbarin. Kaffee oder Tee? Was würde die Dame wohl bevorzugen?

«Wir nehmen Tee, bitte», bestellte er.

«Schwarz, Grün, Weiß, Roiboos oder Kräuter?», fragte der Kellner.

«Schwarz.»

«Indien, Ceylon, China, Indonesien, Südamerika, Afrika?»

«Indien.»

«Darjeeling oder Assam?»

Wolf blieb dabei, immer das Erstgenannte zu nehmen: «Darjeeling.»

«First flush, second flush?»

«First flush. Und weitere Fragen beantworte ich jetzt nicht.»

«Sehr wohl», sagte der Kellner höflich. «Zweimal Darjeeling first flush.»

«Nein», widersprach die Dame. «Für mich bitte einen Gin Tonic.»

Wolf sah sie erstaunt an. Na, den hätte er auch lieber gehabt als einen dämlichen Tee.

«Welchen Gin?», erkundigte sich der Kellner.

«Englischen.»

«Gordons, Beefeater, Bombay Sapphire, Tanquerey, Brokers oder Hendriks? Wobei der letztere genau genommen aus Schottland kommt.»

«Dann nehme ich den. Hendriks.»

«Und welches Tonic hätten Sie gerne? Schweppes, Fentimans, Thomas Henry, 1724, Fever Tree …?»

«Egal.»

«Ich würde Fentimans empfehlen», sagte der Kellner.

Die Dame nickte.

Als der Kellner gegangen war, schüttelte sie den Kopf und flüsterte Wolf vertraulich zu: «Ich hatte ja keine Ahnung, dass das inzwischen eine Wissenschaft geworden ist. Früher sagte man einfach ‹Gin Tonic›, und man bekam einen.»

«Bei Tee ist es auch nicht einfacher. Aber ein Gin Tonic wäre mir auch lieber gewesen.»

«Ändern Sie doch Ihre Bestellung.»

«Zu spät.»

«Es ist nie zu spät, eine Entscheidung zu korrigieren.»

Er war nicht ihrer Meinung, wollte das aber jetzt nicht diskutieren.

«Wohnen Sie hier im Hotel?», wechselte er das Thema.

«Nein. Ich bin gerade erst in die Stadt gezogen. Sind Sie Gast im Hotel?»

«Nein. Ich bin beruflich hier.»

«Ach ja, Privatdetektiv. Beschatten Sie jemanden?» Sie hatte ihre Stimme gesenkt.

«Ja.»

«Das ist ja aufregend.» Inzwischen flüsterte sie. «Wen denn? Sitzt er hier irgendwo?» Verstohlen sah sie sich um.

Er lächelte geheimnisvoll: «Ich unterliege der Schweigepflicht.» Dann sagte er: «Sie sind also neu in der Stadt?»

«Ja.»

Strahlendes Lächeln, tiefer Blick in ihre Augen: «Ich bin hier aufgewachsen.»

«Dann kennen Sie sich bestimmt gut aus.»

Diese Tonlage, der leicht zur Seite geneigte Kopf, das kokette Lächeln – Wolf war auf bekanntem Terrain: Die

Lady flirtete mit ihm. Er blühte auf. Er ließ seine Stimme etwas dunkler und rauer klingen, als er antwortete: «Ja, die Stadt ist mein Revier. Mein Name ist übrigens Novak. Wolf Novak.»

«Alexa Langendorf.»

«Ein sehr schöner Name.»

«Danke, aber ich kann weder etwas für den Vornamen noch für den Nachnamen.»

«Alexa Langendorf», wiederholte Wolf geschmeidig und lächelte sie an. Dann stutzte er. Der Name kam ihm bekannt vor. Woher nur?

«Alexa Langendorf …», sagte er nachdenklich.

«Wolf Novak», sagte sie.

«Bitte?»

«Na, ich dachte, wir wiederholen jetzt gegenseitig eine Weile unsere Namen. Sie haben damit angefangen.»

Wolf sah sie an. Ironie?

«Also, wenn Sie neu in der Stadt sind – ich biete mich gerne als Fremdenführer an.»

«Das wäre großartig.»

Wolf hatte sein Siegerlächeln aufgesetzt, das nie seine Wirkung verfehlte. Alexa Langendorf. Alexa … Eine vage Erinnerung durchzuckte ihn. Er konzentrierte sich, die Erinnerung wurde klarer. Gestern hatte er eine Mail bekommen. Sie war deutschlandweit an ganz viele Detekteien gegangen. Jemand suchte nach einer Alexa Langendorf.

Er hielt sein Handy in die Höhe. «Bitte entschuldigen Sie mich ganz kurz!» Er machte ein paar Schritte in Richtung des Empfangs und durchsuchte dabei seinen Posteingang. Ja. Er hatte sich nicht getäuscht. Jemand suchte nach einer Alexa Langendorf, sechzig Jahre alt, die bisher in Südamerika gewohnt hatte. Name und Alter stimmten. Das mit Südamerika musste er noch herausfinden. Noch ein Auftrag. Noch so ein dicker Fisch wie der Russe?

«Alles in Ordnung?», erkundigte sich Alexa, als Wolf wieder neben ihr Platz nahm.

«Ja, alles bestens», nickte er und steckte sein Handy wieder ein.

Das Glück war stets sein bester Mitarbeiter gewesen.

Er begann mit Recherche Nummer zwei an diesem Tag.

«Wo haben Sie denn bisher gelebt?», nahm Wolf das Gespräch wieder auf.

Als sie antworten wollte, trat der Kellner mit den Getränken an ihren Tisch. Er stellte den Gin Tonic ab und griff nach der Teetasse für Wolf, da sagte Alexa: «Wir hatten doch zwei Gin Tonic bestellt.»

Der Kellner korrigierte: «Der Herr hatte einen Tee bestellt.»

Alexa nickte: «Zunächst hatten wir Tee bestellt. Aber dann hatten wir uns umentschieden: Gin Tonic.»

Wolf war beeindruckt. Die Lady traute sich was. Wieso man wohl nach ihr suchte? Hatte sie etwas angestellt? War sie auf der Flucht?

Der Kellner öffnete kurz den Mund, schloss ihn dann aber wieder, lächelte süßsauer und sagte artig: «Sehr wohl.»

Wolf grinste nun breit. «Sie sind ja dreist. Gefällt mir.»

«Ich hab Ihnen doch gesagt, man kann Entscheidungen immer korrigieren.»

Er lachte.

Als Wolf dann ebenfalls seinen Gin Tonic hatte, stieß

man an. Alexa nahm genussvoll einen kräftigen Schluck. Und dann gleich noch einen. Ihr Glas war bald leer. Was Wolf durchaus gefiel. Alkohol war immer sein bester Verbündeter, um Frauen in gute Laune zu versetzen.

«Erzählen Sie mir doch ein wenig über sich. Wo haben Sie bisher gelebt?»

«Die letzten zwanzig Jahre habe ich in Südamerika gelebt. Mal hier, mal da. Bedingt durch den Beruf meines Mannes.»

«Sie sind also verheiratet?»

«Verwitwet.»

Wolf machte ein mitfühlendes Gesicht und bestellte ihr einen weiteren Drink. Als sie sich kurz entschuldigte, um zur Toilette zu gehen, machte er unauffällig ein Foto von ihr. «Zielperson ausfindig gemacht. Bitte um weitere Anweisungen», tippte er in sein Handy und schickte das Foto ab.

Er achtete darauf, sein Glas halbvoll zu halten, wobei ihm die schmelzenden Eiswürfel zugutekamen. Er wollte sich keinen weiteren Drink bestellen, er musste klar bleiben. Der Russe und die Südamerikanerin forderten seine volle Konzentration.

Als Alexa zurückkam, steckte er sein Handy wieder ein.

Ihren verstorbenen Mann erwähnte sie nicht weiter, was Wolf sehr erleichterte. Normalerweise zwangen ihn die Leute, jede einzelne Phase des Verlustes mit ihnen gemeinsam noch einmal zu durchleben. Alexa hingegen berichtete ausführlich über die verschiedenen Länder, in denen sie gelebt hatte. Sie glitten langsam in eine angenehme, entspannte Stimmung, in der Zeit keine Rolle mehr spielte.

Ihre Aussprache wurde mit jedem Drink etwas unpräziser, gelegentlich streute sie spanische Sätze ein, die er nicht verstand. Seine Reaktionen stimmte er daher auf ihren jeweiligen Gesichtsausdruck ab. Lachte sie, lachte er auch, machte sie ein unwirsches Gesicht, schüttelte er rügend den Kopf, und ab und zu warf er ein verblüfftes «Na, so was» ein.

Wolf hatte keine Zweifel mehr: Die Gin-Tonic-Dame war die gesuchte Person. Nur, warum sie gesucht wurde, das wusste er nicht. In ihren Erzählungen hatte er nichts Verdächtiges gefunden. Er musste warten, bis er eine Antwort auf seine Mail bekam. Hoffentlich würde sie noch ein bisschen durchhalten. Der Gin tat unübersehbar seine Wirkung.

Während Wolf an Petrow dachte und überlegte, ob das Hotel einen Hinterausgang hatte, durch den er ihm entkommen könnte, stoppte Alexa plötzlich in ihrer Erzählung, sah auf die Uhr und rief: «Himmel, ich hab ja total die Zeit vergessen. Ich hatte einen Tisch zum Lunch reserviert.»

Wolf zögerte. Einerseits wollte er ihr vorschlagen, sie zum Essen zu begleiten. Andererseits konnte er aber seinen Beobachtungsposten nicht aufgeben. Von hier hatte er freien Blick auf die Aufzüge und auf den Ein- beziehungsweise Ausgang des Hotels. Als er nicht reagierte, meinte sie: «Ach was, Essen wird überbewertet. Ich nehme einfach noch einen Gin Tonic.»

«Gute Idee!» Wolf winkte erleichtert dem Kellner. Das war für ihn die perfekte Lösung.

«Wissen Sie», sagte sie und beugte sich näher zu ihm: «Ab jetzt werde ich alles anders machen als bisher. Ich fange ein neues Leben an. Ich bin dafür nämlich nicht zu alt, sondern endlich alt genug!»

Da konnte er ihr nur zustimmen. Sie gefiel ihm immer besser. Sie hatte Humor, war unkonventionell und auf sympathische Art und Weise dreist. Dabei jedoch stilvoll und gebildet. Eine echte Dame von Welt. Wolf war lange niemandem mehr begegnet, mit dem es ihm so viel Freude machte, sich zu unterhalten. Ihr Esprit war bestimmt nicht nur dem Gin zuzuschreiben.

«Und jetzt werde ich eine Zigarette rauchen. Hab ich bisher noch nie getan!», unterbrach sie seine Gedanken.

Wolf sah sich um. Würde sie sich davon abhalten lassen, es in der rauchfreien Zone der Lobby zu tun? Sein Blick fiel auf einen an die Lobby angrenzenden Raum, die «Havanna Bar». Durch die Glasfront konnte er einen älteren Herrn sehen, der zeitunglesend in einem Ohrensessel saß und eine Zigarre rauchte. Perfekt! Dort konnte sie rauchen, und er hätte immer noch einen guten Überblick auf die Lobby und den Ausgang.

«Warum gehen wir nicht in die Havanna Bar?» Er deutete auf den Eingang.

«Sie kennen sich wirklich gut aus hier», lobte ihn Alexa.

Wolf sah sie erstaunt an, aber ihre strahlenden Augen verrieten ihm, dass sie ihm tatsächlich ein Kompliment machen wollte. Alkohol schien sie zufrieden und glücklich zu machen. Wunderbar.

Der Kellner kam mit dem Gin Tonic, Wolf zahlte, nahm das Glas und führte sie – tatsächlich musste er sie leicht stützen – in die Havanna Bar.

Gerade als er die Tür zur Bar öffnen wollte, sah er, wie

Petrow wieder durch die Lobby auf den Ausgang des Hotels zuging.

Verflixt. Was nun? Eigentlich müsste er Alexa auf der Stelle stehen lassen und Petrow hinterher.

Er war hin und her gerissen: Südamerika oder Russland? Er entschied sich für Alexa. Petrow würde er wieder aufspüren können, aber von Alexa wusste er nicht, wo er sie finden könnte, wenn er sie jetzt aus den Augen verlor. Zudem könnte sie beim nächsten Treffen wieder nüchtern sein.

Er öffnete die Tür zur Havanna Bar und lächelte Alexa an. Sie nahm ihm das Glas aus der Hand und prostete ihm zu.

Die beiden machten es sich auf einem Sofa gemütlich. Wolf reichte Alexa eine Zigarette, sie nahm einen Zug und begann heftig zu husten.

«Ach nein, ich glaube, das ist doch nichts für mich.»

«Es passt auch irgendwie nicht zu Ihnen.» Wolf nahm ihr die Zigarette aus der Hand und drückte sie im Aschenbecher aus.

«Finden Sie? Was passt denn Ihrer Meinung nach zu mir?» Alexa klang jetzt kokett.

«Um darauf zu antworten, müsste ich Sie besser kennenlernen.» Auch Wolfs Stimme hatte eine andere Tonlage. Er beugte sich näher zu ihr.

Sie fuhr sich reflexartig mit der Hand durchs Haar und veränderte ihre Sitzhaltung. «Dem steht nichts im Wege. Fragen Sie. Was wollen Sie wissen?», hauchte sie.

Wolf nahm ihre Hand. «Mich würde interessieren, was Sie jetzt denken.»

«Denken klappt gerade nicht so gut.»

«Na, irgendein Gedanke wird doch durch Ihren hübschen Kopf huschen.»

Sie sah ihm tief in die Augen. «Nein. Aber ich finde Sie ausgesprochen attraktiv.»

Er näherte sich ihr weiter, aber sie wich plötzlich zurück, entzog ihm ihre Hand und setzte sich kerzengerade auf. «Himmel, was rede ich denn da? Vergessen Sie's. Ich glaube, ich bin betrunken.»

«Weil Sie mich attraktiv finden?»

«Nein, weil ich es ausspreche.»

Nun lächelte er wieder. «Aber gehört das nicht zu Ihrem Plan?»

«Welchem Plan?»

«Sie hatten vorhin verkündet, dass Sie ab jetzt alles anders machen wollen. Ein neues Leben anfangen wollen.»

Sie überlegte, dann wandte sie sich ihm wieder zu. «Stimmt.»

«Was wollen Sie denn ändern?»

«Mich.»

Er lachte. «Ich finde, das sollten Sie nicht tun. Sie sind wunderbar, genau so, wie Sie sind.» Er nahm ihre Hand und küsste sie.

Sie sah auf die geküsste Hand und lächelte. Mehr zu sich selbst als zu ihm sagte sie: «Ab jetzt werde ich mutiger sein, Risiken eingehen, das Leben genießen.»

«Das ist ein guter Plan. Ich bin dabei.»

10. KAPITEL

In dem Moment betrat eine auffallend attraktive Dame die Bar. Mit ihr schwebte eine Wolke von Wohlstand, Luxus und Selbstbewusstsein herein; sie trug es wie ein Parfüm. Es umgab sie einfach. Und sie wusste es.

Sie nahm an der Theke Platz, begrüßte den Barkeeper mit «Hallo, Leo!», bestellte sich ein Glas Champagner und fing an, sich über die Kosmetikerin im Wellness-Spa des Hotels zu empören.

Als der Barkeeper den Raum verließ – er gab vor, Eiswürfel holen zu müssen, doch der Verdacht lag nahe, dass er eine Pause vom Geschnatter der Dame brauchte –, sah sie sich in der Bar um und lauschte ungeniert dem Gespräch von Wolf und Lexi.

«Weißt du, was ich bei Männern nicht mag?», fragte Lexi Wolf. Sie waren inzwischen beim Du angelangt.

«Nein, was denn?»

«Wenn sie einen betrügen.»

«Ja, finde ich auch nicht gut.»

«Und weißt du, was noch?»

«Nein. Was?»

«Wenn sie andere Frauen schwängern.»

«Allerdings», nickte er.

«Das ist unverzeihlich!»

Wieder gab er ihr recht.

«Und weißt du, was?» Lexis Aussprache war sehr schludrig geworden. Sie nahm noch einen Schluck Gin Tonic, und mit einer weit ausholenden Geste, bei der sie etwas von ihrem Drink verschüttete, sagte sie: «Genau das hat mein Mann gemacht. Er hat eine Freundin, und er hat sie geschwängert.» Sie nahm noch einen Schluck und zuckte die Schultern. «Aber was kann man da machen? Schicksal!»

An dieser Stelle ließ sich die Dame vom Barhocker gleiten und nahm ungefragt bei ihnen Platz. «So was nimmt man nicht einfach hin», wandte sie sich an Lexi. «Was Sie brauchen, Darling, ist ein Racheplan. Einen genialen Racheplan.»

Lexi wehrte ab: «Nein!»

«Doch!» Die Dame wandte sich an Wolf: «Und Ihre Meinung?»

«Rachepläne sind nicht mein Metier.»

Ihr Blick blieb eine Weile auf ihm haften, ihr schien zu gefallen, was sie sah. Und sie vergaß für einen Moment ihr Anliegen und lächelte Wolf an. «Was ist denn Ihr Metier?»

«Ich bin Privatdetektiv.»

«Große Detektei? Angestellte?»

«Ein-Mann-Unternehmen.»

«Oh.» Ihr Interesse an ihm ließ schlagartig nach. «Schade.» Sie wandte sich wieder an Lexi: «Ich heiße übrigens Bea.»

«Lexi.»

«Wolf.»

Sie bestellte sich noch ein Glas Champagner und blickte dann fragend in die Runde: «Also, was tun wir jetzt, um

Lexis Mann, dieser Schweinebacke, eine Lektion zu erteilen?»

«Nicht nötig ...», begann Lexi.

«Bitte? Du lässt ihn doch wohl nicht einfach so davonkommen? Er betrügt dich und zeugt Kinder, während er mit dir verheiratet ist. Das kannst du doch nicht einfach so hinnehmen. Der Kerl muss bestraft werden!»

Bea war empört, engagiert und sprach in erhöhtem Tempo. Lexi konnte ihr kaum folgen.

«Also, was tust du jetzt?», fragte Bea noch einmal.

«Nichts.»

«Unsinn, man muss handeln. Man lässt den Dingen nicht ihren Lauf, man bestimmt selbst den Lauf der Dinge. Mein Leben überlasse ich doch nicht Stümpern wie dem Schicksal.»

Lexi nickte und kicherte. «Das Schicksal ist ein Stümper, genau.»

Bea ergriff ihr Glas und hielt es in die Höhe. «Also, auf geniale Rachepläne! Machen wir deinen Mann fertig!»

Wolf zog eine Augenbraue hoch. «Lexi! Ich dachte, du bist Witwe?»

Lexi sah ihn im ersten Moment erstaunt an, dann strahlte sie: «Aber ja. Mein Mann ist tot!» Und lachend verkündete sie allen: «Die Sache hat sich erledigt.»

Betretenes Schweigen folgte.

Bea fasste sich als Erste wieder. «Schade eigentlich, ich hätte ein paar ganz gute Ideen gehabt.»

Wolf warf ihr einen vorwurfsvollen Blick zu.

«Was denn?», erwiderte Bea grimmig. «Nur weil er jetzt tot ist, wird er doch nicht automatisch ein besserer Mensch!»

Lexi sah Bea fasziniert an. «Du gefällst mir. Wir sollten mehr Zeit miteinander verbringen.»

«Kein Problem, ich bin immer hier.»

«Hier in der Bar?»

«Im Hotel. Ich lebe hier.»

«Wie? Für immer?», fragte Lexi.

«Vorläufig.»

«Wieso lebst du in einem Hotel?», fragte Wolf.

«Meine Villa wird renoviert, und es inkommodiert mich. Deshalb wohne ich so lange hier.»

«Das ist ja eine tolle Idee. Sollte ich vielleicht auch machen», überlegte Lexi.

«Bist du kein Hotelgast?», fragte Bea.

Lexi schüttelte heftig den Kopf. Davon wurde ihr etwas schwindlig, sie musste sich an der Armlehne festhalten.

«Nein. Ich habe ein riesiges Penthouse, ganz für mich alleine. Da ist nie was los. Und ich kenn hier in der Stadt auch keinen, weil ich erst vor kurzem hergezogen bin. Ich langweile mich zu Tode. Aber im Hotel zu leben, ist bestimmt sehr unterhaltsam. Man hat immer Leute um sich.»

Wolf wollte etwas sagen, doch Bea ließ ihm keinen Raum. Sie war auf einer Mission. Sie hatte das Gespräch an sich gerissen.

«Wir sollten uns zusammentun. Ich kann Schwung in dein Leben bringen», bot Bea an.

Lexi nickte. «Ich zieh hier ins Hotel!»

«Oder, besser noch, ich ziehe zu dir, bis mein Haus fertig ist.»

Lexi setzte an «blendende Idee» zu sagen, doch sie scheiterte an dem Wort *blendend*. Schließlich sagte sie: «Gute Idee.»

«Wunderbar. Wir werden eine fabelhafte Zeit zusammen haben. Wir wären so was wie eine WG.»

«Eine WG?»

Bea hob ihr Glas. «Ja, eine WG. Ist doch super. Abgemacht?»

Lexi hob ebenfalls ihr Glas.

Wolf legte Lexi die Hand auf den Arm und fragte sie: «Weißt du, was du da gerade tust?»

Lexi nickte und verschüttete etwas Gin Tonic. «Ja», sagte sie. «Ich gründe eine WG. Zieh doch auch mit ein. Prost!»

11. KAPITEL

Erwartungsgemäß stöhnte Lexi am nächsten Morgen beim Aufwachen. Sie war ziemlich verkatert. Ihr Gedächtnis wies Erinnerungslücken auf. Imperial Hotel – Lobby – Havanna Bar. Ein paar Leute. Ein Privatdetektiv. Jede Menge Gin Tonics. Wie war sie nach Hause gekommen? Sie stöhnte erneut. Dann erschrak sie: Da war ein Geräusch. Einbrecher! Vielleicht war es ihrem Restalkohol geschuldet, oder die Zeit in Südamerika hatte sie unerschrocken gemacht, jedenfalls sprang sie kampfbereit aus dem Bett, musste sich dann aber noch einmal kurz auf die Bettkante setzen, um ihren Kreislauf zu stabilisieren. Diese kurze Pause nutzte sie, um ihr Schlafzimmer nach einer schlagkräftigen Waffe abzuscannen. Nichts. Sie sollte sich wirklich einen Baseballschläger unters Bett legen. Ihr Blick fiel auf einen rotblättrigen japanischen Bonsai-Ahorn. Der Baum gab nicht viel her, aber die Schale war massiv und schwer. Das müsste erst mal genügen. Mit dem Bonsai über ihrer Schulter schlich sie in den Wohnbereich.

An der Kücheninsel stand eine Dame. Sie trug einen seidenen, asiatisch gemusterten Morgenmantel, war perfekt geschminkt und frisiert und steckte gerade zwei Weißbrotscheiben in den Toaster. Sie sah Lexi erstaunt an.

«Darling, was schleppst du denn am frühen Morgen Bonsai-Bäumchen durch die Gegend?»

«Wer sind Sie?»

Die Frau legte die Stirn tadelnd in Falten. «Du verträgst wohl nicht viel, was? Ich bin Bea.»

Lexi ließ den Bonsai sinken und wankte leicht.

Bea nahm ihr die Schale aus der Hand und führte sie zu einem Stuhl am Esstisch. «Setz dich, ich bring dir einen Kaffee.» Sie eilte mit wehendem Morgenrock zurück in die Küche.

«Wieso sind Sie hier?», fragte Lexi.

Bea ließ sich nicht aus dem Konzept bringen. Sie nahm eine Tasse aus dem Schrank und schenkte Kaffee ein. «Schwarz würde ich vorschlagen.» Der Toast war auch fertig, sie schnappte sich ein Tablett und stellte alles vor Lexi auf den Tisch. Marmelade, Käse, Schinken – Bea hatte an alles gedacht. Auch an Aspirin.

«Ich weiß nicht, wie viel du von den Dingern brauchst», sagte Bea, als sie gegenüber von Lexi Platz nahm.

«Ich auch nicht.»

«Du bist also keine Gewohnheitstrinkerin. Dachte ich mir schon. Die halten länger durch.»

Lexi trank einen Schluck Kaffee. Er schmeckte bitter und stark.

Bea legte ihr einen Toast auf den Teller. «Iss mal besser was, bevor du die Tabletten nimmst.»

«Hören Sie, es tut mir wirklich leid, aber Sie müssen mir auf die Sprünge helfen. Was machen Sie hier?»

«Jetzt hör mal auf, mich zu siezen. Und: Sei froh, dass ich hier bin. Eigentlich wollte Wolf dich nach Hause bringen. Aber ich dachte, es wäre dir lieber, wenn ich das tue. Ich musste ziemlich mit ihm kämpfen.»

«Wolf?»

«Der Privatdetektiv.» Bea sah Lexi forschend an: «Totaler Blackout?»

Lexi zuckte die Schultern. Ihr war leicht schwindelig.

«Macht nichts», tröstete Bea, «wird dir schon wieder einfallen.»

Lexi seufzte und griff nach den Tabletten.

«Es ist nett von Ihnen ... ähm, dir, dass du mich nach Hause gebracht hast.» Etwas ängstlich fragte sie: «Hab ich viel geredet? Irgendwelche merkwürdigen Geschichten erzählt?»

Bea grinste. «Nein, keine Sorge, gegen Ende konnte man nicht mehr verstehen, was du gesagt hast.»

Tatsächlich beruhigte das Lexi.

«Dein Mann muss ein ziemlicher Hallodri gewesen sein.»

Lexi sah alarmiert auf.

«Seit wann ist er denn tot?», erkundigte sich Bea.

Lexi entspannte sich wieder. «Noch nicht sehr lange. Und ich rede nicht gerne darüber. Aber sagen Sie mir bitte: Wer sind Sie? Und wieso sitzen Sie hier im Morgenmantel an meinem Tisch und haben Frühstück gemacht?»

«Schon wieder *Sie* gesagt», rügte Bea.

«Entschuldigung. Also?»

«Ich bin hier, weil das deine Idee war.»

«Was war meine Idee?»

«Mit der WG!»

«WG?»

«Ja!»

«Du meinst *Wohngemeinschaft*?»

«Ja. Du hast uns gestern eingeladen, bei dir zu wohnen. Du warst ganz begeistert von dem Gedanken. Hast verkündet, dass du eine Senioren-WG gründen willst.»

«*Senioren*-WG?»

«Ich fand den Ausdruck auch nicht sehr passend. Aber du hast es ständig wiederholt, dabei gekichert und dich nicht davon abbringen lassen.»

Lexi sah unglücklich drein. Dann fragte sie etwas panisch: «Ist dieser Wolf auch hier?»

«Nein. Aber er war sehr angetan von dem Vorschlag.»

«Ich bin kein WG-Typ.»

«Du hast gesagt, deine Wohnung wäre riesig und du würdest dich einsam fühlen.»

«Hm.» Das stimmte. Aber die Lösung war doch nicht, wildfremde Leute zu beherbergen. Konnte sie das rückgängig machen?

«Und wie soll das vonstattengehen?», erkundigte sich Lexi. «Wann hast du vor, bei mir einzuziehen?»

«Ich hab meine Sachen bereits hier. War kein Aufwand. Ich hatte vorübergehend im Imperial gewohnt, weil meine Stadtvilla gerade renoviert wird. Und das Hotelleben ist auf Dauer öde. Ich musste nur meine Koffer packen – und voilà! Hier bin ich. Ich hab mir übrigens das schickste Gästezimmer ausgesucht. Ich mochte die Farbkombination von Champagnerbeige und Moccabraun am liebsten. Und ich liebe diesen urbanen Loftstil, in dem das Zimmer eingerichtet ist. Du musst mir unbedingt den Namen deines Innenarchitekten geben.»

Das war zu viel für Lexi. Was hatte sie sich nur dabei gedacht? Eine WG zu gründen?! Und wer war diese Person, die um diese Uhrzeit viel zu gut aussah und viel zu viel redete?

«Ich bin dir übrigens sehr dankbar. Es ist um so vieles besser, privat zu wohnen als in einem Hotel. Ich meine, alles gut und schön, ich hatte Roomservice und jede Annehmlichkeit, die ein Luxushotel eben bietet. Aber es geht doch nichts über ein schickes Penthouse.» Bea strahlte Lexi so glücklich an, dass sie ihr Vorhaben, ihr Angebot wieder rückgängig zu machen, erst mal aufschob.

Sie nahm einen Bissen von ihrem Toast und hoffte auf die Wirkung der Tabletten.

Nachdem sich der Nebel in Lexis Hirn etwas gelichtet hatte, wollte sie mehr über die fremde Frau, die bei ihr eingezogen war, erfahren. Ihre neue Mitbewohnerin. Es klang nicht nur merkwürdig, es fühlte sich auch so an. Sie hatte bislang nur mit Karsten zusammengewohnt. Sie wusste gar nicht, wie man sich in einer WG verhielt. War sie morgen dran mit Frühstückmachen? Sie schob diesen Gedanken beiseite. Vielleicht gab es ja morgen schon gar keine WG mehr.

«Du wohnst also im Imperial. Wann ist denn deine Villa ...»

Lexi tastete sich etwas unbeholfen vor, doch Bea unterbrach sie: «Du willst mehr über mich wissen. Kein Problem. Ich bin geschieden, habe zwei erwachsene Kinder. Meine Tochter lebt mit ihrem Mann in London und hat selbst bereits zwei Kinder. Mein Sohn ist gerade nach Singapur gezogen und leitet dort ein Fünf-Sterne-Hotel. Mein erster Mann hatte mich, als die Kinder noch klein waren, wegen des Au-pair-Mädchens verlassen. Das war sehr bitter für mich, besonders der Verlust des Kindermädchens. Scheidung, großzügige Abfindung. Zwei Jahre später lernte ich Ehemann Nummer zwei kennen. Doch als die Kinder im Teenageralter waren, verliebte der sich in die Nachhilfelehrerin der Kinder, eine junge Studentin. Und weg war er.

Scheidung zwei. Und wieder eine attraktive Abfindung.» Bea grinste: «Ich hab nicht reich geheiratet, sondern mich reich scheiden lassen.»

Während Bea fröhlich weiterplapperte, betrachtete Lexi sie eingehend. Wahrscheinlich hegte sie einen Groll und ein tief verwurzeltes Misstrauen gegenüber Frauen unter dreißig und bemühte sich deshalb, unter Zuhilfenahme von teuren Cremes, aufwendigem Make-up, jugendlichen Designer-Outfits und vielleicht auch angesehenen Schönheitschirurgen, dem Prozess des Älterwerdens entgegenzuwirken. Bea hatte ihr Alter mit Anfang fünfzig angegeben, aber Lexi schätzte, dass Bea etwa in ihrem Alter war, also zehn Jahre älter. Bea lebte das Leben einer *Lady of Leisure*; Golfclub, Partys, schicke Restaurants, teure Wellness-Hotels und Shopping. Das ging aus ihren hier und da eingeworfenen Bemerkungen hervor.

Lexi entspannte sich. Bea hatte ein Haus. Sie würde wieder ausziehen, sobald ihre Villa renoviert war. Sie wohnte also nur vorübergehend bei ihr. Das war ihr gar nicht unrecht; Lexi hatte nun jemanden, mit dem sie plaudern und etwas unternehmen konnte. Sie war nicht mehr allein. Und Bea kannte die Stadt, sie konnte ihr mit Sicherheit tolle Geschäfte und schöne Restaurants zeigen. Eine Freundin zu haben, war bestimmt nicht verkehrt.

Lexi fühlte sich besser. Und die Aspirin taten ebenfalls ihre Wirkung.

Bea stand auf. «Ich muss mich jetzt anziehen und aufhübschen.» Sie zwinkerte Lexi verschwörerisch zu: «Ich hab einen Termin beim Anwalt. Aber ich bin pünktlich um eins zurück.»

«Pünktlich? Wofür?»

«Na, zum Lunch. Wir haben Wolf zum Lunch eingeladen.»

«Haben wir? Hierher?»

«Ja, damit er sich sein neues Zuhause mal ansehen kann.»

Alarm! Noch ein Mitbewohner?

«Also … Bea … Ich weiß nicht so recht. Die Idee mit dieser WG … Ich bin mir nicht sicher, ob ich das wirklich möchte.»

Bea hielt inne. «Oh.»

«Weißt du, dieser … Wolf … Also, ich erinnere mich gar nicht mehr so genau an ihn.»

«Er wäre nicht gerade meine erste Wahl, obwohl er sehr gut aussieht. Aber er ist ganz unterhaltsam, und es ist immer gut, einen Mann in der Wohnung zu haben für kleinere handwerkliche Arbeiten und so.»

Das überzeugte Lexi nicht.

Bea fuhr fort: «Ich finde, so eine WG hat eine Menge Vorteile.»

«Welche denn?»

«Weiß ich noch nicht, aber das finden wir schon noch raus. Versuch's doch einfach mal. Wenn es dir nicht gefällt, sehen wir weiter. Du hast doch gestern selbst gesagt, dass du zwar jede Menge Geld hast, aber keinen Spaß, keine Unterhaltung, keine Freunde. Dass du dich langweilst.»

«Das hab ich gesagt?»

«Ja. Und ich werde dir beibringen, wie man das Leben genießt. Darin bin ich gut. Okay?»

Lexi nickte. Sie musste ihren Alkoholkonsum künftig drastisch einschränken.

«Dann ist ja alles gut. Ich muss mich jetzt fertig machen.

Will nicht zu spät kommen. Geht's deinem Kopf inzwischen besser?»

«Ja.»

«Wunderbar. Aber leg dich ruhig noch mal hin, damit du heute Mittag fit bist.»

Lexi sah auf die Unordnung in der Küche. Bea folgte ihrem Blick.

«Du hast doch bestimmt ein Mädchen, das aufräumt?»

«Natürlich.»

Während Bea gutgelaunt in ihr Zimmer abrauschte, saß Lexi etwas flügellahm am Esstisch. Wieso hatte sie «natürlich» gesagt? Sie hatte kein «Mädchen, das aufräumt». Reflex? Wollte sie Bea nicht enttäuschen? Sollte sie sich ein Aufräum-Mädchen besorgen? Sie hatte eine Putzfrau, die einmal die Woche kam. Musste sie ein anderes Arrangement treffen?

Kurze Zeit später kam Bea tänzelnd zurück. Sie war sehr schick gekleidet. «Wie seh ich aus?»

«Toll. Aber ich denke, du gehst zum Anwalt?»

«Ihm gehört die erfolgreichste Kanzlei in der Stadt. Er ist gerade frisch geschieden und auf der Suche. Und das Wichtigste: Er hat jede Menge Geld!»

«Wieso ist das wichtig? Du hast doch selbst Geld.»

Bea sah sie einen Moment irritiert an. Dann lachte sie: «Ja schon, aber ... Geld kann man doch nie genug haben, oder?» Lachend schwebte sie davon. «Es wird wundervoll werden, wirst schon sehen.»

Bevor Lexi etwas erwidern konnte, war Bea weg.

Lexi seufzte kurz. Bea brachte Schwung in ihr Leben. Das wollte sie doch. Alles neu, alles anders. Sie sollte sich darauf einlassen. Und wenn es nicht anders ging, dann halt mittels einer WG. Nur das Wort Senioren musste schnellstens wieder gestrichen werden.

Sie fing an aufzuräumen. Fürs Mittagessen würde sie etwas kommen lassen. Am besten vom Italiener. Italienisch mag jeder.

12. KAPITEL

Gewohnheitsmäßig hatte sich Bea ein Taxi herbeigewunken. Als der Fahrer hielt, entschied sie sich um. «Sorry, ich muss noch auf eine Freundin warten», teilte sie dem jungen Mann am Steuer mit, schloss die Autotür wieder und seufzte. Bus? Nein. Sie würde zu Fuß gehen. Zeitlich war das kein Problem, der Stadtverkehr verlangsamte um diese Tageszeit jede Autofahrt auf Schritttempo. Und die Kanzlei «Lehmann, von Brinkhoff & Partner» war nur ein paar Straßen entfernt.

Nach der Küsschen-Küsschen-Begrüßung ließ sie ihre Hand sanft über das Revers von Thorsten Lehmanns Anzug gleiten und gratulierte ihm zu seinem exzellenten Geschmack. «Maßgeschneidert, Kaschmirziege, 4000 Euro, stimmt's?»

«Bitte?»

«Dein Anzug.»

Bea wollte ihn gleich zu Beginn ihres Gespräches darauf hinweisen, dass er nicht am Hungertuch nagte, um ihm etwas den Wind aus den Segeln zu nehmen, wenn sie ihm ihre Hotelrechnung präsentierte.

Thorsten räusperte sich etwas verlegen und bat sie, Platz zu nehmen. Er hatte ihre Botschaft verstanden.

«Also Bea, hast du dir nun überlegt, wie wir weiter vorgehen? Mein Vorschlag ist nach wie vor, dass wir uns mit der Bank auf eine Ratenzahlung einigen.»

«Ich einige mich überhaupt nicht. Schon gar nicht mit der Bank. Übrigens zahle ich auch keine Steuern mehr, sie machen ja doch nichts Vernünftiges damit ...»

«Bea, du kannst nicht einfach die Steuerzahlungen einstellen! Und wenn, musst du mir das mitteilen, damit ich dir diesen Unsinn ausreden kann. Du ...»

«Ich hab mein Leben lang Höchstsätze bezahlt», fiel Bea ihrem Anwalt ins Wort. «Meine Steuern sollten für Bildung verwendet werden. Sie sollen sie in die Ausbildung unserer Kinder stecken. Bildung verhindert Armut und Kriege. Das ist die alles entscheidende Investition in die Zukunft. Die Kinder von heute werden uns schließlich mal regieren, als Ärzte behandeln und so weiter. Aber was machen die mit meinem Geld? Erst mal erhöhen sie sich selbst die Diäten, zahlen sich fette Pensionen, geben Geld an ‹notleidende› Banken und den Rest stecken sie in Ausschüsse, um herauszufinden, wer für dieses oder jenes Finanzdesaster, das Baudebakel oder den Bestechungsskandal verantwortlich war, und den schicken sie dann mit vollen Bezügen in den Frühruhestand. Und sie richten luxuriöse Strafanstalten ein, während es Kinder gibt, die abends hungrig ins Bett gehen. Dass ich keine Steuern zahle, ist ein politisches Statement.»

«Bea, das ist kein politisches Statement, du machst dich strafbar.»

Doch Bea hatte sich in Rage geredet: «Und die Unternehmen, die in Deutschland Geld verdienen, aber hier keine Steuern zahlen, weil sie ihren Firmensitz in ein Steuerparadies verlegt haben, was ist mit denen? Oder nehmen wir doch mal die Banken ...»

Thorsten hob abwehrend beide Arme. «Stopp, Bea. Stopp. Ich kenne deine Argumentation. Aber darum geht es jetzt nicht. Du zahlst ab jetzt wieder ganz brav deine Steuern, ist ja nicht mehr viel bei deinem Einkommen. Und du musst deinen Bankkredit abbezahlen.»

«Kommt gar nicht in Frage. Das bisschen Geld, das ich retten konnte, brauche ich zum Überleben. Ist ja schließlich deren Schuld, dass ich jetzt am Hungertuch nage.»

«Du hast keine Chance. Wenn du nicht freiwillig zahlst, ist dein Haus weg. Und sie werden die Vermögenswerte, die du noch besitzt, pfänden. Dann kleben sie dir den berühmten Kuckuck auf deine Sachen. Zurzeit halte ich alle noch hin und verhandele. Aber das geht nicht mehr lange gut.»

«Ist mir egal!»

«Bea! In deiner Situation solltest du lieber Reue und Verzweiflung zeigen. Zumindest dem Finanzamt und der Bank gegenüber.»

«Ich empfinde aber weder das eine noch das andere; ich bin wütend. Und die Bank sieht von mir keinen Pfennig. Cent.» Sie holte Luft. Dann fiel ihr noch etwas ein: «Was ist eigentlich mit meinen Kindern? Können die zur Kasse gebeten werden?»

«Nein, nur wenn der Staat dir Sozialleistungen zahlt, also wenn du ein Pflegefall bist. Dann zahlt erst mal der Staat und holt sich das Geld von den Kindern wieder zurück.»

«Gut. Ich nehme ja keinerlei staatliche Leistungen in Anspruch. Und meine Kinder will ich da raushalten. Sonst schlagen die mir noch vor, dass ich zu ihnen ziehe. Das sind nämlich nette Kinder. Aber ich halte sie doch ganz gerne auf Abstand. Dadurch haben wir ein fabelhaftes Verhältnis.»

Der Anwalt nickte.

«Also Thorsten, was schlägst du vor?»

«Wenn du absolut sicher bist, dass du deine Schulden nicht zahlen willst, dann bleibt nur noch die Privatinsolvenz.»

«Heißt?»

«Das eigentliche Ziel der Privatinsolvenz ist eine Schuldenbefreiung. Man zahlt etwa sechs Jahre lang so viel ab, wie man kann, und nach dieser Zeit werden einem die restlichen Schulden erlassen. So haben auch hoch verschuldete Privatpersonen eine Chance auf einen Neustart.»

«Wovon zahlen die Leute denn die Schulden ab, wenn sie kein Geld mehr haben?»

«Es wird erwartet, dass man arbeitet. Man muss jede zumutbare Arbeit annehmen. Wohlverhalten zeigen. Beweisen, dass es einem ernst ist mit dem Schuldenabtrag.»

«Und nach sechs Jahren – puff – sind alle Schulden weg?»

Etwas zögernd und etwas gedehnt sagte Thorsten: «Ja?!»

«Interessantes Konzept.»

«Aber du musst dich wirklich bemühen, deine Schulden zu bezahlen. Und jedes Einkommen angeben, also auch wenn du ein teures Schmuckstück verkaufst oder ein Gemälde. Und natürlich keine Schwarzarbeit.»

«Ja, ja, schon klar. Ich muss mich *bemühen.*» Sie lächelte. «Das machen wir.»

Thorsten sah sie prüfend an. «Du meinst, ich soll alles in die Wege leiten und Insolvenz beantragen?»

«Nein. Warte. Noch nicht. Ich will erst darüber nachdenken.»

«Bea, du steuerst auf ein Desaster zu. Du musst etwas tun. Früher oder später steht der Gerichtsvollzieher vor deiner Tür.»

«Ich hab keine Tür mehr, vor der er stehen könnte. Und es gibt nichts mehr zu pfänden.»

«Und genau deshalb gibt es ja die Privatinsolvenz.»

Thorsten nahm einen Stapel Briefe aus einer Schublade und begann, ihn zu durchsuchen. Es war Beas Post. Sie hatte einen Nachsendeantrag gestellt und ihre Post an die Kanzlei schicken lassen. Das wollte sie auch weiterhin so handhaben. Sie würde den Behörden ihren neuen Wohnort nicht mitteilen.

«Finanzamt.» Thorsten Lehmann nickte, öffnete das Schreiben und überflog es. «Bea, die Staatsanwaltschaft wird dir demnächst eine Anzeige zustellen; das Finanzamt ist da eisern. Die Steuerschulden begleiche ich jetzt erst mal, das ist wirklich nicht viel.»

«Nimm bitte zur Kenntnis, dass ich dagegen bin.»

«Ich nehme es zur Kenntnis, aber ich will nicht an zwei Fronten kämpfen. Es ist schon schwierig genug, mit der Bank zu verhandeln. Lange lassen die sich auch nicht mehr hinhalten. Dein Problem wird nicht weggehen, wenn du den Kopf in den Sand steckst. Die haben auch ihre Methoden, Leute zu überprüfen. Sie schalten ganz gerne mal Privatdetektive ein.»

«Willst du mich nervös machen?»

«Nein. Ich teile dir nur Fakten mit.»

«Danke.»

Thorsten gab Bea die restlichen Briefe. «Deine Post.» Sie

sah den Stapel kurz durch, sortierte Schreiben von ihrer Bank und ein paar Rechnungen aus und legte sie auf Thorstens Schreibtisch. «Wäre nett, wenn du dich darum kümmerst.»

Thorsten nickte. Dann stand er auf. Bea ebenfalls. Sie zog den Umschlag mit der Hotelrechnung aus ihrer Handtasche und legte ihn auf seinen Tisch. Er hob fragend eine Augenbraue an.

«Sei so lieb …», sagte sie.

Thorsten seufzte.

«Es ist die letzte dieser Art. Ich hab eine neue, sehr nette Unterkunft gefunden», tröstete sie ihn.

Er lächelte. «Schon gut. Ich helfe dir gerne.» Nun lächelte er noch breiter. «Ich hab im Le Canard reserviert. Wollen wir gehen?»

«Oh, ach je. Unsere Lunchverabredung! Thorsten, es tut mir wahnsinnig leid, aber im Moment hab ich zu viel um die Ohren. Der Umzug und alles. Lass es uns verschieben. Wie wäre es mit heute Abend?»

«Gern. Soll ich dich abholen?»

«Nein, wir treffen uns im Restaurant.»

«Gut, ich sag dir Bescheid, wann und wo.»

«Ach Thorsten, was würde ich nur ohne dich tun?», gurrte Bea, warf ihm eine Kusshand zu und verließ winkend die Kanzlei.

13. KAPITEL

Wolf saß nun schon seit Stunden in seinem alten, dunkelgrünen Golf. Das große vergoldete, schmiedeeiserne Eingangstor von Jurij Melnikows Villa hatte er fest im Blick.

Aufgrund des unerwartet fröhlichen und vielversprechenden Nachmittags in der Havanna Bar des Imperial Hotels hatte er gestern seine Beschattung von Petrow vorzeitig abgebrochen. Dieser andere Auftrag aus Südamerika schien ebenfalls sehr interessant zu sein. Da hatte er Prioritäten setzen müssen. Abends hatte er einen ehemaligen Kollegen angerufen, der noch bei der Polizei arbeitete.

«Hey, Klaus, brauch deine Hilfe.»

«Wolfgang, du weißt doch, dass ich dir nicht ständig Auskünfte geben kann.»

«Ich hab nur eine einzige Frage. Und du musst nur ja oder nein sagen. Arbeitet ein gewisser Sergej Petrow für Jurij Melnikow?»

Damit schien Klaus kein Problem zu haben, er antwortete prompt: «Unseren Informationen zufolge, ja. Petrow steht ziemlich oben in der Organisation.»

«Gut. Dann brauche ich nur noch die Adresse von Melnikow.»

«Wolfgang!»

«Die Adresse. Nur die Adresse, sonst nichts.»

Klaus gab sie ihm.

«Danke. Ach ja, noch was. Was für einen Wagen fährt er?»

Klaus seufzte. «Porsche Cayenne. Schwarz. Und im Übrigen waren das jetzt drei Fragen.»

«Danke dir. Ich schulde dir was. Demnächst gehen wir mal ein Bierchen trinken.»

«Machen wir.»

«Sonst noch irgendetwas, was ich wissen sollte?»

«Ja. Halte dich von Melnikow fern. Was immer du vorhast: Lass es. Bei uns beschäftigt sich die Abteilung ‹Organisiertes Verbrechen› mit ihm. Also spiel nicht den Helden, halt den Ball flach.»

«Kennst mich doch.»

«Deshalb sag ich es ja.»

Wolf lachte. «Mach's gut, Klaus!»

Danach hatte er noch Rosi Bericht erstattet. Als sie den Namen Melnikow hörte, war sie nicht sehr erfreut. «Shit! Das hab ich befürchtet. Dann können wir's vergessen. Der ist eine Nummer zu groß für uns. Da haben wir keine Chance.» Sie seufzte: «Nun ja, vielleicht ist so ein Umzug gar nicht so schlecht. Hab gehört, auf dem Land soll es ganz nett sein.»

Wolf fühlte sich bei der Ehre gepackt. Dass hinter der Aktion ein russischer Edelkrimineller stand, spornte ihn an. «Packen Sie mal noch nicht Ihre Koffer. Erst mal brauchen wir mehr Informationen. Ich bleib dran, beschatte ihn ein paar Tage, werde mich umhören, mit ein paar Leuten plaudern, ein wenig im Internet surfen, vielleicht finden wir ja doch einen Ansatzpunkt.»

«Was schwebt Ihnen vor?»

«Keine Ahnung, aber es gibt immer einen Weg.»
«Na, Ihr Wort in Gottes Ohr. Langsam wird es eng.»
«Ich lass mir was einfallen.»

Die halbe Nacht war er unterwegs gewesen, hatte ein paar «Kumpels» getroffen, ein paar Bierchen spendiert und einiges über Melnikow erfahren. Jeder hatte etwas zu berichten gehabt. Das Ergebnis konnte sich sehen lassen: Jurij Melnikow war vor fünf Jahren aus Russland gekommen, hatte eine schicke Villa im besten Stadtteil gekauft und sie aufwendig verunstalten lassen. Er unterhielt rund ums Jahr eine Suite im Imperial Hotel, wo er seine Geschäftspartner traf. Sein Vermögen hatte er mit Spielotheken, Stripteaselokalen und Sexshops gemacht. Angeblich war er inzwischen aus dieser Branche ausgestiegen. Er ließ sich in der Szene nicht mehr blicken und machte einen auf seriösen Geschäftsmann. Aber Gerüchten zufolge kaufte er über Strohmänner nach und nach ganze Straßenzüge auf. Und zwar die, in denen Lokale, Clubs und Läden waren, die ihm mittlerweile offiziell nicht mehr gehörten. Neuer Inhaber war laut Internet: Sergej Petrow.

Wolf musste in Melnikows Privatleben ansetzen. Das war ihm nach dieser Nacht klar. Wenn der Russe nun offiziell ein «ehrbarer» Bürger der Stadt geworden war, sollte er doch mal herausfinden, mit welchen Leuten er nun sozial verkehrte. Vielleicht würde er da irgendwo einen Hebel finden, um Rosis Bar zu retten.

Vor diesem Hintergrund hatte er nach nicht einmal zwei Stunden Schlaf früh am Morgen in der Nähe von Melnikows Haus Stellung bezogen. Seit einer Ewigkeit wartete er nun darauf, dass Melnikow sein Haus verließ. Aber es tat sich nichts, das Tor blieb geschlossen.

Wolf trug ein paar Beweismittel für einen Versicherungsfall zusammen. Der Versicherungsnehmer war laut eigener Aussage arbeitsunfähig und bettlägerig. Wolfs Fotos zeigten ihn beim Bowlen, im Fitness-Studio und beim Biertrinken in der Kneipe. Wolf schüttelte den Kopf: Wie dämlich kann man sein? Er sandte die Fotos zusammen mit einem kurzen Bericht an die Versicherung. Fall abgeschlossen.

In seiner Postbox fand er eine Nachricht zum Fall Alexa Langendorf. Dieser Carlos, dem er gestern das Bild geschickt hatte, hatte geantwortet: «Gute Arbeit, das ist sie. Bitte schicken Sie mir die Kontaktdaten von Frau Langendorf.»

Das würde er nicht tun. Wolf antwortete: «Zuerst wüsste ich gerne, worum es geht.» Senden.

Er musste nicht lange auf die Antwort warten.

«Alexa Langendorf ist eine Trickbetrügerin. Sie hat meine Konten leer geräumt und sich mit meinem Geld abgesetzt.»

Wolf pfiff durch die Zähne. Wenn das stimmte, hatte sie ihm eine große Geschichte aufgetischt. Nicht zu fassen. Sie wirkte so harmlos. Und die Nummer mit ihrem verstorbenen Mann – war die auch erfunden? Auf eine unpassende Art und Weise faszinierte es ihn.

«In welcher Beziehung standen Sie zu Frau Langendorf?»

«Ich war ihr Arbeitgeber.»

«Polizei?»

«Nein. Keine Option. Ich will nur das Geld zurück.»

«Mein Tagessatz sind 1500 Euro», schrieb Wolf. «Im Voraus.»

Sein Telefon klingelte. Nummer unterdrückt.

«Señor Novak?»

«Ja.»

«Carlos hier. Ich werde Ihnen morgen 1500 Euro überweisen. Sobald es auf Ihrem Konto ist, schicken Sie mir Adresse und Telefonnummer von Frau Langendorf.»

«Alles klar. Aber ... sagen Sie, wozu brauchen Sie die Adresse?»

«Es ist immer gut zu wissen, wo jemand wohnt, der einem Geld schuldet.»

Irgendetwas an dieser Antwort missfiel Wolf. Aber diese Geschichte interessierte ihn. Er wollte weiter daran arbeiten. «Vorschlag: Ich finde für Sie heraus, ob sie das Geld noch hat. Dann, wo es ist. Sie wird es ja wohl nicht zu Hause rumliegen haben. Und sie wird es Ihnen bestimmt nicht einfach aushändigen, wenn Sie danach fragen. Von wo aus rufen Sie an?»

Die Antwort kam etwas verzögert. «Argentinien.»

Argentinien? Das waren fünf Stunden Zeitunterschied. Dort war es jetzt vier Uhr morgens. Die Angelegenheit bereitete diesem Carlos wohl schlaflose Nächte.

«Ziemlich weit weg. Aber ich bin vor Ort. Ich werde Frau Langendorfs Vertrauen gewinnen und wenn ich weiß, was sie mit dem Geld gemacht hat, melde ich mich wieder. Okay?»

Am anderen Ende herrschte Schweigen. Nach einer Weile sagte Carlos: «Gut. Das ist eine Alternative. Versuchen wir es erst einmal so. Überprüfen Sie alle ihre Bankverbindungen. Konten, Anlagen, Aktien, Fonds, Immobilien, was immer Sie herausfinden können. Schicken Sie mir Kopien von allen Unterlagen. Wenn ich weiß, wo das Geld ist, kann ich es mir zurückholen. Dafür hab ich Spezialisten.»

«Über welche Summe reden wir?», fragte Wolf.

«Ich sage Ihnen Bescheid, wenn sie aufhören können zu suchen. Fangen Sie erst einmal an.»

«Wie wäre es, wenn wir bezüglich meines Honorars eine andere Vereinbarung treffen: Statt des üblichen Tagessatzes bekomme ich zehn Prozent von der Summe, die Sie durch meine Hilfe wieder zurückkriegen.»

«Sie wissen doch gar nicht, um wie viel Geld es sich handelt.»

«Bin ein risikofreudiger Typ.»

Carlos lachte. «Sie sind ein gerissener Hund. Genau die Sorte, die ich brauche. Sagen wir zwei Prozent.»

Wolf war überrascht, dass Carlos sich darauf einließ. Hatte er jetzt einen Fehler gemacht? Nein. Er hatte ein untrügliches Gespür für so etwas. Es war viel Geld im Spiel. Und es war ein leichter Job. So etwas hatte er schon zigmal gemacht.

«Sieben Prozent.»

«Fünf.»

«Okay. Deal.»

«Noch ein Wort der Warnung.» Carlos klang ernst. «Lassen Sie sich nicht von ihr einwickeln. Sie ist sehr geschickt und durchtrieben. Und erstatten Sie mir regelmäßig Bericht. Infos, wie sie jetzt lebt, ein paar Fotos, halten Sie mich auf dem Laufenden über Ihre Ermittlungen.»

Dann legte er auf.

Wolf war baff. Lexi war also eine Betrügerin. Wow! Toller Auftrag: attraktives Honorar, attraktive Zielperson und sehr attraktive Arbeitsbedingungen. Als Lexi gestern vorgeschlagen hatte, eine WG zu gründen, hatte er geistesgegenwärtig vorgegeben, dass er sowieso gerade auf der Suche nach einer Wohnung sei. Er würde zukünftig mit ihr unter einem Dach leben. Leichter konnte ein Fall gar nicht sein. Er würde sein Geld fast im Schlaf verdienen.

Als sich das Tor öffnete, schreckte Wolf hoch. Er war für einen Moment eingenickt. Ein schwarzer Porsche Cayenne fuhr heraus. Wolf startete den Motor seines Wagens und folgte ihm. Melnikow fuhr in die Innenstadt, ins Parkhaus. Sehr gut. Er hielt ein paar Meter entfernt in einer Parkbucht, die Fahrertür des Cayennes fest im Blick. Als sie aufging, stellte Wolf fest, dass er einer Frau gefolgt war. Wer war das? Und wieso fuhr sie seinen Wagen? Von einer Frau in Melnikows Leben hatte niemand etwas gesagt. Freundin? Ehefrau? Schwester? Mist. Noch mal zurück zum Haus? Nein, Melnikow konnte inzwischen ebenfalls weg sein. Er beschloss kurzerhand, dieser Frau zu folgen.

Sie steuerte zielstrebig die teuersten Designer-Läden der Stadt an. Einen nach dem anderen. Immer nach dem gleichen Muster. Rein, kurzes Gespräch mit dem Personal, mit Tüte wieder raus.

Mit nachlassendem Interesse und immer größerem Abstand begleitete er sie auf ihrer Einkaufstour. Man kannte sie offenbar, bediente sie professionell freundlich und zuvorkommend. Aber sobald sie die Tür hinter sich zumachte, warfen sich die Angestellten bedeutungsvolle

Blicke zu. Wolf konnte das nachvollziehen. Sie war etwa Mitte dreißig, zu heftig blondiert, und ihr lauter Bling-Bling-Stil passte nicht recht zum vornehmen Understatement hier.

Er wollte sich schon zurückziehen, als er durch ein Schaufenster beobachtete, wie sein Beschattungsobjekt auf zwei Kundinnen zuging und sich um ein Gespräch bemühte. Die beiden Kundinnen schienen nicht sehr erfreut, nickten mit süßsauren Mienen ein paarmal höflich und verließen dann fast fluchtartig den Laden. Wolf hörte, wie eine der beiden Damen sagte: «Diese Oxana ist einfach unzumutbar. Sie denkt, nur weil ihr Sohn mit unseren Kindern in eine Klasse geht, gehört sie nun dazu.»

Ihre Freundin nickte: «Ich hab Leon schon gesagt, dass es nicht in Frage kommt, dass er Alexej zu seinem Geburtstag einlädt. Ich will keinen Kontakt zu diesen Leuten. Auch nicht über die Kinder.»

«Ich hab gehört, sie macht ihrem Mann die Hölle heiß, weil er es nicht schafft, ihr Zugang zur High Society zu verschaffen.»

Sehr interessant! Wolf wechselte auf der Stelle das Objekt seiner Beschattung. Er folgte den beiden Damen, die ungeniert über Oxana lästerten. Und er wurde dafür belohnt.

Er hatte einen Volltreffer gelandet. Offenbar handelte es sich bei der blondierten Russin um Melnikows Ehefrau Oxana. Geld hatte sie genug, das war klar. Nun wollte sie die gesellschaftliche Anerkennung. Und die bekam sie nicht, solange ihr Mann die Milliönchen im Milieu verdiente. Mit so jemandem wollte keiner etwas zu tun haben. Also raus aus der Szene, rein in die feine Gesellschaft. Die

Kinder gingen auf teure Privatschulen, aber die ersehnten Kontakte gestalteten sich schwierig.

Das Geschnatter der beiden Damen hatte ihn bestätigt

Wolf war sehr zufrieden. Er hatte das Gefühl, dass er einen Ansatzpunkt gefunden hatte, Rosis Problem zu lösen. Noch wusste er nicht, wie, aber Oxana war das schwache Glied in der Panzerkette, mit der sich Jurij Melnikow umgeben hatte. Er sah auf die Uhr. Er musste sich beeilen, er war zum Mittagessen bei Lexi eingeladen. Dieser Gedanke ließ ihn unwillkürlich lächeln. Aus verschiedenen Gründen.

14. KAPITEL

Um zehn vor eins klingelte es an der Tür.

«Hallo, hier ist Wolf. Ich bin zu früh. Ist das ein Problem?», fragte eine männliche Stimme durch die Sprechanlage.

«Aber nein, natürlich nicht.»

Als Lexi die Wohnungstür öffnete, war sie erleichtert. An dieses Gesicht konnte sie sich erinnern. Wolf lächelte sie charmant an und küsste sie zur Begrüßung auf die Wange. Ach, so gut kannte man sich bereits? Dann duzten sie sich bestimmt auch. «Komm rein, Bea ist noch unterwegs.»

Wolf sah sich neugierig um und nickte anerkennend. «Alle Achtung, sehr schön hast du es hier …»

«Setzen wir uns doch», schlug Lexi vor und ging zur Sitzgruppe im Wohnzimmerbereich.

«Ich würde mich erst gern ein bisschen umsehen. Darf ich?»

«Ähm, ja.» Vielleicht überlegte er sich das mit dem Einziehen ja noch mal anders, wenn er die Wohnung gesehen hatte, schoss es Lexi durch den Kopf. Und bei diesem Gedanken spürte sie unerwartet ein Gefühl der Enttäuschung aufsteigen.

Sie gab sich besonders viel Mühe bei der Führung, er schien beeindruckt.

«Du hast nicht übertrieben, die Wohnung ist wirklich groß. Zu groß für eine Person.»

Er sah sie lächelnd an, sie spürte ein leises Kribbeln und musste sich setzen. Ob das immer noch die Wirkung des Restalkohols war?

Wolf betrachtete interessiert die Einrichtung.

«Hast du nichts aus Südamerika?»

«Was soll ich aus Südamerika haben?»

«Na ja, zum Beispiel Möbel, Bilder, Skulpturen, Gegenstände, irgendetwas Typisches. Alles sieht neu aus.»

«Ist es auch. Ich habe nichts mitgebracht.»

«Wieso?»

Lexi zuckte die Schultern. «Ich wollte alles zurücklassen und hier ganz neu anfangen.»

«Hast du es bereut?»

«Dass ich neu angefangen habe?»

«Nein, dass du alles zurückgelassen hast. Man hat doch immer irgendwelche Dinge, an denen man hängt.»

Lexi überlegte. «Nein, eigentlich nicht.» Dann lächelte sie. «Doch, etwas gibt es, was ich gerne mitgenommen hätte, aber in dem ganzen Stress ... also Umzugsstress vergessen hatte.»

«Was denn?»

«Ein großes altes Märchenbuch von 1939, vom ‹Cigaretten Bilderdienst Hamburg›. Damals war es sehr in Mode, Bilder, die Zigarettenschachteln beigelegt wurden, in ein Sammelalbum einzukleben. Auf dem Buch war eine Großmutter zu sehen, die in einem Ohrensessel saß, umringt von Kindern, und aus einem Buch vorlas.»

«Ein Märchenbuch? Das vermisst du am meisten?» Wolf lachte.

«Mein Vater hatte es von seinem Vater geschenkt bekommen, und ich war als Kind völlig fasziniert davon. Viele gute Erinnerungen.»

Wolf lächelte sie an. «Sorgen wir doch einfach für viele neue gute Erinnerungen.» Er setzte sich zu ihr auf die Couch.

Lexi zögerte kurz, dann deutete sie auf die Terrasse. «Von hier hat man einen schönen Blick auf die Stadt.»

Wolf lächelte sie noch einmal an und ging zur Glasfront.

«Das ist wirklich ein toller Ausblick.»

Er sah auf die großzügige Terrasse.

«Und die läuft rund um das Penthouse?»

«Fast. Zu drei Viertel.»

Wolf stand mit dem Rücken zu ihr und blickte nach draußen. Beide schwiegen. Dann drehte er sich zu ihr und sagte: «Gut, ich bin dabei.»

Sicherheitshalber fragte sie nach: «Wo dabei?»

«Bei der WG.»

«Aha.» Lexi spürte wieder das Kribbeln. Ach, sie würde die Dinge einfach auf sich zukommen lassen.

«Und du bist dir sicher, dass du nicht möchtest, dass wir Miete zahlen?»

Offenbar hatte sie das gestern aus der Laune und ihrer Trunkenheit heraus vorgeschlagen. «Ich denke, wir sollten zuerst einmal ausprobieren, ob und wie unser Zusammenleben funktioniert. Dann können wir immer noch über Einzelheiten reden. Wir tun jetzt erst mal so, als wäret ihr Besuch. Besuch, der ein paar Wochen bleibt.»

Er setzte sich wieder zu ihr und legte seine Hand auf ihre Hand. «Aber natürlich. Wir müssen uns ja erst einmal kennenlernen.»

Sie folgte ihrem ersten Impuls, ihre Hand wegzuziehen, nicht.

«Möchtest du etwas trinken?»

Wolf zwinkerte ihr zu. «Gin Tonic? Bist du dabei?»

Lexi hob abwehrend die Hand. «Auf keinen Fall!»

Wolf lachte. «War doch etwas zu viel gestern, nicht wahr?»

«Was willst du damit sagen?»

«Keine Sorge, du hast dich benommen wie eine Lady.»

«Und du dich hoffentlich wie ein Gentleman.»

Wolf hob beide Hände in die Höhe. «Natürlich! Betrunkene Frauen sind tabu.»

Lexi lachte. «Soll mich das jetzt zum Trinken animieren?»

«Nein, zur Abstinenz.»

«Um auf die WG zurückzukommen, hast du Erfahrung damit?»

«Nein.»

«Hast du schon mal mit einer anderen Person zusammengelebt? Einer Frau zum Beispiel?»

«Fragst du mich gerade, ob ich verheiratet bin?»

«War das so eindeutig?»

Wolf grinste.

«Also, bist du?», fragte Lexi.

«Nein.»

«Warst du?»

«Nein.»

«Was? Wirklich nicht? Du warst nie verheiratet?»

Wolf sah Lexi vorwurfsvoll an. «Das klingt, als wäre ich ein Freak. Ich war halt nie verheiratet. Das ist alles.»

«Wieso denn nicht? Bist du grundsätzlich dagegen?»

«Nein, eigentlich nicht, aber ...» Wolf zögerte einen Moment mit seiner Antwort, doch dann fuhr er fort, aufrichtig und etwas bedauernd: «Ich glaube, ich hab den richtigen Zeitpunkt verpasst. Meine Ansprüche waren immer zu hoch. Und als ich endlich bereit war, Kompromisse zu machen, war es zu spät. Alle Frauen aus meinem Bekanntenkreis waren schon unter der Haube.»

«Du hättest auf die erste Scheidungswelle warten können.»

«Nee, nicht mein Ding, fremde Kinder großziehen und mich mit Exmännern rumplagen.»

«Aber du hattest Freundinnen?»

Er grinste. «Sicher doch. Aber nie was Ernstes. Kurzzeitverhältnisse. Oft verheiratete Frauen. Vorzugsweise aus anderen Städten. Beruhigt?»

«Ich war ja nicht beunruhigt. Nur neugierig.»

«Okay. Dann bin ich jetzt dran. Ich weiß bereits, dass du verheiratet warst, keine Kinder hast und in fast allen Ländern Südamerikas zu Hause warst. Was hast du dort gemacht? Wieso bist du so oft umgezogen?»

«Ich war eine brave Ehefrau und bin meinem Mann überallhin gefolgt.»

«Hast du auch gearbeitet?»

«Nein.»

«Nie?»

«Nein.»

«Bist du sicher?»

«Himmel, ja. Ich würde mich doch wohl daran erinnern.»

«Also hat dein Mann eine Menge Geld verdient. Womit eigentlich?»

«Du weißt, ich rede nicht gern über ihn.» Dann fiel es ihr wieder ein: «Außer wenn ich zu viele Gin Tonics getrunken habe, dann schimpfe ich über seine zahlreichen Affären. Aber lassen wir das Thema jetzt.»

«Klar. Entschuldige.» Wolf schwieg. Bevor die Stille zwischen ihnen peinlich wurde, steckte jemand einen Schlüssel in die Tür. Bea. Sie kam genau im richtigen Moment und nahm mit ihrem Eintreten sofort den gesamten Raum in Anspruch. «Ach Kinder, ich sag euch, in der Stadt ist die Hölle los. Ich musste Stunden auf ein Taxi warten. Und dann war einfach kein Durchkommen. Zu Fuß wäre ich wesentlich schneller gewesen. Aber ich hasse es, zu Fuß zu gehen, es ist so ... gewöhnlich.»

Bea wirkte wie aufgezogen. Ihre Sätze untermalte sie mit weit ausholenden Handbewegungen. Heute Morgen war sie Lexi wesentlich entspannter und normaler erschienen. Nun ja, vielleicht gab es ja eine private und eine Bühnen-Bea.

Lexi war froh über diese Unterbrechung.

«Was ist mit dem Essen?», fragte Bea, nachdem sie Wolf begrüßt hatte.

«Wird in einer Viertelstunde geliefert.»

«Gut, dann haben wir ja noch Zeit für einen Drink.»

Sie setzte sich an die Küchentheke, als säße sie an einer Bar, und «bestellte» bei Wolf ein Glas Champagner.

«Auf unsere WG!»

15. KAPITEL

«In vier Wochen bin ich beim Empfang des Bürgermeisters eingeladen. Da ist alles, was Rang und Namen hat. Es gibt sogar Leute, die würden Geld dafür bezahlen, dort hingehen zu dürfen. Ist aber nicht. Du musst auf seiner Einladungsliste stehen. Ich bin da seit Jahren. Möchtest du mich begleiten, Lexi?», fragte Bea nach dem Essen. «Es wird dir gefallen. Da lernst du an einem Abend die gesamte High Society kennen. Und ich kann mich ein bisschen für dein freundliches Angebot, hier zu wohnen, revanchieren.»

Bea tätschelte Lexi die Hand. Sie ließ ihr diese mütterliche Geste durchgehen.

Wolf hatte mit großem Interesse zugehört. «Erzähl mehr davon, Bea. Wie läuft das ab? Werden die Gäste am Eingang kontrolliert?»

«Du musst deine Einladung vorweisen, und dann wird es mit der Gästeliste abgeglichen.»

«Wie viele Leute kommen da so?»

«Nur die engsten dreihundert Freunde.»

Wolf lächelte Bea charmant an. «Sag mal, wärst du bereit, mir deine Einladung zu verkaufen?»

Bea lachte. «Was willst *du* denn dort?»

Wolf zeigte eine leichte Spur der Kränkung, aber dann sagte er: «Nicht für mich, für eine Klientin. Ich stünde auf ewig in deiner Schuld.»

Bea kämpfte mit sich. «Für wie viel?»

«500 Euro.»

Sie überlegte kurz, dann zuckte sie die Schultern. «Wieso nicht. Ich bin jedes Jahr da; wenn ich mal ein Jahr aussetze, ist das kein Problem. Und wir können uns auch woanders einen schönen Abend machen, Lexi.»

«Sehr gut. Danke.» Wolf konnte seine Freude nicht verbergen.

«Aber die Karte kostet dich 1000 Euro.»

«Kein Problem. Ich überweise dir das Geld. Gib mir deine Kontonummer.»

«Ich arbeite nicht mit Banken. Gib mir das Geld in bar.»

«Du kriegst es in den nächsten Tagen.»

«Und ich gebe dir die Einladung, wenn ich das Geld habe.»

«In Ordnung.»

Während die beiden verhandelten, war Lexi aufgestanden und hatte begonnen, den Tisch abzuräumen. Wolf stand nun ebenfalls auf und kam in die Küche, wo Lexi gerade das Geschirr in die Spülmaschine räumte.

«Ich muss jetzt los, hab da gerade einen dringenden Fall.» Er trat noch einen Schritt näher. «Danke für das wundervolle Mittagessen. Und die bezaubernde Gesellschaft.» Leise fügte er hinzu: «Und damit meine ich jetzt nur dich.»

Lexi lächelte.

«Wann gibt's heute Abend Essen?»

«Bitte?» Lexi schnappte nach Luft. Das war jetzt nicht sein Ernst!

«Ich meine, um wie viel Uhr soll ich wieder hier sein?»

«Also, ich war vielleicht betrunken, als ich das mit der

WG vorgeschlagen hatte, aber jetzt bin ich nüchtern. Und ich bin bereit, mich auf dieses Experiment einzulassen, aber ein paar Grundregeln wollen wir doch gleich mal festhalten. Das hier ist weder ein Hotel noch ein Restaurant. Wenn ihr eine WG wollt, dann müsst ihr euch aktiv daran beteiligen. Jeder kümmert sich um sich und leistet seinen Beitrag für die Gemeinschaft. Ich bin nicht die Mutti, die euch versorgt.»

Sie sah sich nach Bea um, denn das war auch für sie gedacht. Bea war inzwischen ebenfalls aufgestanden. Doch statt beim Abräumen zu helfen, machte sie es sich auf der Couch gemütlich und begann zu telefonieren.

Wolf folgte Lexis Blick. «Du hast völlig recht, Lexi. Wenn ich hier wohne, übernehme ich natürlich auch Aufgaben.» Er sah sie entschuldigend an. «Nur jetzt muss ich wirklich los. Okay?»

«Alles klar», nickte Lexi.

Wolf umarmte sie und gab ihr einen Kuss auf die Wange.

«Wenn du mich jedes Mal so aufwendig begrüßt und verabschiedest, wird das auf die Dauer etwas anstrengend.»

Wolf grinste. «Ist kein Aufwand für mich, mach ich gerne. Hast du einen Schlüssel für mich?»

Sie gab ihm einen, er verabschiedete sich ein zweites Mal mit Umarmung. Vielleicht war die Umarmung aber auch der Dank für den Schlüssel. Dann war er weg.

Während Lexi weiter die Küche aufräumte, hörte sie, wie Bea am Telefon erwähnte, dass sie ein sehr schönes Penthouse gemietet hatte. Ah ja, interessant. Als sie das Telefonat beendet hatte, kam Bea lässig angeschlendert und nahm auf einem Hocker an der Küchentheke Platz. «Sag mal, gefällt dir dieser Wolf?»

«Ich kenne ihn doch gar nicht.»

«Jedenfalls gefällst *du* ihm.»

Lexi horchte auf. Sie fühlte sich sehr geschmeichelt. Den Grund dafür konnte sie jedoch nicht ausmachen. Echtes Interesse oder reine Eitelkeit?

«Wie findest du ihn denn?», fragte Lexi.

Bea schüttelte den Kopf. «Nichts für mich. Ich brauche einen Mann von Welt.»

«Wieso hast du eben am Telefon erzählt, du hättest ein Penthouse gemietet? Hast du von diesem hier gesprochen?» Lexi überrumpelte Bea einfach.

«Hab ich das? Tzz. Ich bin manchmal etwas zerstreut.»

Lexi ließ nicht locker. «Wieso hast du deine Einladung für den Empfang an Wolf verkauft? Hast du Geldprobleme?»

Bea verzog verärgert das Gesicht. «Was soll das Verhör?»

«Ich wüsste einfach gerne, mit wem ich unter einem Dach lebe.»

«Ich frag dich doch auch nicht aus.»

«Na, mir gehört ja auch die Wohnung.»

«Meine Güte, du kannst ja richtig zickig sein!»

Eine Zeitlang sahen sich die beiden feindselig an. Schließlich gab Bea nach.

«Okay.» Sie stand auf.

«Hör zu, das heißt ja nicht, dass du nicht hier wohnen kannst. Du musst jetzt nicht gehen», lenkte Lexi ein.

Bea sah Lexi irritiert an. «Ich wollte nicht gehen! Ich bin aufgestanden, um mir einen Kaffee zu machen. Willst du auch einen?»

Bevor Lexi antworten konnte, klingelte es. Noch ein

Mitbewohner, von dem Lexi nichts wusste? Sie ging zur Sprechanlage. «Ja?»

«Guten Tag, mein Name ist Anton Zimmermann. Ich bin auf der Suche nach Beatrix Soltmann.»

Hatte Bea schon Gäste eingeladen? Lexi legte die Hand über die Sprechmuschel. «Bea, heißt du mit Nachnamen Soltmann?»

Bea nickte.

«Da ist ein Herr Zimmermann auf der Suche nach dir», teilte sie ihr mit.

Bea legte die Stirn in Falten. «Kenn ich nicht.»

«Willst du ihn kennenlernen?»

«Nein!»

Lexi sprach wieder in den Hörer. «Auf der Klingel, die Sie eben betätigt haben, steht Langendorf.»

«Ich weiß, aber vor etwa zwei Stunden ist Frau Soltmann in dieses Haus gegangen und bisher nicht wieder herausgekommen. Ich habe bei den anderen Bewohnern bereits nach ihr gefragt, dort war sie nicht. Also bleiben nur noch Sie.»

«Nun, bei mir ist sie auch nicht.»

«Verstehe ich nicht.»

Lexi sah Bea an, überlegte kurz und sagte in die Sprechanlage: «Das Haus hat eine Tiefgarage. Die Einfahrt ist in der Seitenstraße. Sie wird das Haus vielleicht durch die Tiefgarage wieder verlassen haben.»

«Ach verflixt. Danke jedenfalls und entschuldigen Sie die Störung.»

«Kein Problem.» Lexi drehte sich zu Bea.

Bea lächelte. «Danke. Das war gut. Wie war das jetzt mit einem Kaffee?»

«Wer war das? Wieso fragt er nach dir? Und woher weiß er, dass du hier bist?»

Bea zuckte die Schultern. «Vielleicht ist er mir vom Anwalt hierher gefolgt.»

«Aber wieso?»

«Wieso mir Männer hinterherlaufen, möchtest du wissen?» Bea tat lässig und zuckte die Schultern.

«Er kannte deinen Namen.» Lexi griff nach ihrem Handy und googelte Anton Zimmermann. «Ich hab hier einige Anton Zimmermänner im Angebot. Zum Beispiel: Malermeister, IT-Spezialist, Versicherungsvertreter, Privatdetektiv ...»

«Verflixt!»

«Privatdetektiv?»

«Verdammt! Dann ist es also schon so weit. Thorsten hatte recht.»

«Okay, liebe Bea, du machst uns einen Kaffee, und dann erzählst du mir alles. Keine Ausflüchte, keine Beschönigungen, einfach nur die Wahrheit.»

Bea holte tief Luft: «Hier ist die Kurzform: Ich bin obdachlos und pleite.»

16. KAPITEL

«Jetzt bitte die ausführliche Fassung», bat Lexi und schaute Bea auffordernd an.

Bea zögerte. «Ich habe Schulden bei der Bank und kein Dach mehr über dem Kopf.»

«Aha. Und wie kommt das?» Lexi blieb bei ihrem neutralen Ton.

Bea seufzte und überlegte ziemlich lange. Sie schien einen inneren Kampf mit sich auszufechten. Schließlich meinte sie: «Na gut. Ich sag es dir.»

Während sie die Kaffeemaschine bediente, begann sie zu erzählen: «Die Abfindungen meiner beiden Exmänner waren erschreckend schnell geschrumpft. Aber das hat nichts mit meinem Luxusleben zu tun, na ja, sagen wir: nicht nur. Meine Bank hat Mist gebaut. Der Berater hat mir zu Anlagen geraten, die nicht *mir* Vorteile brachten, sondern *ihm* – nämlich Prämien für Abschlüsse unrentabler und riskanter Fonds. Eine gängige Praxis, die dadurch, dass viele Finanzberater so verfahren, nicht weniger unmoralisch ist. Das ist Betrug. Ich habe genau ausgerechnet, wie viel Geld mir durch diese Bankgeschäfte verlorengegangen ist, und über diese Summe habe ich einen Kredit aufgenommen. Selbstverständlich habe ich keine einzige Rate bezahlt, aber ich habe ihnen mitgeteilt, *wieso*. War denen aber egal, sie wollten trotzdem ihr Geld. Dummerweise hat die Bank Zugriff auf mein Haus, das wollten sie als Sicherheit für den Kredit. Sie drohen nun meine Villa zu pfänden und zwangsversteigern zu lassen. Aber mein Kredit ist viel höher, das Haus ist nicht mehr so viel wert, also – ihr Verlust.»

«Dein Haus wurde also noch nicht versteigert?»

«Nein.»

«Und wieso wohnst du nicht mehr dort?»

«Ich hatte meine Steuerzahlungen eingestellt, weil ich mich über das Finanzamt auch geärgert hatte. Daraufhin haben die meine Konten eingefroren, deshalb musste ich auf meine Haushälterin, die Putzfrau und auf den Gärtner verzichten. Das war ja kein Leben mehr. Ach, es war ein Elend. Ich konnte nicht mal mehr die Stromrechnung bezahlen. Ich bin dann ins Hotel gezogen. Ich dachte mir: Wenn ich untergehe, dann wenigstens mit Stil.»

«Und wie hast du das Hotel bezahlt?»

«Das hab ich nicht bezahlt. Thorsten Lehmann, mein Anwalt, hat das übernommen.»

«Das ist aber großzügig von ihm!»

«Nein, der schuldet mir was. Immerhin hat er in meinen guten Zeiten mit mir als Klientin eine Menge Geld verdient. Mit meinen Scheidungen zum Beispiel. Ich hab ihm vorgerechnet, dass ihn meine Versicherungen im Monat etwa so viel kosten würden, wie ich ihm früher für eine Stunde gezahlt hatte. Na ja, für drei Stunden. Und diesen Betrag könne er ja wohl locker von seinem Spesenkonto begleichen. Er folgte meiner Argumentation, zahlt meine Krankenkasse, die Haftpflichtversicherung, meine Handyrechnung und gegen Vorlage von Quittungen auch einige Sonderausgaben.»

Bea grinste: «Außerdem macht er sich Hoffnungen. Das motiviert ihn ebenfalls.»

«Und wieso sucht jetzt ein Privatdetektiv nach dir?»

«Ja, das ist eine Frechheit! Nicht genug, dass sie mir mein Geld und mein Haus genommen haben, jetzt spionieren sie auch noch hinter mir her! Sie versuchen herauszufinden, ob nicht noch mehr zu holen ist, und bereiten eine strafrechtliche Verfolgung vor. Thorsten hat das schon befürchtet. Er verhandelt und tut so, als würde ich meinen Verpflichtungen noch nachkommen wollen. Dadurch hab ich jetzt erst mal eine Gnadenfrist. Er hält die Sache am Laufen und mich erst mal aus dem Gefängnis. Er empfiehlt, dass ich Privatinsolvenz anmelde und Reue zeige.»

«Und?»

«Auf gar keinen Fall. Ich empfinde keine Reue, ich bin nach wie vor empört!»

«Aber mit Empörung bist du ja nicht sehr weit gekommen.»

«Es geht ums Prinzip!»

Sie hielt Lexi eine Tasse Kaffee entgegen. Lexi nahm die Tasse, stellte sie ab und tippte auf ihrem Handy herum.

«Was tust du?», fragte Bea.

«Ich suche nach Schlupflöchern.»

«In deinem Handy?»

«Klar. Google hat für jede Frage eine Antwort.»

«Ach. Und ich nutzte mein Handy nur, um Dates zu vereinbaren, Termine beim Friseur zu machen, Fotos zu verschicken oder über WhatsApp zu meinen Kindern Kontakt zu halten.»

Lexi reagierte nicht, sondern recherchierte konzentriert. Es dauerte eine ganze Zeitlang, bis sie wieder aufblickte.

«Hat bisher jemand einen Titel gegen dich erwirkt?»

«Bitte?»

«Gibt es ein Urteil vom Gericht oder einen Vollstreckungsbescheid? Dagegen kann man zunächst einmal Einspruch erheben.»

«Hör mal, da kümmert sich mein Anwalt drum, das musst du nicht nachlesen.»

«Ich such doch nach einem Schlupfloch.»

«Das tut Thorsten auch.»

«Der sucht nach *legalen* Möglichkeiten. Ich nicht.»

«Lexi, also ...»

Doch Lexi hörte nicht zu. Sie murmelte vor sich hin, während sie wieder auf ihr Handy blickte: «Verweigerung der Vermögensauskunft kann zu Erzwingungshaft, früher Beugehaft, führen. Unbewegliches Vermögen wird zwangsversteigert, für eine Sachpfändung kommt der Gerichtsvollzieher.»

Sie blickte auf: «Es war noch kein Gerichtsvollzieher bei dir?»

«Nein.»

«Sie haben also noch keinen Überblick über dein Sachvermögen. Hast du Sachvermögen?»

«Was wäre das?»

«Was ist mit deinem Hausrat? Geschirr, Besteck, Möbel, Teppiche und so?»

«Hab ich einlagern lassen.»

«Ich geh mal davon aus, dass bei deinem bisherigen Lebensstil einige wertvolle Sachen dabei sind.»

«Einige? Ich hab *nur* Eins-a-Sachen.»

Lexi nickte zufrieden. «Danach hat dich bisher noch niemand gefragt?»

«Nein.»

«Läuft das Lager unter deinem Namen?»

«Ja.»

«Nicht gut. Das müssen wir ändern.»

«Bitte?»

Lexi hörte gar nicht hin, sie war damit beschäftigt, die Informationsdetails zusammenzufügen. «Nein. Wir ändern etwas anderes. Sonst ist es zu auffällig.»

«Wovon redest du?»

Lexi antwortete nicht, sie war auf einer Mission, sie hatte einen Plan. «Lass uns zu dem Lager fahren. Ich will mir deine Sachen mal ansehen.»

«Jetzt sofort?»

«Ja.» Lexi bestellte ein Taxi, nahm Bea ihre Kaffeetasse aus der Hand, die sie nur unter Protest hergab, und schob sie zur Tür.

Im Aufzug nach unten fragte Lexi: «Hast du noch größere Summen Bargeld?»

«Ja.»

«Wo?»

«In einem Schuhkarton in meinem Koffer. Zusammen mit meinem Schmuck.»

«Gut. Aber wir sollten in deinem Zimmer einen Safe einbauen lassen.»

«Heißt das, ich darf bleiben? Trotz allem?»

Lexi sah sie verblüfft an. «Sicher.» Dann grinste sie. «Jetzt fängt der Spaß doch erst an.»

17. KAPITEL

Bea und Lexi standen inmitten von wertvollen Möbeln, Bildern, Porzellan, Silber.

Bea wies in die Runde: «Darf ich vorstellen: mein Vermögen. Das ist alles, was ich noch besitze.»

Das Lager war außerhalb der Stadt, auf einem Industriegelände. Bea hatte Tücher von Möbeln und Gemälden zurückgeschlagen, Kartons mit Porzellan und Silberbesteck geöffnet und führte stolz ihre Schätze vor: Porzellan von Meißen, KPM und Wedgwood, Silber von Christofle, Robbe & Berking, Wilkens & Söhne, alles in rauen Mengen, verschiedenen Stilepochen, Mustern, Dekors und Ausführungen. Lexi inspizierte alles.

«Hast du früher ganze Kleinstädte zum Dinner eingeladen?»

«Wir hatten ziemlich viele und sehr oft Gäste», nickte Bea. «Und du kannst ja nicht immer dasselbe Porzellan und dasselbe Besteck auf den Tisch stellen.»

Ach was? Das ging nicht? Lexi blickte auf die Möbel. Wunderbare Einzelteile, eklektischer Stil. Bea erläuterte es ihr: Empire, Biedermeier, Barock. Bauhaus-Klassiker von Le Corbusier, Marcel Breuer, Mies van der Rohe. Auch Zeitgenössisches von Philippe Starck und Marc Newson. Dazwischen kunstvoll gearbeitete chinesische Einzelteile aus der Ming-Dynastie.

«Und hast du auch regelmäßig umdekoriert? Weil man seinen Gästen nicht immer dieselben Möbel zumuten kann?»

«Machst du dich lustig?»

Lexi schüttelte den Kopf. «Nicht wirklich. Aber ich bin schon ziemlich erstaunt und beeindruckt. Du musst ja früher wirklich jede Menge Geld gehabt haben.»

Bea nickte. «Ja. Es war eine Umstellung. Von hundert auf null.»

Bea seufzte kurz, bewegte ihren Körper so, als wolle sie die sentimentalen Gedanken abschütteln. «Egal, das ist halt so! Krone auf und durch.»

Lexi schmunzelte. Ja, das passte zu Bea. Sie blickte auf das gesammelte Hab und Gut.

«Was ist mit deinen Kindern? Wollen die nicht das eine oder andere wertvolle Stück haben?»

«Nein, die haben sich schon ausgesucht, was sie wollten, als sie damals ausgezogen sind. Mein Sohn lebt ja in Hotels, der braucht keine Möbel oder Geschirr, und meine Tochter hat einen ganz anderen Stil. Minimalistisch modern. Die hat auch kein Interesse an den Sachen.»

Lexi sah sich noch einmal um.

«Bea, die Gemälde, die Möbel, das Porzellan, das Silber sind bestimmt eine Menge wert. Mach es zu Geld, dann kannst du deine Schulden zahlen. Und bist alle Sorgen los.»

«Nicht ganz. Denn dann hab ich keinen Pfennig mehr.»

«Cent», korrigierte Lexi.

«Das hier ist sozusagen meine Rente. Und zwar steuerfrei! Denn wenn ich nicht noch mal reich heirate, muss ich mir das hier sorgsam einteilen.»

Lexi nickte. «Verstehe. Also, wenn du weder deine Schulden bezahlen noch ins Gefängnis willst, dann bleibt nur die Insolvenz. Aber bevor du Privatinsolvenz anmeldest, muss das hier raus. Offiziell darf dir nichts mehr gehören. Sonst ist alles weg. Wenn sie dich danach fragen, musst du sagen, dass du alles noch in deinen guten Zeiten verkauft hast.»

«Wieso denn?»

«Weil das als Vermögen gilt und dann nahtlos zur Schuldendeckung verwendet wird. Also: Die Möbel können wir nicht transportieren, und wir können sie auch nicht bei mir unterbringen. Auch das Porzellan ist zu schwer. Zudem sind es viel zu viele Kartons. Das schaffen wir beide nicht. Das Silber und die Bilder sind kein Problem, die bringen wir zu mir. Ich hab einen Kellerraum, der leer ist. Und der ist sehr gut gesichert. Da stellen wir deine Sachen unter. Und falls was schiefläuft, können wir immer noch sagen, das würde alles mir gehören.»

Bea war überfordert und fühlte sich auch etwas überfahren. Aber ihr vorrangiges Problem war ein anderes: «Wieso müssen wir das selbst machen? Wir können es doch von einem Unternehmen transportieren lassen.»

«Aber nein. Damit man die Spur zu mir verfolgen kann?» Sie schwieg und dachte nach.

«Sag mal ...», begann Bea.

Lexi hob die Hand, um Bea anzudeuten, dass sie nichts sagen sollte, um ihren Gedankenfluss nicht zu unterbrechen.

«Wird notiert, wann und wie oft du in dein Lager gehst? Gibt es hier Überwachungskameras?»

«Du denkst ja wie eine Kriminelle.»

Lexi zuckte kurz zusammen. Aber das Adrenalin, das ihre Nebennieren nun ausschütteten, war das von der guten Sorte. Eustress. Sie musste sich eingestehen: Es machte ihr Spaß. Derselbe Eifer, mit dem sie damals Karsten verschwinden ließ, setzte wieder ein. Es galt an alles zu denken, keinen Fehler zu machen.

«Also, wie ist das mit der Lagerüberwachung?»

«Ich kann kommen und gehen, wann ich will, das notiert niemand. Es gibt eine Alarmanlage. Für zusätzliche Videoüberwachung meines Lagerraums hätte ich extra zahlen müssen. Hab ich aber nicht. Also: Ich denke mal, nein.»

«Sehr gut», nickte Lexi. «Bleibt allerdings die Frage, was wir mit deinen Möbeln machen? Auktionshäuser sind keine Option: zu viel verräterischer Schriftverkehr.»

Bea sah Lexi nur noch mit großen Augen an. Lexis strategische Planung überforderte sie komplett.

«Wir werden uns an einen Antiquitätenhändler wenden. Er soll uns ein Angebot für die Möbel und das Porzellan machen.»

«Ich kann ja die Händler fragen, bei denen ich früher gekauft habe.»

«Gott, nein, du hältst dich zurück. Dein Name darf nirgends auftauchen.» Lexi schüttelte energisch den Kopf.

«Dann kannst du das ja machen.»

«Aber nein.» Lexi lächelte: «Carilla Laurencia de la Cruz wird das übernehmen. Sie kommt aus Madrid, hat zwei Jahre hier gelebt und ist vor einem Monat wieder zurück nach Spanien gezogen. Eigentlich wollte sie sich ihre Möbel und ihr Porzellan nachschicken lassen, aber nun hat sie es sich anders überlegt und will lieber alles verkaufen. Und das Geld dafür will sie in bar. Keine Banküberweisungen.»

Lexi grinste Bea an.

Bea sah sie erst ungläubig an, dann rief sie beeindruckt: «Lexi, du bist großartig! Und ich dachte, du bist eine brave Hausfrau.»

Bea war voller Respekt für die neue Freundin. Lexi genoss die Anerkennung. Aber sie war auch ein wenig überrascht von sich selbst. Wie kam sie nur auf solche Ideen? Und würde sie das durchziehen? Na sicher! Hey, sie hatte ihren Ehemann verschwinden lassen, da waren doch ein paar Möbel ein Klacks dagegen. Ihr Spanisch war fließend, sie würde jedoch ein paar deutsche Worte einstreuen. Eine Perücke mit schwarzen Haaren bräuchte sie noch. Was das Outfit betraf, würde sie sich von Bea beraten lassen.

«Also. Alles klar? Rufen wir uns ein Taxi und fahren zurück. Lass uns schon mal ein paar von den Silbersachen mitnehmen», sagte Lexi gutgelaunt. Dann fiel ihr etwas ein. «Wir sollten unbedingt diesen Detektiv loswerden!»

«Wolf? Ich denke, du magst ihn?»

«Nein, nicht Wolf! Den anderen, diesen Zimmermann. Es ist nicht gut, wenn der ständig hinter dir herläuft.»

«Und wie willst du ihn loswerden?»

Lexi überlegte, dann sagte sie: «Feuer mit Feuer bekämpfen.»

«Gott, was soll das denn heißen?»

«Ich werde einen Detektiv beauftragen.»

«Um einen anderen Detektiv loszuwerden?»

«Ja. Ich bitte Wolf um Hilfe. Der soll sich was einfallen lassen.»

18. KAPITEL

Als sie nach Hause kamen, fand Lexi auf der Küchentheke einen Zettel von Wolf. «Hab mich für das blaue Zimmer entschieden, Koffer vorbeigebracht, bin nicht zum Abendessen hier, es wird später. PS: Wir sollten mal Handynummern austauschen!»

Allerdings, das sollten sie. Plötzlich beschlich sie ein ungutes Gefühl bei dem Gedanken, dass er einfach so in ihrer Wohnung herumlief. Aber auf der anderen Seite, überlegte sie, hatte sie ja nichts zu verbergen. Fast nichts. Dennoch schlummerte eine latente Unruhe in ihr. Wenn das Telefon klingelte, jemand an der Wohnungstür läutete, ja selbst wenn sie ihre Post öffnete, war immer die Angst da, dass alles auffliegen könnte. Sie redete sich gut zu, versuchte, die kleinen Panikattacken wegzuatmen, aber so ganz konnte sie die Sorge, dass Karsten aktiv werden würde, nicht abschütteln.

Gut, dass sie jetzt durch Beas Probleme abgelenkt war. Und auch dass Wolf nun hier wohnen würde, beruhigte sie irgendwie.

Bea tänzelte zum Kühlschrank, griff nach der noch halbvollen Flasche Champagner vom Mittag, schenkte sich ein Glas ein, ging damit zur Tür, die in den Flur zu den Gästezimmern führte, und verkündete: «So, ich muss mich fertig machen. Hab meinem Anwalt versprochen, heute Abend mit ihm essen zu gehen. Was machst du noch?»

«Gar nichts mehr.»

Bea zögerte. Sie schien ein schlechtes Gewissen zu haben, Lexi nun einfach so alleine in der Wohnung sitzen zu lassen.

«Willst du mitkommen? Thorsten hätte sicher nichts dagegen.»

«Danke, das ist lieb von dir. Aber ich möchte nicht. Ist schon okay.»

«Du könntest auf Wolf warten.»

«Nein. Bin zu müde. Ich mach mir noch ein Sandwich, dann geh ich ins Bett.»

Nachdem Bea die Wohnung verlassen hatte, zog Lexi sich ein schickes Kleid an, schminkte sich und frisierte sich die Haare. Plötzlich kam sie sich albern vor. Nein, Unsinn. Es schadet ja nichts, wenn man gut aussieht, während man jemanden um einen Gefallen bittet. Und nur darum ging es.

Sie machte es sich im Wohnzimmer auf einem Sessel bequem und sah auf die Wohnungstür. Bestimmt würde es noch eine Weile dauern. Sie musste warten.

Als sie schließlich einen Schlüssel im Schloss hörte, nahm sie schnell ein Buch in die Hand und tat so, als würde sie lesen. Sie blickte erst auf, als sie Wolfs Stimme hörte.

«Hey, du bist noch wach. Wunderbar. Wie wäre es mit einem Schlummertrunk?», fragte er und lächelte sie an.

Sie legte das Buch zur Seite. «Gerne. Einen Weißwein.»

Er ging zum Weinschrank.

«Hast du wirklich vor, hier einzuziehen?»

«Ich bin doch schon eingezogen.» Er öffnete die Schranktür. «Ist ein Riesling okay?»

«Gern. Such mal nach Schloss Johannisberg. Was ist mit deinen Möbeln?»

«Das Zimmer ist doch möbliert.»

«Dein ganzer Umzug bestand nur aus ein paar Koffern?»

«Ja, mein Leben passt in ein paar Koffer.»

«Wie kommt das?»

«Hatte ich dir doch bereits in der Havanna Bar erzählt. Mein Beruf bringt es mit sich, dass ich immer mal wieder kurzfristig flexibel sein muss. Je nach Auftrag. Im Moment war ich eh auf der Suche nach einer neuen Wohnung, und kein Mann bei Verstand schlägt das Angebot aus, mit einer attraktiven Frau unter demselben Dach zu wohnen. Außerdem hatte ich angeboten, dir die Stadt zu zeigen, und logistisch gesehen ist es einfacher, wenn wir beide von derselben Wohnung aus starten.»

«Klar, die Logistik.» Lexi strich sich über die Haare und setzte sich etwas aufrechter hin. «Ich hoffe, es wird dir hier gefallen.»

Er holte zwei Gläser, drehte sich zu Lexi, lächelte gewinnend und sagte: «Ich weiß bereits, dass es mir hier gefallen wird. Denn *du* wohnst ja hier.»

«Ein professioneller Charmeur», spottete sie. «Kommt das durch deinen Job, oder ist das angeboren?»

«Das kommt durch dich. In Gegenwart schöner Frauen kann ich nicht anders.»

Lexi lachte. «Der Spruch ist nicht sehr originell.»

Wolf schüttelte den Kopf. «Das wurde mir unlängst

schon einmal gesagt, ich muss wirklich an meiner Form arbeiten.»

«Ja, tu das. Bleibt aber immer noch die Frage: Aus welchem Grund ziehst du Hals über Kopf in eine fremde Wohnung?»

Wolf sah sie etwas überrascht an, dann grinste er. «Du glaubst mir nicht, dass ich einfach nur in deiner Nähe sein möchte?»

«Nein.»

«Oh. Dann hab ich jetzt aber ein Problem, denn das war mein einziger Grund.»

«Dann denk dir einen aus, den ich dir abkaufe.»

«Was ist mit deinem Selbstbewusstsein nicht in Ordnung?»

«Damit ist alles okay.»

«Ist es nicht, wenn du mir nicht glaubst, dass du der Grund bist, dass ich hier bin.»

Lexi sah ihn an, dann zuckte sie die Schultern. «Es ist vielleicht ein bisschen beschädigt.»

Wolf betrachtete sie liebevoll. «Dein Mann hat einen ganz schönen Flurschaden angerichtet!»

Sie seufzte. Wolf hatte recht.

Er öffnete die Flasche und schenkte ein. Er reichte ihr ein Glas, hob seins zum Anstoßen in die Höhe und sagte: «Auf die Wiederaufforstung.»

Lexi zog ihr Glas zurück. «Was ist denn das für ein blöder Trinkspruch?»

«Ähm … Auf einen Neuanfang?»

«Mit dir?»

«Lexi, du bringst mich etwas aus dem Konzept.»

«Du hast ein Konzept?»

«Hat nicht jeder eine Agenda? Einen Plan? Ein Ziel?»

«Was ist deins?»

«Können wir erst mal einen Schluck trinken, bevor der Wein verdunstet? Ich glaub, es ist schon etwas weniger in meinem Glas.»

Lexi lachte und stieß mit ihm an. «Also, wieso bist du hier?»

«Hey, wie oft muss ich es noch sagen: wegen dir!»

Er nahm noch einen Schluck Wein. «Du hast so etwas ...» Er suchte nach Worten. «... absolut Faszinierendes. Unwiderstehliches. Bezauberndes. Geheimnisvolles.»

«Beeindruckt mich nicht.»

Wolf lachte und lehnte sich zurück. «Was muss man denn tun, um dich zu beeindrucken?»

«Ich befürchte, ich bin nicht mehr so leicht zu beeindrucken. Ich hab zu viele ... na, sagen wir: *interessante* Erfahrungen gemacht.»

«*Schlechte* Erfahrungen?»

«Ich hab extra *interessante* gesagt. Ich will das nicht werten, weil jede Art von Erfahrung einen weiterbringt. Okay, jetzt hab ich mal eine Frage: Kennst du einen Anton Zimmermann?»

Wolf stellte verblüfft sein Weinglas ab. Etwas zögerlich sagte er: «Er ist ein Kollege von mir. Was hast du mit ihm zu tun?»

«Er war hier.»

«Hier bei dir?» Wolf klang leicht panisch.

«Gott, was ist mit dem Kerl, wenn du so reagierst?»

«Nichts. Ich wundere mich nur, wieso sich ein Detektiv bei dir meldet. Hat er gesagt, was er von dir wollte und wer ihn beauftragt hat?»

«Nein. Er wollte nicht zu mir. Er hat nach Bea gefragt.»

Wolf entspannte sich augenblicklich. «Ach so.»

«Nichts ‹ach so›. Was ist das für ein Typ? Muss man den ernst nehmen?»

«Anton ist der dämlichste Detektiv unter der Sonne. Die einzigen Aufträge, die er bekommt, sind von seinem Schwager. Der ist Banker und lässt ihn gelegentlich mal Bankkunden ausspionieren. Es sind Mitleidsaufträge.»

«Aha.» Auch Lexi entspannte sich ein wenig.

«Was will er denn von Bea? Hat sie was ausgefressen?»

«Kreditrate nicht bezahlt.»

«Das ist alles?»

«Ja. Das ist alles.»

«Hm. Merkwürdig, dass sie für eine nicht bezahlte Rate gleich einen Privatdetektiv einschalten. Na ja. Sein Schwager will ihn wohl nur beschäftigen.»

«Sag mal, kannst du dafür sorgen, dass er hier nicht mehr rumlungert?»

«Kein Problem. Ich lass mir was einfallen. Aber dann schuldest du mir was.»

«Ich nicht, sondern Bea. Wende dich an sie.»

«Nein danke, sie ist nicht mein Typ. Du hast mich gefragt, also bist du jetzt in meiner Schuld.»

«Dann bezahle ich dich.»

«Nein, so leicht mache ich es dir nicht. Kein Geld!»

«Sondern?»

«Ein Abendessen. In einem Restaurant. Nur wir beide.»

«Und du zahlst?»

«Natürlich.»

«Also, wenn du immer so deine Geschäfte machst, kommst du nie auf einen grünen Zweig.»

«Hey, wenn du dich im Geschäftemachen gut auskennst, bin ich jederzeit offen für Tipps und Ratschläge.»

«Na, mein erster wäre: Lade nicht Leute, die dir einen Auftrag bezahlen wollen, zum Essen ein, statt ihnen eine Rechnung zu schicken. Und dieser Rat war übrigens kostenlos.»

Wolf grinste. «Lexi, du bist wirklich ...»

Lexi war schneller: «Intelligent, wunderbar, gutaussehend, witzig und charmant.»

Wolf nickte: «Genau.»

Lexi lächelte ihn an. «Was wirst du unternehmen wegen diesem Zimmermann?»

«Meine Methoden verrate ich nie. Ich liefere Ergebnisse. Wann gehen wir beide essen?»

«Sobald das Zimmermännchen Bea in Ruhe lässt.»

19. KAPITEL

Lexi war in ihrem Element. Beas Problem begeisterte sie. Ein neuer Coup! Was für eine Herausforderung. Es gefiel ihr, dass Bea sich mit einer Bank angelegt hatte. Geschah denen recht! Wenn man geschickt vorging, alles bedachte, würde Bea als Siegerin hervorgehen. Eigentlich gab es keinen Grund, dass sie sich für Bea so ins Zeug legte, aber zum einen hatte sie eine Aufgabe gefunden, die ihr Leben spannend machte, und zum anderen gefiel ihr diese Bea. Nicht deren Reiche-Lady-Attitüde, aber ihr unerschütterliches Selbstbewusstsein und ihre Sicht auf die Dinge: Die Bank hat sie betrogen, also betrog sie auch die Bank. Und sie fand es bewundernswert, wie Bea dem Leben Luxus abtrotzte, den sie sich eigentlich nicht mehr leisten konnte.

Natürlich war Lexi klar, dass Bea bei ihr eingezogen war, damit sie ein Dach über dem Kopf und eine standesgemäße Basis hatte, von der aus sie operieren könnte. Beas Ziel war klar: Ehemann Nummer drei finden. Aber bis es so weit sein würde, genoss Lexi den Schwung, den Bea in ihr Leben brachte.

Und Wolf? Er gefiel ihr. Wie sehr? Das hatte sie noch nicht entschieden. Aber sie spürte definitiv eine Art von Interesse, das sie vorsichtig weiterverfolgen wollte. Man würde sehen, was daraus werden konnte.

Lexi war zufrieden: Da ging sie einmal alleine in ein

Hotel, um die erfolgreiche Beseitigung ihres Ehemanns zu feiern, und das führte zu zwei neuen, spannenden Bekanntschaften. Besser hätte es nicht laufen können.

Ihre Bedenken gegenüber einer WG hatte sie aufgegeben, dafür machte sie sich nun Gedanken darüber, wie ihre Form des Zusammenlebens aussehen sollte. Beiden hatte sie verkündet: «Wir haben hier zwei Möglichkeiten. Erstens: Wir leben zwar unter einem Dach, aber jeder für sich. Man begegnet sich vielleicht gelegentlich in der Küche, grüßt sich und geht dann seines Weges. Im Kühlschrank hat jeder sein Fach, jeder sorgt für sich selbst. Zweite Möglichkeit: Wir arbeiten daran, eine echte Gemeinschaft zu bilden und eine familiäre Atmosphäre zu schaffen. Mit gemeinsamen Mahlzeiten, gemeinsamen Unternehmungen, ehrlichem Interesse am Leben der anderen, Unterstützung sowohl moralisch, als auch wenn nötig tatkräftig.»

Sie hatte kurz pausiert, Wolf und Bea direkt angesehen und gefragt: «Also, was schwebt euch vor?»

Es hatte geklungen, als hätten sie die Wahl, doch es war klar gewesen, was sie zu antworten hatten.

Bea hatte dennoch etwas misstrauisch nachgefragt: «Wie meinst du das mit der ‹echten Gemeinschaft›?»

«Es ist genau das, was du über die Vorteile einer WG gesagt hast. Damit hast du mich überzeugt.»

«Oh. Dann bin ich natürlich dafür!»

Wolf hatte entschlossen angemerkt: «Wenn schon WG, dann richtig.» Was er darunter verstand, hatte er nicht weiter ausgeführt.

«Gut. Dann sollte jeder auch seinen Beitrag dazu leisten. Wer übernimmt was?»

Bea hatte leicht gestöhnt: «Müssen wir das so detailliert organisieren? Wieso leben wir nicht alle fröhlich vor uns hin? Also, *gemeinsam* fröhlich vor uns hin?»

Wolf hatte angeboten: «Ich könnte die Einkäufe erledigen, da ich ein Auto habe.»

«Sehr gute Idee», hatte Lexi ihn gelobt. «Wir sollten uns vielleicht einmal am Tag zu einer gemeinsamen Mahlzeit zusammensetzen. Wie wäre es mit abends? Ich könnte das Kochen übernehmen.»

«Willst du nicht lieber das Essen liefern lassen?», hatte Bea gefragt.

Lexi hatte sie angegrinst: «Hast du Angst, du musst beim Kochen helfen?»

Bea hatte keine Spur von schlechtem Gewissen gezeigt. «Ich wäre keine Hilfe. Ich hab nie gekocht. Wenn früher einer meiner Ex nach Hause kam und fragte: ‹Was hast du zum Essen gemacht?›, hab ich immer geantwortet: ‹Eine Reservierung in einem schicken Restaurant.›»

«Im Ernst?»

«Na ja, manchmal. Die meiste Zeit hatte ich eine Köchin. Ich hasse es zu kochen.»

«Na gut, für dich finden wir auch noch eine passende Aufgabe in unserer WG.»

«Ich eigne mich für sehr wenig», hatte Bea zu bedenken gegeben.

Innerhalb von ein paar Tagen hatte sich das Trio ganz gut eingespielt.

Lexi hatte Bea Hausarrest erteilt, bis Wolf das Problem mit dem anderen Privatdetektiv erledigt hatte. Beas Hausarrest passte Wolf gut, denn er wollte gerne sein Versprechen einlösen, Lexi die Stadt zu zeigen, und zwar ohne Bea. Doch Lexi verschob die Termine immer wieder. Sie war zu sehr mit der Detailplanung und Ausführung der Aktion «Wir-retten-Beas-Vermögen» beschäftigt. Sie machte Fotos von den Möbeln und dem Porzellan, kontaktierte Antiquitätenhändler und freute sich schon auf ihren Auftritt als Carilla Laurencia de la Cruz. Doch dazu kam es vorerst nicht, denn es war gar nicht so leicht, passende Interessenten für Beas Möbel zu finden. Die großen Händler schieden aus, Lexi befürchtete, dass sie Stücke wiedererkennen würden, die sie Bea vor Jahren verkauft hatten. Von den kleineren war niemand bereit, ihr alles auf einmal abzukaufen. Man bot an, einige Stücke zu kaufen und andere in Kommission zu nehmen. Aber auf Kommission wollte sich Lexi alias Carilla nicht einlassen, und stückweise würde zu lange dauern. Die Zeit drängte.

«Wir müssen auf andere Städte ausweichen. Ich werde rumtelefonieren und sehen, ob wir da einen Händler finden, der Interesse hat», teilte sie Bea eines Tages mit. «Ich brauch Briefpapier vom Imperial. Du hast nicht zufällig welches mitgenommen?»

Bea zögerte kurz, dann sagte sie: «Also, ich mach das normalerweise nicht. Aber das Papier im Imperial war wirklich sehr schön, und ich dachte, vielleicht brauch ich es mal. Ich hab auch ein paar Umschläge.»

«Perfekt.»

«Was hast du vor?»

«Na, Carilla muss doch irgendwo wohnen. Sie wohnt im Imperial und schickt dem Antiquitätenhändler, der am Telefon Interesse geäußert hat, einen Brief mit Fotos von den Stücken.»

«Wieso machst du das nicht per E-Mail?»

«Kann man zurückverfolgen. Wir machen das auf die ganz altmodische Art und Weise. Wenn einer am Ankauf interessiert ist, werde ich ihn bitten, mich im Hotel anzurufen.»

«Ziehst du dann ins Hotel?»

«Nein, die wollen doch beim Einchecken einen Ausweis sehen. Ich nenne ihm Tag und Uhrzeit für seinen Anruf. Im Imperial werde ich am Empfang sagen, dass ich einen Anruf erwarte. Das krieg ich schon hin, keine Sorge.»

«Oh, Sorgen mach ich mir schon lange nicht mehr», lachte Bea. «Du hast ja alles im Griff. Und wie geht es dann weiter?»

«Er soll mit einem LKW zum Hotel kommen oder jemanden schicken, das ist mir egal, mich dort abholen, und ich fahre mit ihm ins Lager. Dort kann er die Möbel einladen. Den Umweg über das Hotel will ich machen, damit ich ihm die Adresse vom Lager nicht schriftlich geben muss. Er wird sicher nicht allzu viel Fragen stellen, wenn wir nicht lange um den Preis feilschen.»

Bea war tief beeindruckt. «Unglaublich. Du denkst wirklich an alles.»

Wolf hatte Wort gehalten. Eine Art «Tauschgeschäft» hatte das gewünschte Ergebnis gebracht: «Alles klar, Bea kann sich wieder frei bewegen, ich hab Anton von der Bildfläche verschwinden lassen.»

Lexi erschrak: «Was hast du getan?»

Wolf lachte und schüttelte dann tadelnd den Kopf: «Was du mir alles zutraust! Na, hör mal!»

«Wo ist er?»

«Sagen wir: im Urlaub?»

«Drück dich mal genauer aus.»

Wolf grinste: «Ich hab Anton gesagt, ich hätte einen interessanten Auftrag und müsste für eine Versicherung jemanden beschatten, der sich krankgemeldet hat, aber tatsächlich auf Mallorca Urlaub macht. Und ich bräuchte Beweisfotos. Aber ich könnte zurzeit hier nicht weg, weil ich gerade einen ganz heißen Fall habe. Ob er vielleicht den Versicherungsfall auf Mallorca übernehmen wolle. Er war sofort begeistert, dann fiel ihm aber ein, dass er hier jemanden überwachen muss. Ich hab angeboten, dass ich das für ihn übernehmen kann. Er war einverstanden und hat mir die Unterlagen gegeben.»

«Du spionierst jetzt Bea aus?» Lexi klang empört.

«Besser ich als ein Fremder.»

«Das darf doch wohl nicht wahr sein!»

Wolf machte ein ernstes Gesicht: «Weißt du, dass Bea nicht bloß eine Kreditrate nicht bezahlt hat, sondern der Bank ein kleines Vermögen schuldet?»

«Was genau soll dieser Anton denn über Bea herausfinden?»

«Darüber kann ich nicht reden.»

«Auch nicht mit mir?»

Wolf musste lachen. «Wieso solltest du denn eine Ausnahme sein? Warum sollte ich mit dir über diesen Fall reden?»

«Na, ich könnte dir eventuell behilflich sein. Ich sage dir, was die Bank wissen will, und du hast den Auftrag erledigt, bis Anton zurückkommt. Und wir sind ihn los.»

Wolf sah Lexi grübelnd an. Dann gab er sich einen Ruck: «Es geht darum herauszufinden, ob Bea noch irgendwo Vermögen, also Geld oder auch Sachwerte hat, bevor die Bank Anzeige erstattet. Es ist eine ziemlich ernste Sache.»

«Ja, weiß ich, aber das ist ein Missverständnis. Beas Anwalt ist dabei, das aufzuklären, er braucht nur ein wenig Zeit dafür. Was hat dieser Anton denn bisher herausgekriegt?»

Wolf grinste: «Nichts. Ich sag doch, er ist keine Leuchte. Meist hat er das Imperial umkreist, wo Bea früher gewohnt hat, oder die Anwaltspraxis, zu der sie manchmal geht. Und dann versuchte er ihr zu folgen. So ist er schließlich auch hier gelandet.»

«Und hat geklingelt und nach ihr gefragt! Und seinen Namen genannt. Sehr dezent.»

«Eben, sag ich doch. Er ist kein Aushängeschild für unseren Beruf.»

«Hör zu. Du sagst Anton, dass du herausgefunden hast, dass Bea keinen Cent mehr hat, dass sie alles verjubelt hat und dass es keinen Sinn macht, sie weiter beschatten zu lassen. Sie sollen den offiziellen Weg gehen. Sich an ihren Anwalt wenden.»

Wolf überlegte.

Lexi setzte nach: «Hey, ein bisschen mehr Loyalität für die WG, bitte!»

Wolf gab sich einen Ruck. «Okay.» Er nickte schließlich. «So werde ich es machen.»

Bevor Wolf seine Meinung ändern konnte, wechselte sie das Thema.

«Und wen überwacht der gute Anton nun auf Mallorca?»

«Philip Spengler.»

«Gibt es den überhaupt?»

«Natürlich.»

«Also ist das ein echter Auftrag?»

«Nein. Ich hab ein paar Facebook-Seiten durchstöbert und einen Philip Spengler gefunden, der gerade auf Mallorca ist und ständig Fotos von dort postet. Und der bleibt dort auch noch zwei Wochen. Jedenfalls hab ich Anton einen Flug gebucht, heute früh ist er abgeflogen.»

«Ich bin beeindruckt. Du bist gut.»

«Danke. Aber ich denke mal, du würdest so etwas auch hinkriegen.»

«Wie kommst du denn auf die Idee?»

«Nur so ein Gefühl. Ich könnte mir vorstellen, dass du auch auf eine Menge kreativer Ideen kommst, wenn du ein Ziel vor Augen hast. Und ich denke mir, dass du die Chuzpe hast, Dinge durchzuziehen, für die andere nicht den Mut haben.»

Lexi schluckte. Dann sagte sie lächelnd: «Da täuschst du dich. Aber sag mal, das hat dich doch Geld gekostet. Lass mich das wenigstens bezahlen.»

«Nein. Ich betrachte es als Investitionen.»

«In was?

«In dich!»

«Ich glaube, das gefällt mir nicht.»

«Es war ein Angebot. Last Minute, all inclusive. Also entspann dich.»

«Gut. Wenn du meinst.»

Wolf grinste: «Dann kommen wir jetzt zu dem Ereignis, das unser Leben verändern kann.»

«Was soll das denn sein?», fragte Lexi misstrauisch.

«Unser Dinner Date.»

«Nennen wir es ‹gemeinsames Abendessen›.»

«Nenn es, wie du willst, solange du mir in einem netten Restaurant gegenübersitzt.»

Lexi lächelte. «Okay. Aber können wir das noch ein klein wenig aufschieben? Ich hab zurzeit superviel zu tun und keine Nerven für ein romantisches Abendessen.»

«Danke.» Wolf grinste.

«Wofür?»

«*Du* hast das Wort *romantisch* ins Spiel gebracht!»

«Ach, hab ich das?»

«Was ist für dich romantisch?»

Lexi überlegte. «Nicht das Übliche. Also Rosen, Pralinen, Champagner und so. Ich liebe unerwartete Gesten, die zeigen, dass dir jemand zugehört hat, sich etwas gemerkt hat. Wenn jemand etwas tut oder dir ein Geschenk macht, etwas, das man mal in einem ganz anderen Zusammenhang erwähnt hat – das ist für mich eine große romantische Geste.»

«Hatte dein Mann Talent darin?»

«Nein. Ganz und gar nicht. Ich war schon froh, wenn er sich an meinen Namen erinnern konnte.»

«Du übertreibst?»

«Ja.»

«Also sollte ich nicht alles glauben, was du sagst?»

«Natürlich solltest du alles glauben, sonst würde ich mir ja nicht die Mühe machen, es zu sagen.»

Wolf lachte. «Also, wann gehen wir essen?»

«Selbe Antwort wie eben: Ich sag dir Bescheid.»

«Ich fühl mich irgendwie zurückgewiesen.»

«Und das bist du nicht gewöhnt, schon klar.»

«Allerdings. Ich weiß gar nicht, wie ich darauf reagieren soll.»

«Dann üben wir das noch ein bisschen, damit du Routine bekommst.»

Wolf schüttelte den Kopf. «O Lexi, wieso bist du nur so herzlos zu mir? Ich rette dich vor Anton, und das ist der Dank?»

Nachdem Anton Zimmermann ausgeschaltet war, hatten Bea und Lexi begonnen, das Silber und die Gemälde vom Lager in Lexis Keller zu transportieren. Lexi hatte ein System ausgeklügelt, nach dem das unauffällig vonstattenging. Um zu vermeiden, dass sich später ein Taxifahrer daran erinnern würde, dass er zwei Damen von Lexis Wohnung zu einem Lager und wieder zurückgefahren hatte, hatte sie entschieden, dass sie sich von ihrer Wohnung erst mal zu einem Hotel bringen lassen würde. Von dort würde sie ein anderes Taxi zum Lager fahren. Dieselbe Prozedur beim Rückweg. Den Zwischenzielort Hotel hatten sie gelegentlich geändert, der Bahnhof und die Einkaufsstraße mit den Edelboutiquen waren ebenfalls Ziele. Die vielen Fahrten hatten sie über mehrere Tage verteilt. Es dauerte fast eine Woche, bis sie alles, teils in großen Einkaufstüten von teuren Läden getarnt, in Lexis Keller untergebracht hatten.

Nach der letzten Fuhre betrachteten sie stolz den gefüllten Keller.

«So, das war der erste Streich. Diese Sachen sind schon mal gerettet», verkündete Lexi.

Bea war gleichermaßen beeindruckt und begeistert. «Lexi, ich stehe für immer in deiner Schuld!»

Lexi machte eine abwehrende Handbewegung. «Ach was. Dafür nicht.»

Bea witzelte: «Hast du schon mal an eine kriminelle Karriere gedacht?»

«Ich würde das nicht kriminell nennen. Für mich fällt das unter den Begriff ‹Selbstverteidigung›.»

Bea stimmte ihr aus vollem Herzen zu. «Sehr richtig!»

«Trotzdem haben wir uns strafbar gemacht. Das ist dir hoffentlich klar?»

«Wie strafbar? Droht uns Gefängnis?»

«Weiß ich nicht genau. Aber das kann ich ja mal googeln.»

«Nein, danke. Will ich gar nicht wissen. Hoffen wir einfach, dass alles gutgeht.»

Ein paar Tage später hatte Lexi tatsächlich einen Händler gefunden, der an den Sachen interessiert war, und einen Termin zwecks Abholung im Imperial vereinbarte.

Der Händler wollte persönlich kommen, um die Stücke in Augenschein nehmen. Lexi wies ihn noch einmal darauf hin, dass er bar bezahlen müsse. Ihr Plan schien aufzugehen.

20. KAPITEL

Wolf gefiel es ausgesprochen gut, bei Lexi zu leben, und er musste sich immer wieder selbst daran erinnern, dass er es nur wegen eines Auftrages tat. Damit er kurze Wege hatte, nämlich von seinem Zimmer in Lexis Zimmer. Wobei er allerdings bisher kaum Gelegenheit gehabt hatte, Lexis Unterlagen zu durchforsten. Nur zweimal war es ihm bislang gelungen, Lexis Zimmer in Augenschein zu nehmen. Er hatte Kontoauszüge gefunden und Carlos mitgeteilt, dass es ihm gelungen war, 300 000 Euro aufzuspüren. Doch Carlos hatte lediglich zurückgeschrieben: «Das ist es nicht. Suchen Sie weiter.»

Wolf war wie elektrisiert. Wenn Carlos sich an die Abmachung hielt und er fünf Prozent bekäme und Carlos 300 000 Euro nicht mal interessierten – oh boy! Lexi war dreister, als er gedacht hatte. Und er würde reicher werden, als er gehofft hatte. Das Leben meinte es gut mit ihm. Allerdings wusste er immer noch nicht, wo dieses viele Geld war.

Er brauchte mehr Zeit und würde noch einmal gezielt und in Ruhe nach Hinweisen auf Fonds, Aktien und Immobilien suchen müssen. Auch nach einem Safe. Oder vielleicht hatte sie ein Bankschließfach, in dem sie solche Unterlagen aufbewahrte? Wenn er nichts fand, würde er die Information wohl nur von ihr selbst bekommen können.

Allerdings war sie bisher jeder Frage, die in diese Richtung ging, ausgewichen. Sie vertraute ihm nicht. Aber Wolf war zuversichtlich, dass das nur noch eine Frage der Zeit sein würde. Früher oder später würde sie seinem Charme erliegen. Er spürte das. Lexi mochte ihn. Auch wenn sie oft kratzbürstig zu ihm war, suchte sie seine Nähe, lachte über seine Witze, selbst dann, wenn sie nur mäßig lustig waren. Und gelegentlich war eine knisternde Spannung zwischen ihnen zu spüren, die ihm das Gefühl gab, dass es auf eine romantische Beziehung hinauslaufen könnte. Oder spielte sie nur mit ihm? Wie gerissen war sie? Konnte er ihr trauen? Wenn sie professionell eine so große Menge Geld erschwindeln konnte, lag die Vermutung nahe, dass sie auch mit ihm ein Spielchen spielte. Aber was hatte sie vor? Er hatte kein Geld. Was wollte sie von ihm?

Alle Dokumente, die er gefunden hatte, waren neueren Datums. Es begann mit ihrem Umzug nach Deutschland. Unterlagen über ihre Zeit in Südamerika schien es nicht zu geben. Nichts von einem Ehemann. Der einzige Hinweis darauf, dass sie je verheiratet gewesen war, prangte auf der Sterbeurkunde von einem Karsten Langendorf: Dort war ihr Name als Ehefrau angegeben. Ob er mal nach Informationen über diesen Karsten Langendorf forschen sollte? Zumindest musste er feststellen, ob es den überhaupt je gegeben hatte. Aber dafür bezahlte ihn ja keiner. Er hatte nur den Auftrag, festzustellen, wo Lexi das unterschlagene Geld aufbewahrte. Er musste vorsichtig bleiben.

Auch wenn er sie noch so sehr mochte, sie schien eine Betrügerin zu sein. Er durfte nur seinen Job machen.

Seit einer halben Stunde wartete Wolf in der Bar auf Rosi,

um ihr mitzuteilen, dass er nach ausführlichen Recherchen und Beschattungen nun einen Ansatzpunkt gefunden hatte, ihr Problem zu lösen. Bea hatte ihm die Einladung zum Empfang des Bürgermeisters verkauft. Das würde sein goldener Schlüssel sein.

«Bitte entschuldigen Sie die Verspätung!»

Wolf wandte sich um, Rosi blickte ihn ernst an. «Gehen wir nach oben?»

«Sehr gerne.» Wolf zwinkerte kurz der Barfrau zu, die er von seinem letzten Besuch noch kannte, und folgte Rosi in ihre Wohnung.

«Was haben Sie herausgefunden?», erkundigte sich Rosi ohne Umschweife.

Wolf wiegte den Kopf hin und her und raunte: «Ich denke, es ist besser, wenn Sie das nicht wissen.»

Rosi kniff die Augen zusammen und fragte streng: «Was heißt das?»

«Das heißt, dass es Ihnen genügen sollte, wenn dieser Sergej nicht mehr bei Ihnen auftaucht.» Wolf bemühte sich um einen vertrauenerweckenden Gesichtsausdruck, als er weitersprach: «Meine Methoden tun nichts zur Sache. Es zählt nur das Ergebnis.»

Rosi nickte zögernd. «Grundsätzlich bin ich gegen Gewalt. Wir müssen aufhören, Probleme mit Gewalt zu lösen.»

«Der Meinung bin ich auch. Aber ich bin auch der Meinung, die Verbrecher sollten da den Anfang machen.»

Rosi machte kein zufriedenes Gesicht.

Wolf zuckte die Schultern. «Ich kann mich jetzt auch zurückziehen, überlasse Ihnen das Ergebnis meiner Recherchen, und Sie suchen sich jemand anderes.»

Rosi sah Wolf an. Dann schüttelte sie den Kopf. «Nein. Tun Sie, was Sie für richtig halten. Erzählen Sie mir nur nicht, was Sie getan haben.»

«Meine Rede.» Wolf nickte. «Allerdings hat es mich noch einmal 1000 Euro gekostet, die Sache klarzumachen.»

Rosi verlor etwas an Farbe und fragte: «Sie lassen aber niemanden umbringen, oder?»

«Für 1000 Euro? Dafür kann ich nicht mal jemanden ordentlich verprügeln lassen.»

«Sollte mich das jetzt beruhigen?»

Wolf entschied sich für ein paar erklärende Worte. «Es ist nichts Kriminelles, nur ein kleiner Trick, etwas Psychologie – und wenn alles gutgeht, löst sich Ihr Problem in Luft auf.»

Rosi nickte beruhigt. «Schreiben Sie mir eine Rechnung über Ihre Auslagen und über die Zeit, die Sie aufgewendet haben. Und wenn Sergej wirklich nicht mehr auftaucht, zahle ich Ihnen noch eine Extraprämie.»

«Für eine Prämie werde ich ihn dazu bringen, mit einem Blumenstrauß zu Ihnen zu kommen und sich bei Ihnen zu entschuldigen», grinste Wolf. Inzwischen war es für ihn zur sportlichen Herausforderung geworden. Er wollte sehen, wie weit er gehen konnte. Nicht mit Rosi, sondern mit Jurij Melnikow, dem Boss eines russischen Verbrechersyndikats.

Wolf musste noch die Einkäufe für die WG erledigen. Lexi hatte ein paarmal angeboten, ihm das Geld dafür zu geben, doch er hatte immer lässig abgelehnt. Er sah es als Investition in den Auftrag von Carlos. Wolf war darüber hinaus auch stets bemüht, Lexi beim Tischdecken und Abräumen zu helfen und sich nützlich zu machen. Er musste ihr Vertrauen gewinnen.

Die Einzige, die nach wie vor nichts tat, war Bea.

Nach dem Abendessen nahm sie auf einem Hocker an der Küchentheke Platz, trank noch ein Gläschen Champagner und schaute Wolf und Lexi zu, wie sie die Spülmaschine einräumten: Wolf reichte Lexi die Teller an, sie stellte sie in die Maschine.

Als Bea ausgetrunken hatte, hüpfte sie vom Hocker. «Sorry, den Rest der Arbeit müsst ihr alleine erledigen. Ich muss mich jetzt zurechtmachen, hab noch eine Verabredung.» Und damit verschwand sie in ihrem Zimmer.

Lexi sah Wolf an. «Hat sie eben gesagt: ‹*Den Rest* müsst ihr alleine erledigen›? Sie hat doch gar nicht geholfen.»

«Sie hat uns Gesellschaft geleistet», lachte Wolf. «Aber ich finde, wir beide sind ein gutes Team, wir kriegen das prima alleine hin.»

«O ja. Total. Wenn du mir nicht die Sachen anreichen würdest, würde ich ratlos vor der Spülmaschine stehen.»

«Siehst du, das meine ich.»

Bea steckte noch einmal den Kopf zur Tür rein und rief: «Lexi? Kannst du mal kommen?»

Lexi wandte sich an Wolf: «Bitte bewache die Maschine, bis ich zurückkomme; ich traue ihr nicht, solange sie noch nicht eingeschaltet ist.»

«Ach, hast du ein Sonderangebot gekauft?»

«Ich muss mein Geld zusammenhalten. Da macht man bei der Spülmaschine schon mal Kompromisse.»

«Tja, es ist generell nicht so leicht, an Geld zu kommen. Oder es zu behalten. Da muss man sich schon etwas einfallen lassen.»

«Allerdings.» Lexi nickte leichthin. Plötzlich sah sie ihn an. Lauernd und auch ein wenig verunsichert. Dann drehte sie sich abrupt um und verließ die Küche.

21. KAPITEL

Lexi ging grübelnd zu Bea. Hatte Wolf mitbekommen, was sie und Bea planten? Würde er eine Gefahr darstellen? Ermittelte er nun doch in der Sache Beatrix Soltmann? Sollte sie Bea davon erzählen? Nein, wozu sie beunruhigen. Wolfs Bemerkungen und Fragen hatten vielleicht gar nichts zu bedeuten.

Als sie in Beas Zimmer kam, stand Bea vor dem bodentiefen Spiegel. «Hör mal», sagte sie, «ich frage mich, ob wir Wolf nicht in unseren Plan einweihen sollen? Es wird langsam regelrecht anstrengend, jeden Tag Männergeschichten zu erfinden.»

«Nein, wir bleiben dabei. Das ist die perfekte Erklärung, wieso wir ständig unterwegs sind. Bei unserer Aktion darf es keine Mitwisser geben. Irgendeiner verplappert sich sonst», warnte Lexi. «Oder findet es moralisch verwerflich und glaubt, handeln zu müssen.»

«Aber Wolf können wir doch vertrauen.»

«Nein. Er macht gelegentlich Bemerkungen, die mir nicht gefallen. Wir müssen auf der Hut sein. Ich vertraue niemandem mehr. Wir ziehen das alleine durch. Mit wem gehst du aus?»

«Mit meinem Anwalt.»

«Bahnt sich da was an?»

«Ich hoffe nicht.»

«Wieso gehst du dann mit ihm aus?»

«Ich muss ihn mir bei Laune halten, bis wir beide das hier alles erledigt haben und ich ihn bitten kann, die Privatinsolvenz für mich zu beantragen.»

Obwohl Lexi sich nicht dazu äußerte, verteidigte Bea sich: «Und das ist nicht unfair, falls du das denkst. Ich führe genau Buch über das, was er für mich bezahlt. Und wenn wir bei der Hälfte des Betrags sind, den er durch mich verdient hat, lass ich ihn vom Haken.» Bea seufzte. «Thorsten ist nichts für mich. Einfach nicht mein Typ. Schade, denn er findet mich toll. Und das, bitte, obwohl er genau weiß, in was für einem Schlamassel ich stecke. Ich befürchte, demnächst wird er mir anbieten, meine Schulden zu bezahlen. Aber das geht zu weit. Das kann ich moralisch nicht vertreten.»

Sie drehte sich vor Lexi einmal im Kreis. «Also, wie sehe ich aus?»

«Super!»

«Aber nicht *zu* super? Ich will ihn ja auf Abstand halten.»

«Nein, normal super.»

Bea warf noch mal einen letzten Blick in den Spiegel und seufzte. «Ich hab mein Social Life in der letzten Zeit völlig vernachlässigt. Keine Männer, keine Freundinnen, keine Veranstaltungen mehr, keine Galeriebesuche. Und da wir immer zusammen hier essen, komme ich auch nicht mehr in schicke Restaurants, kann keine Dinner Dates mehr machen, sondern nur noch Drink Dates. Und auch die im Moment nur mit Thorsten.»

Lexi stemmte die Arme in die Seite: «Du beschwerst dich doch jetzt wohl nicht ernsthaft darüber? Wir sichern gerade dein Überleben. Und wenn dabei etwas schiefgeht, hast du sowieso kein *Social Life* mehr.»

Bea schmollte noch ein wenig. Aber schließlich nickte sie. «Du hast ja recht. Es ist nur … Ich bin nicht dafür geschaffen, Dinge zu tun, die sich nach Arbeit anfühlen.»

«Tja, das Leben ist hart», grinste Lexi.

Bea besann sich, umarmte Lexi und bedankte sich bei ihr für ihre Hilfe.

Sie verließen gemeinsam Beas Zimmer.

Wolf saß auf der Couch, auf dem Tisch standen eine Flasche Rotwein und zwei Gläser.

«Spülmaschine?», fragte Lexi ihn.

«Alles klar. Ich hab sie sogar überreden können, jetzt mit der Arbeit anzufangen.»

Bea sah Lexi fragend an.

«Er hat sie eingeschaltet», übersetzte Lexi.

«Ich sehe, ihr zwei versteht euch», zwitscherte Bea. «Ich muss jetzt los.»

Lexi legte eine Hand auf ihre Schulter und sagte: «Halt durch!»

Bea straffte sich und sagte: «Klar doch. Kein Thema.»

Sie blickte von Wolf zu Lexi und lächelte: «Euch beiden einen schönen Abend!»

Dann ging sie.

«Wieso muss Bea ‹durchhalten›?», fragte Wolf. «Bei einem Date?»

«Die Parole ‹Durchhalten!› gilt bei jeder Begegnung mit einem Mann.»

«Wow! Na, unser Abend fängt ja gut an. Willst du mich gleich zum Teufel jagen, oder trinken wir vorher noch ein Glas Rotwein?»

Lexi setzte sich neben Wolf auf die Couch. «Trinken wir erst mal. Dann warten wir die Wirkung des Rotweins ab – und dann sehen wir weiter.»

«Also es besteht durchaus eine Chance, dass der Abend friedlich verläuft und du nett zu mir bist?»

Lexi sah ihn ernst an: «Ich werde dir jetzt eine Frage stellen, und ich möchte eine ehrliche Antwort.»

Wolf sah etwas erschrocken aus. Lexi wartete ab. Dann sagte sie: «Es wäre nett, wenn du jetzt bereits ‹Ja› sagen würdest.»

«Ja wozu?»

«Dass du mir meine Frage ehrlich beantworten wirst.»

«Ich kenn die Frage ja noch nicht.»

«Also demnach besteht die Möglichkeit, dass du nicht ehrlich antwortest?»

«Das kommt auf die Frage an.»

«Spionierst du Bea nun doch aus?»

«*Bea*? Gott, wie kommst du denn auf die Idee?» Er schien fast erleichtert.

«Das war jetzt keine Antwort, sondern eine Gegenfrage. Sehr billige Strategie. Also?»

«Nein, der Fall ist erledigt. Und dafür schuldest du mir übrigens immer noch ein Abendessen.»

«Also, du unternimmst da nichts?»

«Ich könnte einen Tisch reservieren. Aber du müsstest mir sagen, für wann.»

«Ich meine wegen Bea.»

«Wie oft muss ich denn noch nein sagen?»

Lexi nickte langsam. Sie war wahrscheinlich zu misstrauisch. Sie lächelte. «Gut, dann wäre das ja geklärt.»

Wolf legte den Kopf schief. «Dein Misstrauen kränkt

mich etwas.» Er blickte ihr tief in die Augen. «Ich hoffe, das legt sich, wenn wir uns etwas besser kennen.»

«Kann auch sein, dass es sich steigert, wenn wir uns besser kennen.»

«Das könnten wir vermeiden, wenn wir uns einfach unsere kleinen Geheimnisse erzählen.»

«Wie kommst du auf die Idee, dass ich überhaupt welche habe?»

«Hat doch jeder.»

«Dann fang mal an, deine zu erzählen.»

Wolf überlegte eine Weile, dann sagte er: «Ich erwarte eine größere Summe und wollte deinen Rat, was ich mit dem Geld machen soll.»

«Kauf dir neue Schuhe.»

«Lexi, sei nicht albern. Ich will eine ernsthafte Antwort. Es ist *sehr viel* Geld. Wie legt man sein Geld an, wenn man nicht will, dass es von, sagen wir mal, irgendwelchen Behörden aufgespürt werden kann?»

«Dann legt man es gar nicht an», sagte sie abweisend.

Wolf gab nicht auf. «Nun komm, stell dich doch nicht so an. Du kennst dich da doch aus. Ich will doch nur einen Tipp von dir, wie man geschickt Geld unsichtbar machen kann.»

Lexi beugte sich ganz nahe zu ihm, Wolf sah sie gespannt an. «Du redest sehr viel über Geld. Du hast offensichtlich eine Obsession. Wenn es psychische Probleme sind, also eine Geldphobie oder Geldphilie, was auch immer, dann suchen wir professionelle Hilfe für dich. Wenn es nur eine dumme Angewohnheit ist, gewöhn es dir ab. Ich fühle mich irgendwie ausgefragt, das nervt.»

Wolf schluckte und nickte.

Lexi lächelte, lehnte sich wieder zurück, deutete auf ihr leeres Glas und fragte ganz reizend: «Also, wie wäre es jetzt mit einem Gläschen Rotwein?»

Wolf schenkte ihr ein.

22. KAPITEL

Schwarze Perücke, kräftiges Make-up, knallrotes Kleid mit tiefem V-Ausschnitt und dunkle Lackpumps, in denen die Zehen nach fünf Sekunden taub waren – Carilla Laurencia de la Cruz hatte ihren ersten Auftritt.

Lexi hatte sich mit einem Antiquitätenhändler im Imperial Hotel verabredet und freute sich auf den Termin.

Als sie die Wohnung verlassen wollte, griff auch Bea nach ihrer Jacke. «Ich komm mit!»

«Aber nein! Das geht nicht, Beatrix Soltmann darf nicht mit Carilla gesehen werden.»

«Ich kann mich doch auch verkleiden. Als deine jüngere Schwester.»

«Bea, wir machen hier kein Laientheater. Was, wenn er Spanisch spricht und mit dir plaudern will?»

«Ich finde, sein Name klingt eher polnisch. Marek Michalski. Der kann bestimmt kein Spanisch.»

«Egal. Du kommst nicht mit. Für mich ist es schon heikel genug, auf diesen High Heels zu balancieren. Weitere Komplikationen brauch ich nicht.»

Lexi gewöhnte sich sehr schnell an die hohen Schuhe, und den Weg von der Hotellobby zur Havanna Bar legte sie zurück, ohne auch nur ein einziges Mal umzuknicken oder zu schwanken.

Sie nahm an der Bar Platz. Ein Lächeln zog über ihr Gesicht: Hier, in dieser Bar, hatte alles angefangen. Hier hatte ihr Leben eine zweite entscheidende Wendung genommen.

«Señora de la Cruz?», sprach sie jemand von hinten an.

Sie drehte sich lächelnd um und war enttäuscht. Antiquitätenhändler hatte sie sich als elegante Feingeister vorgestellt, gut gekleidet, gepflegt und groß. Vor allem schlanker. Der Mann, der vor ihr stand, war klein, sehr dick, leicht ungepflegt und stark schwitzend. Er streckte ihr die Hand entgegen. «Marek Michalski.»

«Carilla Laurencia de la Cruz.» Es wäre zwar nicht nötig gewesen, ihren Namen zu sagen, aber es machte ihr Spaß, ihn auszusprechen. Sie wählte nur einen leichten spanischen Akzent, auch deshalb, weil sie eben, als sie einen Cappuccino beim Barkeeper bestellt hatte, aus Versehen tadelloses Deutsch gesprochen hatte.

Nach dem Händedruck wischte sie ihre Hand unauffällig an der Serviette ab und stieg vom Barhocker. «Wollen wir los?», fragte sie.

Michalski hatte jedoch gerade mühsam den Barhocker erklommen. «Ich dachte, wir nehmen erst noch einen Drink. Darf ich Sie einladen?»

Mit einem dicken Mann, der, wie sie nun feststellte, auch noch unangenehm nach Schweiß roch, wollte sie nicht an der Bar sitzen.

«Sehr gerne, aber ich bin in Eile. Vielleicht ein anderes Mal?», bat sie charmant lächelnd.

Er schnaufte und machte sich auf den Rückweg zum Boden. Als er es geschafft hatte, sagte er: «Ich hab in einer

Seitenstraße parken müssen, der Kerl in Uniform vor dem Hotel hat mich vom Eingang weggescheucht.»

«Macht nichts, laufen wir eben ein Stück.» Lexi hatte nur noch ihr Ziel im Blick.

Er führte sie zu einem schäbigen großen Lieferwagen, der sicher nicht mehr über den nächsten TÜV kommen würde. Zwei etwas abgerissen aussehende Männer lehnten dagegen. Sie rauchten. Michalski gab den beiden auf Polnisch Anweisungen. Sie warfen ihre Zigaretten weg und öffneten die Beifahrertür für Lexi. Michalski ging um den Wagen herum und nahm auf dem Fahrersitz Platz. Die beiden Männer verschwanden im Inneren des Lieferwagens.

Lexi fühlte sich plötzlich unwohl. Vielleicht war es keine gute Idee gewesen, in den Wagen zu steigen? Ob er wirklich ein Antiquitätenhändler war? Aber er hatte die Fotos gesehen, sie hatten am Telefon über die Stücke gesprochen, er schien Ahnung zu haben. Sie hatte keine Wahl.

Sie dirigierte ihn zu Beas Lager.

Im Lagerraum begutachtete er die Stücke eingehend und fachmännisch, nickte stets anerkennend und sagte zu Lexi: «Ich nehme alles.»

Sie verkniff sich zu sagen: «Das war ja auch die Abmachung», sondern lächelte nur.

Er gab den beiden Männern Anweisung, alles einzuladen. Dann zog er aus der Innentasche seiner Jacke einen braunen, zerknitterten und leicht fleckigen Umschlag heraus und übereichte ihn ihr. Lexi öffnete ihn, es war tatsächlich Geld drin. Schmutziges Geld. Sie musste sich überwinden, es nachzuzählen.

«Das ist nicht die ausgemachte Summe. Es ist weniger.»

Er nickte. «Schwarzgeld ist eine andere Währung. Da muss ich umrechnen.»

«Was heißt Schwarzgeld?», fragte sie empört.

«Werden Sie das beim Finanzamt als Einkommen angeben?»

Sie biss sich auf die Lippen.

Er nickte. «Sehen Sie. Und bei Hehlerware ...»

«Hehlerware?», schnappte Lexi. «Das sind keine gestohlenen Sachen!»

«Umso besser. Aber haben Sie Kaufbelege? Nachweise, dass Ihnen die Sachen gehören?»

Lexi schwieg.

«Sehen Sie, dann ist es weniger wert. Dafür stelle ich auch keine Fragen.»

Verflixt! Diese Art von Geschäften und Geschäftspartnern gefielen ihr ganz und gar nicht. Lexi überlegte. Sie würde für Bea den fehlenden Betrag ergänzen. Dann musste sie ihr gegenüber diese Schlappe nicht eingestehen. Beim Verkauf des Silbers und der Bilder würde sie sich etwas anderes überlegen müssen.

«Okay», sagte sie schließlich und steckte den Umschlag etwas widerwillig in ihre Handtasche.

«Wir bringen Sie wieder zum Hotel», bot Michalski an.

Lexi schüttelte den Kopf. «Danke, nicht nötig. Mein Taxi kommt gleich.»

Sie hatte sich sofort ein Taxi bestellt, als sie am Lager angekommen waren. Noch einmal würde sie nicht in diesen Lieferwagen steigen.

Sie verabschiedete sich und hob die Hand zum Gruß, doch Michalski streckte ihr seine Hand hin. «Wenn Sie wieder mal etwas haben – Sie haben ja nun meine Telefonnummer.»

«Sicher», sagte Lexi. Es kostete sie Überwindung, seine Hand zu schütteln. Sie war genauso verschwitzt, wie sie erwartet hatte. Als das Taxi kam, suchte sie mit spitzen Fingern nach einem Reinigungstuch in ihrer Handtasche.

Sie ließ sich zurück zum Imperial bringen. Jetzt brauchte sie wirklich einen Drink.

Der Barkeeper in der Havanna Bar hatte gewechselt, sie bestellte auf Spanisch einen Sherry. Wenigstens zum Ausklang wollte sie einmal in ihrer Rolle aufgehen. Sie hatte Glück, der Barkeeper war aus Jerez, daher war er besonders erfreut über ihre Sherry-Order, und man parlierte fortan auf Spanisch.

«Sie klingen aber nicht nach Madrid», sagte er nach einer Weile.

«Ich habe lange in Südamerika gelebt.»

«Ah, daher.»

Sie mussten ihr Gespräch unterbrechen, denn zwei Herren hatten sich an die Bar gesetzt.

«Zwei Pils bitte und für die attraktive Dame vielleicht auch noch einen Drink?»

Es dauerte ein paar Sekunden, bis Lexi klarwurde, dass der Satz an sie gerichtet war. Erstaunlich. Lag das am Kleid oder an ihrem Spanisch? Der Barkeeper fragte sie auf Spanisch, ob das in Ordnung wäre. Sie lächelte und nickte. Sie waren Verbündete. Er zapfte das Bier für die Herren und schenkte ihr einen weiteren Tio Pepe ein.

«Sprechen Sie auch Deutsch? Mein Spanisch ist nämlich nur sehr rudimentär», begann einer der Herren eine Konversation mit ihr. Er lächelte sie charmant an.

Aha. Lexi überlegte, ob sie es ihm schwermachen sollte? Nein. Sie würde sich mit ihm unterhalten. Allerdings mit dickem Akzent.

«Ich habe ein paar Jahre in Deutschland gelebt.»

«Und wo leben Sie jetzt?»

«Madrid.»

«Sie sind zu Besuch hier?»

«Geschäftlich.»

«Thorsten Lehmann», stellte er sich höflich vor.

«Carilla Laurencia de la Cruz», rollte sie glücklich ihren Künstlernamen heraus.

«Und das ist mein Partner: Volker von Brinkhoff», stellte Herr Lehmann nun den Herrn neben sich vor. Der hatte sich jedoch in ein paar Unterlagen vertieft und sah kaum auf.

«Partner?»

«*Geschäfts*partner. Wir haben eine Anwaltskanzlei.»

Der Barkeeper informierte sie auf Spanisch: «Den beiden gehört die größte Kanzlei hier.» Dann stellte er den beiden das Bier hin.

Bei Lexi klickte etwas. Thorsten. Anwalt. Das musste Beas Thorsten sein. Ach, sieh mal an!

Sie hob ihr Glas. «Salud! Und gracias.»

«De nada», sagte er und prostete ihr ebenfalls zu.

«Reisen Sie alleine?»

«Nun ja, ich bin alt genug dafür, nicht wahr?»

«So meinte ich das nicht», beteuerte er.

Ach je, kein Humor.

«Ich weiß», sagte sie milde. «Ich bin alleine unterwegs.»

«Wie lange sind Sie noch hier?»

«Etwa fünf Minuten. Wenn ich meinen Sherry ausgetrunken habe, muss ich gehen.» Lexi machte es Spaß, ihn absichtlich falsch zu verstehen.

«Nein, ich meinte, sind Sie noch ein paar Tage in der Stadt? Darf ich Sie vielleicht einmal zum Abendessen einladen?»

Sie war sehr verblüfft: So leicht ging das? Man zog ein rotes Kleid an, setzte sich an eine Bar und wurde zum Dinner eingeladen?

«Ich habe noch nicht entschieden, wann ich abreise. Geben Sie mir Ihre Karte, ich rufe Sie an, wenn ich Zeit habe.»

«Bitte tun Sie das. Rufen Sie mich an. Ich würde mich freuen.»

Dann gab er ihr seine Visitenkarte.

«Gracias», nickte sie, trank den Sherry aus und ging.

«Hasta mañana», rief ihr der Barkeeper hinterher.

«Chau!», antwortete sie südamerikanisch.

Lexi war bestens gelaunt, es war ein gutes Gefühl, angesprochen und eingeladen zu werden. Aber wieso sprach Beas Verehrer ohne Not und am helllichten Tag fremde Frauen an und versuchte, sich mit ihnen zu verabreden? Das sprach nicht für ihn. Sollte sie Bea davon erzählen? Nein, vielleicht würde es sie kränken. Und dieser Thorsten gefiel Bea sowieso nicht. Aber vielleicht sollte sie, wenn Bea je für einen ihrer Verehrer ernsthaftes Interesse entwickelte, ihn heimlich als Carilla auf seine Treue und Ehrlichkeit testen? Sie lächelte. Ja, das könnte Spaß machen.

Beschwingt setzte sie sich in ein Taxi und ließ sich nach Hause fahren. Gerade als sie aussteigen wollte, sah sie, wie Wolf mit zwei Einkaufstüten in der Hand im Haus verschwand. Mist. Sie hatte an alles gedacht, nur nicht daran, wie sie wieder in ihre eigene Wohnung zurückkommen sollte. Was nun? Der Fahrer hatte ihr schon zum zweiten Mal die Summe genannt, die sie ihm schuldete. «Einen Moment noch, bitte», sagte sie, während sie fieberhaft nach einer Lösung suchte. Es gab nur eine: Sie zog ihre Perücke ab und beugte sich zwischen Fahrer- und Beifahrersitz nach vorn zum Rückspiegel des Taxis, um sich vorsichtig mit einem Papiertaschentuch abzuschminken. Mit den Händen wuschelte sie sich durch die Haare, bis sie wieder einigermaßen locker saßen, und stopfte die Perücke in die Handtasche. An ihrer Kleidung konnte sie jetzt auf die Schnelle nichts ändern. Egal.

«Wie viel schulde ich Ihnen?», fragte sie den Taxifahrer, der sie die ganze Zeit über sprachlos angestarrt hatte.

Vor der Haustür suchte sie in ihrer Handtasche nach ihrem Schlüssel. Schließlich gab sie auf und klingelte.

«Hallo?», fragte Bea durch die Sprechanlage.

«Ich bin's. Mach auf.»

«Oh. Ähm ... Also, das geht jetzt nicht.»

«Natürlich geht das, du drückst einfach auf den kleinen Knopf da!»

«Nein, ich ... bin nicht alleine.»

«Ich weiß, Wolf ist da.»

«Ja, genau. Deshalb ist es ungünstig.»

«Bea, ich seh normal aus. Ich bin nicht mehr verkleidet. Mach auf!»

«Oh, ach so. Gut.»

Sie betätigte den Türöffner.

«Tolles Kleid», kommentierte Wolf, als Lexi die Wohnung betrat.

«Danke», sagten Bea und Lexi gleichzeitig.

«Die Farbe steht dir ausgezeichnet.» Pause. Lächeln. «Lexi.»

«Mir gefällt sie auch», nickte Lexi. Vielleicht sollte sie wirklich etwas mehr Wert auf Farbe in ihrer Garderobe legen.

Bea saß an der Küchentheke, Wolf räumte eine Einkaufstüte aus und sortierte die Lebensmittel in die Schränke.

Bea konnte sich nicht bremsen. Aufgeregt fragte sie Lexi: «Haben wir Grund zu feiern?»

Lexi nickte. «Haben wir.»

«Super», rief Bea, hüpfte vom Hocker und holte Champagner.

«Cheers!»

«Salud», sagte Lexi, noch im Spanischmodus.

Wolf meinte: «Ich weiß nicht, was ihr beide feiert, aber ich freue mich ebenfalls: zum Wohl!»

Lexi musste Bea mit einem strengen Blick zwingen, den Mund zu halten. Doch Wolf schien auf eine Erklärung zu warten. Er schaute beide fragend an.

«Ich hab einen tollen Mann kennengelernt.» Lexi hob ihr Glas und trank einen großen Schluck.

Wolfs Gesicht zeigte Verblüffung, Beas ebenfalls. Dann rief sie: «Siehst du: Mein Kleid funktioniert.»

Wolf steuerte nur ein schmallippiges «Glückwunsch» bei und nahm seine Arbeit wieder auf. In gespielt väterlichem Ton fügte er hinzu: «Der junge Mann soll sich aber bitte bei mir vorstellen. Du gehst mir nicht mit jedem x-Beliebigen aus.»

Mit Genugtuung stellte Lexi fest, dass Wolf der Gedanke, dass sie sich mit Männern verabredete, irritierte.

Bea bugsierte Lexi ins Wohnzimmer und fragte nach dem Geld.

«Hab ich. Gebe ich dir, wenn wir alleine sind.»

23. KAPITEL

«Nachdem das Lager jetzt leer ist, kommt der nächste Streich: Lager wieder füllen», erläuterte Lexi.

«Bist du sicher, dass das nötig ist?», fragte Bea leidend.

«Natürlich. Wenn die sehen, dass du ein Lager gemietet hast, werden sie es kontrollieren. Und das darf nicht leer sein, sonst werden sie misstrauisch. Wir brauchen also Möbel und anderen Kram, den wir reinstellen.»

«Wir gehen Möbel kaufen?»

«Unsinn. Wir sammeln einfach ein paar Sachen vom Sperrmüll zusammen.»

Bea stöhnte.

«Das wird lustig», versprach Lexi. «Wir mieten uns einen kleinen Lieferwagen und fahren nachts die Straßen der Stadtteile ab, in denen am nächsten Tag der Sperrmüll abgeholt wird.» Sie nickte Bea aufmunternd zu. Sie war mit ihrem Plan zufrieden.

Doch auch hier hatten sie Hürden zu nehmen. Es gab keinen Mietwagen ohne Personalausweis plus Führerschein plus Kreditkarte. Alle Dokumente mussten vorgelegt werden. Selbst wenn sie sich entschließen würde, das Auto unter ihrem Namen zu mieten, würde es an der Kreditkarte scheitern. Sie hatte keine. Lexi zahlte ausschließlich in bar.

«Wir kriegen kein Auto», teilte sie Bea deshalb eines Nachmittags mit.

«Wir brauchen einen neuen Plan.»

Um sieben Uhr abends klingelte es an der Tür. Lexi sah auf die Uhr. «Unser Essen wird geliefert.» Sie betätigte den Türöffner für die Haustür und ging zur Wohnungstür, um sie zu öffnen. Doch statt des erwarteten Lieferservices kam Wolf zur Tür rein.

«Oh, ich dachte, du wärst unser Abendessen», begrüßte Lexi ihn.

«Kannibalismus? Ist das jetzt ‹in›?»

«Nein, Timing. Ich hab das Essen für sieben Uhr bestellt.»

Lexi hatte mittlerweile einen Lieblingslieferanten, «Food around the World». Dort bestellte man nicht nach Gerichten, sondern nach Ländern und bekam ein landestypisches Drei-Gänge-Menü. Heute hatte sie sich für Indien entschieden.

Lexi erinnerte sich noch sehr genau daran, wie einsam es war, sich abends alleine an den Tisch zu setzen und niemanden zu haben, mit dem man reden konnte, der fragte, wie ihr Tag war, oder mit dem man Pläne machen konnte. Ihr Leben war um so vieles besser als früher. Diese zusammengewürfelte WG war fabelhaft.

Wolf warf seine Jacke auf einen Sessel und wandte sich an Lexi: «Wie geht es deinem Verehrer?»

«Gut natürlich, wenn er mich verehrt.»

Wolf gelang nur ein etwas verrutschtes Lächeln. «Muss ja ein ganz besonderer Mann sein, wenn du ihm gestattest, dich zu verehren.»

«Aber natürlich. Ich hab hohe Ansprüche.»

«Erzähl mir von ihm. Ich wüsste gerne, wie der Mann sein muss, der dein Herz erobern kann.»

Lexi überlegte eine Weile. «Es gibt keinen. Ich hab das nur gesagt, um Bea eine Freude zu machen. Du weißt ja, wie sie ist.»

Wolf schien erleichtert. Dann war er wieder ganz Wolf. Er flüsterte verschwörerisch: «Hör zu, wenn du gelegentlich so tun willst, als wärst du mit ihm verabredet – ich biete mich gerne als Stand-in an. Also, natürlich nur wegen Bea. Um ihr eine Freude zu machen.»

«Ja, um Bea eine Freude zu machen, sollten wir beide zusammen ausgehen.»

Wolf seufzte. «Irgendwo steckt da wieder Ironie drin. Nicht wahr?»

Um Viertel nach sieben klingelte es erneut. Diesmal war es der Lieferservice. Lexi wartete an der Tür auf den Boten.

«Tut mir leid, dass ich zu spät bin, aber ich hab keinen Parkplatz gefunden. Mit dem Lieferwagen ist es hier gar nicht so leicht ...», entschuldigte er sich.

«Kein Problem», sagte Lexi. Sie wollte ihn gerade in die Wohnung lassen, da schoss ihr ein Gedanke durch den Kopf. Sie trat zu ihm in den Flur.

«Sie fahren einen Lieferwagen?», fragte sie leise.

«Ja.»

«Gehört der Ihnen?»

«Nein, der Firma.»

«Dürfen Sie ihn privat nutzen?»

«Na ja, bedingt. Ich fahre abends damit nach Hause und morgens wieder zur Arbeit.»

«Sehr schön. Ich möchte das Auto für eine Nacht mieten.»

«Ich darf meinen Wagen nicht jemand anderem überlassen.»

«Ja, das ist gut so, dann werden Sie es auch nicht weitererzählen.»

Der junge Mann sah sie verständnislos an.

Lexi lächelte. «200 Euro für eine Nacht.»

Er schluckte. Inzwischen hatte er eine vage Ahnung, wovon Lexi sprach.

Lexi lächelte gewinnend.

Er war hin und her gerissen.

«Was haben Sie vor?», fragte er zögernd.

Sie lachte. «Nichts Schlimmes!»

«Also nichts Gesetzwidriges oder Kriminelles?»

Lexi lachte noch herzlicher. «In meinem Alter? Was soll eine alte Frau wie ich schon anstellen?»

Das Argument zog, er nickte erleichtert. Ja, manchmal hatte das Alter seine Vorteile, dachte Lexi.

«Wann brauchen Sie den Wagen?»

«Weiß ich noch nicht. Geben Sie mir Ihre Nummer, ich ruf Sie an.»

«200 Euro?», fragte er noch einmal.

Lexi nickte und ließ ihn in die Wohnung. Er stellte das Essen auf der Theke ab, schrieb Lexi seine Telefonnummer auf, sie bezahlte für das Essen – das Trinkgeld fiel diesmal wesentlich großzügiger aus als sonst –, und er verabschiedete sich.

Nun musste sie nur noch herausfinden, in welchen Stadtteilen wann Sperrmüll eingesammelt wurde.

Bereits ein paar Tage später war es so weit. Wolf hatte nach dem Abendessen angekündigt, dass er noch mal wegmüsste: im Auftrag eines Scheidungsanwalts einen untreuen Ehemann beschatten. Bea und Lexi waren in ihrem jeweiligen Zimmer verschwunden, um sich für ihre nächtliche Tour zurechtzumachen. Nicht nur die begrenzte Ausleihzeit des Lieferwagens gab die Tageszeit vor, auch die Vorschriften für Sperrmüll. Der durfte frühestens abends am Vortag der Abholung herausgestellt werden. Also blieb ihnen nur die Nacht. Und in der Dunkelheit zu operieren, kam ihnen ebenfalls entgegen, denn Lexi hatte recherchiert und festgestellt, dass sie sich in einer juristischen Grauzone befanden, wenn sie Sperrmüll einsammelten. Das konnte von Ordnungswidrigkeit bis hin zu Diebstahl ausgelegt werden. Die Frage war nämlich: Hat Sperrmüll einen Eigentümer? Laut Bürgerlichem Gesetzbuch wird eine bewegliche Sache herrenlos, wenn der Eigentümer in der Absicht, auf das Eigentum zu verzichten, den Besitz der Sache aufgibt. Also, demnach wäre es kein Problem. Aber da Sperrmüll als Eigentum der Entsorgungsbetriebe gilt, sobald er zur Abholung an der Straße steht, hatte er wieder einen Eigentümer. Da sich Lexi nicht auf einen Rechtsstreit, nicht einmal auf eine Diskussion mit einem Ordnungshüter einlassen wollte, hielt sie es für wichtig, nicht erwischt zu werden. Da half es, nicht gesehen zu werden. Die Farbe des Abends war schwarz.

Als sich Lexi und Bea wieder im Wohnbereich trafen, wurde deutlich, dass Lexi besser auch ein paar Worte zum Thema *angemessene* Kleidung hätte sagen sollen.

Beas Styling erlaubte ihr nach erfolgreichem Diebeszug

noch in eine Bar zu gehen: Sie trug ein schwarzes Cocktailkleid und schwarze Lackpumps.

Lexi hatte eine schlichte schwarze Hose, einen schwarzen Pulli, flache, bequeme schwarze Schuhe gewählt und ihre Haare unter einer schwarzen Baseballcap versteckt. Sie hatte extra zwei Caps besorgt, eine für sich, eine für Bea. Doch als sie Bea sah, verzichtete sie darauf, sie ihr zu geben. Zunächst deutete sie auf Beas Schuhe.

«High Heels?»

«Ich trage ausschließlich High Heels. Weißt du doch. Es lässt die Beine schlanker erscheinen, und man hat einen damenhafteren Gang.»

«Und das ist nötig beim Sperrmüllklauen?»

«Man weiß nie, wann man seinem Traumprinzen begegnet. Man sollte stets perfekt gestylt sein.»

«Also, wen immer wir heute Nacht treffen, Bea, er kann nicht dein Traumprinz sein, wenn er im Sperrmüll wühlt.»

Aber Lexi war klar, dass sie Bea nicht davon überzeugen konnte, zweckmäßige Kleidung zu tragen. Bea trug nur hochhackige Schuhe und würde ihre zugegebenermaßen wirklich tollen Beine nie unter Hosen verstecken. Sie trug stets elegante Kleider, und ihre Auslegung von «casual» war, wenn sie Rock und Bluse trug. Sie legte großen Wert darauf, immer perfekt zurechtgemacht zu sein. Selbst beim Frühstück in ihrem exotischen Morgenmantel sah sie großartig aus. Lexi wünschte, sie könnte die Energie aufbringen, es Bea gleichzutun, aber sich bereits vor dem Frühstück zu schminken, war einfach zu viel verlangt. Und sich für einen Beutezug durch Sperrmüllberge aufzuhübschen, würde ihr auch nie in den Sinn kommen.

Aber sie war ja auch nicht auf der Suche nach einem Ehemann.

«Also, falls ich raten soll, was ihr beide heute noch vorhabt, würde ich sagen: Bea – Clubbesuch; Lexi – Einbruch bei einem Juwelier.»

Lexi fuhr herum. Wolf. Er lachte.

«Was machst du denn hier?», fauchte sie.

Wolf sah sie erstaunt an.

«Galt dein Angebot, dass ich hier wohnen darf, nur für eine begrenzte Zeit?»

Sie ärgerte sich, dass sie so abfiel gegen Bea. Einbruch? Frechheit. Auf der anderen Seite bewies es, dass ihre Kleidung passend war.

«Wieso mischst du dich da überhaupt ein?»

Wolf hob abwehrend beide Hände in die Höhe: «Entschuldige.» Er lächelte. «Lexi, egal was du trägst, du siehst immer hinreißend aus. Und ich muss mich jetzt auf den Weg machen.»

Lexi sah ihn weiterhin strafend an.

Wolf machte ein gespielt zerknirschtes Gesicht. «Ich werde darüber nachdenken, was ich falsch gemacht habe und mir selbst eine Strafe auferlegen. Okay?»

Kurz nachdem Wolf die Wohnung verlassen hatte, klingelte es. Es war der junge Mann mit dem Lieferwagen. Lexi gab ihm die vereinbarten 200 Euro und bekam den Autoschlüssel. Bevor er sich verabschiedete, fragte er: «Sie haben doch einen Führerschein?»

Lexi beruhigte ihn. «Natürlich.»

Als er gegangen war, erkundigte sich Bea: «Du hast doch wirklich einen Führerschein, oder?»

«Aber ja! Was soll denn die Frage?»

Bea zuckte die Schultern. «Nur so. Weiß auch nicht, wie ich darauf komme.»

War Beas Misstrauen geweckt, weil sie zu oft dabei war, wenn Lexi sich durch Situationen hindurchfabulierte? Sie war Bea gegenüber doch immer aufrichtig. Hm. Na ja, fast. Die Sache mit Karsten war etwas anders. Es war existenziell für sie, dass niemand die Wahrheit kannte, und außerdem war es vor Beas Zeit gewesen. Karsten! Schon wieder dachte sie an ihn. Immer wenn er ihr einfiel, wurde ihr mulmig zumute. Fast beunruhigte es sie, dass sie nichts mehr von ihm gehört hatte. Oder konnte sie das als gutes Zeichen werten? Egal. Jetzt hatte sie keine Zeit, darüber nachzudenken, sie mussten los.

Als sie an ihrem ersten Zielort ankamen, stellten sie fest, dass sie nicht die Einzigen auf Beutezug waren. Genau genommen ging es zu wie auf dem Jahrmarkt. Autos, meist Kombis und Lieferwagen, fuhren vor, Leute sprangen heraus, inspizierten den Sperrmüll, luden ein paar Stücke ein und fuhren wieder weg.

Bea schüttelte den Kopf. «Unglaublich, womit sich Leute nachts beschäftigen.»

Nachdem fünf Autos angehalten und Sachen eingeladen hatten, jammerte Bea: «Wir müssen was tun, die besten Stücke sind bestimmt schon weg. Da steht ja kaum noch was!»

Sie wollten gerade aussteigen, da hielt erneut ein Wagen vor dem inzwischen sehr mickrigen Sperrmüllrest.

«Verflixt, wir werden leer ausgehen», schimpfte Bea.

Doch zu Lexis und Beas größtem Erstaunen luden diese

Leute nichts ein, sondern sie luden ab. Sie stellten ihren Sperrmüll dazu und fuhren wieder weg.

Bea und Lexi sahen sich erstaunt an.

«Ist das erlaubt?», fragte Bea.

«Keine Ahnung», meinte Lexi. «Aber wir sollten uns beeilen, bei der Frequenz, in der die Sperrmüllräuber hier erscheinen, haben wir nur ein paar Minuten.» Bea hielt eine Stehlampe hoch. Gedrechselter Fuß, Marke Eiche rustikal. Der Lampenschirm war mit plüschigem, gerafftem Stoff bezogen, in Altrosé gehalten, mit weinroter Fransenbordüre.

«Die hier könnte doch von meiner Großmutter sein. Sie könnte sie mir mit den Worten ‹Halte sie in Ehren, mein Kind, es war meine Handarbeitslampe› vermacht haben.»

Lexi zuckte uninteressiert die Schultern, lud ein Bügelbrett, einen Wäscheständer und einen Staubsauger in den Wagen.

Bea deutete auf einen schäbigen Koffer. «Und den hier habe ich, sagen wir mal, von einer Reise aus Afrika mitgebracht. Oder meinst du, Karibik ist glaubwürdiger?»

Auf diese Details wollte Lexi keine Energie verschwenden. «Die werden dich schon nicht verhören. Fass lieber mal mit an, der Fernseher ist schwer.»

Bea war gekränkt. «Na hör mal, ich versuche von dir zu lernen, ich denke mir tolle Geschichten aus!»

Lexi hielt inne und lächelte. Es war schon irgendwie cool, wie Bea da im kleinen Schwarzen, gestylt und auf hochhackigen Schuhen, problemlos im Sperrmüll wühlte. Sie verzieh ihr auf der Stelle ihr Outfit.

«Bin begeistert. Echt. Aber lass uns das machen, wenn

wir das Zeug ins Lager räumen. Ich will hier so schnell wie möglich wieder weg.»

Nachdem sie noch ein Fahrrad und eine Mikrowelle in den Wagen bugsiert hatten, sah Lexi sich um.

«Wir brauchen dringend noch Möbelstücke. Stühle, kleine Tische, oder so. Sieh nach, ob du was findest.»

«Was ist mit einem Kinderwagen?», rief Bea, die um den Müllberg herumgegangen war.

«Rein damit.»

«Und hier ist noch eine Leiter.»

«Die nehmen wir auch.»

Nachdem sie noch einen Teppich und ein Paar Skier eingeladen hatten, waren sie der Meinung, dass das genügen musste, um im Lager etwas vorweisen zu können.

«So, nun kannst du Privatinsolvenz anmelden.» Bea nickte, schien aber nicht sehr begeistert.

«Was ist? Du hast deine Rente gerettet. Freu dich!»

«Ja schon, aber die verlangen doch, dass ich mir einen Job suchen muss.»

«Darum kümmern wir uns, wenn es so weit ist. Immer eins nach dem anderen.»

«Was machen wir eigentlich, wenn ich das Lager räumen muss?», fragte Bea.

«Das steht doch jetzt noch gar nicht an. Außerdem, was ist denn das für eine Frage? Du weißt doch jetzt, wie es geht: Wir gucken, wo Sperrmüll ist, und stellen diesen Kram dazu.»

Beide lachten.

24. KAPITEL

Wolf war schockiert. Nachdem er mit seinen Durchsuchungen in Lexis Zimmer nicht weitergekommen war und die Hoffnung aufgegeben hatte, sie mit seinem Charme, gegen den sie offensichtlich immun war, dazu zu bringen, sich ihm zu offenbaren, hatte er beschlossen, ihr heimlich zu folgen, um etwas mehr herauszufinden.

Die irritierenden Bilder gingen ihm nicht mehr aus dem Kopf: Lexi und Bea sammelten Sperrmüll ein und schafften ihn in ein Lager. Er war ihnen in ein Industriegebiet außerhalb der Stadt gefolgt. Wieso taten sie das? Lebten sie von Sperrmüll-Geschäften? Handelten sie damit? Und warum fuhren sie mit dem Wagen des Catering Services durch die Gegend? Was war hier los? War das ein Hobby gelangweilter Hausfrauen, oder waren die beiden in dubiose Geschäfte verstrickt? Hatte es mit Beas Finanzlage zu tun? Oder hatte Lexi dort etwa das Geld von Carlos gelagert? Vielleicht war der Sperrmüll nur Tarnung? Er sollte unbedingt mal einen Blick in dieses Lager werfen. Nur wie? Er würde das über Bea versuchen, sie war weniger misstrauisch als Lexi.

Wolf wurde langsam nervös. Er war es nicht gewohnt, bei seinen Recherchen ins Leere zu laufen. Lexi war wohl viel gerissener und cleverer, als er vermutet hatte. Und er befürchtete, dass auch Carlos nicht mehr sehr lange geduldig sein würde. Er schickte ihm eine kurze SMS, in der er das Lager erwähnte, das er so bald wie möglich überprüfen würde.

«Heute habe ich Zeit», teilte Lexi Wolf ein paar Tage später beim Frühstück mit.

«Wofür?»

«Um das zu tun, weshalb du hier eingezogen bist.»

Wolf war äußerst irritiert. War das eine Falle? Wusste sie von Carlos' Auftrag?

«Hilf mir auf die Sprünge ...»

«Du wolltest mir die Stadt zeigen! Und war da nicht auch die Rede von einem Candlelight-Dinner?»

«Was denn, nun auch noch Kerzen? Du bist schon sehr anspruchsvoll», lachte er.

«Kleine Teelichter tun's auch.»

Über Wolfs Gesicht zog ein breites Lächeln. Eigentlich hatte er vor, heute endlich Rosis Auftrag zu erledigen. Doch Lexi hatte selbstverständlich Priorität.

«Wunderbar. Hast du spezielle Wünsche?»

«Überrasch mich.»

Er entschied sich für Romantik pur. Sie starteten mit einem Ausflug in den Stadtpark und einer kleinen Tour mit einem Ruderboot über den See.

Danach spazierten sie durch die Innenstadt. Er führte sie durch den ältesten Teil, den Lexi bislang noch nicht kannte. Sie blieb immer wieder stehen, beeindruckt von den alten Häusern.

«Schau dir mal die Fassade an; unglaublich aufwendige Stuckarbeiten. Sieht großartig aus.»

«Das wurde damals gerade noch rechtzeitig unter Denkmalschutz gestellt, sonst wäre es auch der Entstuckung in den fünfziger Jahren zum Opfer gefallen.»

Sie betrachteten beide das alte Jugendstilhaus.

«Das ist inzwischen übrigens das städtische Altersheim», erläuterte Wolf. Er stutzte, sah genauer hin und fügte hinzu: «Und das ist Bea, die dort gerade hineingeht.»

«Huch! Tatsächlich. Was macht die denn hier?»

«Finden wir es heraus», schlug Wolf vor, und sie überquerten die Straße.

Als sie das Seniorenheim betraten, war Bea nicht mehr zu sehen. Wolf fragte beim Empfang nach.

«Die Dame, die eben hier hereinkam ...»

«Frau Soltmann?»

«Ja. Wir wollten sie sprechen.»

«Das geht jetzt nicht. Sie hat einen Termin.»

Sie deutete auf eine große Tafel, auf der sämtliche Tagesaktivitäten aufgelistet waren. «Modeberatung und Styling-Tipps von 15 bis 16 Uhr» stand da.

Lexi und Wolf sahen sich verblüfft an.

«Sie können gerne in unserem Aufenthaltsraum auf sie warten. Da gibt es auch Kaffee und Kuchen.»

«Danke, das ist sehr nett», sagte Lexi freundlich und zog Wolf vom Empfang fort. «Was hat denn das zu bedeuten?»

«Also, ich denke nicht, dass Bea sich hier Tipps für ihr Styling holt.»

«Sondern?»

«Keine Ahnung. Sie besucht wahrscheinlich eine Verwandte oder Bekannte.»

Lexi lief zum Empfang zurück. «Sagen Sie, können wir bei der Modeberatung auch teilnehmen?»

Die Dame schüttelte den Kopf. «Tut mir leid, das ist nur für Heimbewohner. Aber Sie können Frau Soltmann gerne ansprechen, vielleicht gibt sie ja auch Kurse an der Volkshochschule oder so.»

Lexi und Wolf verließen höflich grüßend das Seniorenheim. «Hast du das gehört? Bea *leitet* diesen Kurs! Sie gibt den alten Damen Styling-Tipps! Das glaub ich ja nicht! Das ist so … gar nicht Bea!»

Wolf wiegte den Kopf hin und her. «Dass sie eine soziale Ader hat, hätte ich nicht gedacht. Warum sie das wohl tut?»

«Fragen wir sie», schlug Lexi vor.

Sie setzten sich in ein Café in der Nähe des Altersheims und behielten den Eingang im Auge. Als Bea kurz nach sechzehn Uhr das Heim wieder verließ, folgten Lexi und Wolf ihr.

«Entschuldigen Sie bitte, wir wären an einer Modeberatung interessiert …», rief Wolf, als sie in Hörweite waren.

Bea blieb abrupt stehen. Als sie die beiden sah, zuckte sie zusammen und fragte ärgerlich: «Was macht ihr denn hier? Spioniert ihr mir hinterher?»

Lexi war überrascht über Beas Reaktion. «Nein. Totaler Zufall.»

«Zufall? Modeberatung?»

Wolf grinste: «Also das mit der Modeberatung war Recherche. Dass wir gesehen haben, dass du ins Altersheim gegangen bist, Zufall.»

Bea wandte sich ab und ging weiter. Wolf und Lexi beeilten sich, zu ihr aufzuschließen.

«Nun sei doch nicht sauer, Bea», bat Lexi.

Doch Bea schwieg beleidigt.

«Hey, jeder muss irgendwie sein Geld verdienen», meinte Wolf.

Nun blieb Bea empört stehen. «Ich verdiene damit kein Geld!»

«Und wieso tust du es dann?»

Bea war nach wie vor verärgert. «Das geht euch nichts an.»

Sie ging weiter. Dann blieb sie erneut stehen.

«Na gut, also, ich erkläre euch das kurz, und dann will ich nie wieder ein Wort davon hören.»

«Ja, aber …»

«Das ist der Deal. Ich sag euch, wieso, und dann vergessen wir das Thema, und ihr sprecht mich nie wieder darauf an.»

Lexi war irritiert, Beas Blick ruhte auf ihr. «Okay», sagte sie schließlich.

Wolf nickte ebenfalls. «Alles klar.»

«Ich mach das seit über zehn Jahren. Als meine Tante damals ins Heim kam, habe ich ihr immer ein paar Modemagazine mitgebracht und ihr daraus vorgelesen, wenn ich sie besucht habe. Wir sind dann ihre Garderobe durchgegangen, haben aussortiert und sie mit ein paar neuen Sachen aufgepeppt. Sie hatte Freude an den Frisur- und Schminktipps, die ich ihr gegeben habe. Und mit der Zeit kamen immer mehr Damen dazu, die auch von mir beraten werden wollten. Und wieso auch nicht? Nur weil sie alt sind, heißt das doch noch lange nicht, dass sie auch alt aussehen müssen. Meine Tante hat drei Jahre später das Zeitliche gesegnet, aber ich wollte die anderen Damen nicht im Stich lassen. Ich komme nicht mehr so oft, aber doch regelmäßig hierher.»

«Aber das ist doch toll! Wieso willst du nicht, dass das jemand erfährt?», wunderte sich Lexi.

«Na hör mal, weißt du, was das für mein Image bedeutet? Ich hab einen Ruf zu verlieren.»

Lexi wollte noch etwas sagen, aber Bea kam ihr zuvor. «Und damit ist das Thema für alle Zeit beendet.»

Gehorsam nickten Wolf und Lexi.

Bea lächelte. «Und zur Wiedergutmachung dürft ihr mich heute Abend zum Dinner einladen. Lasst uns zu ‹Marcello› gehen. Der hat gerade einen Stern bekommen.»

Wolf wollte etwas sagen, doch Lexi stupste ihn unauffällig in die Seite und meinte zu Bea: «Machen wir.»

Wolf schien enttäuscht. «Ich denke, wir beide wollten heute Abend …» Er holte drei Teelichter aus seiner Jackentasche und hielt sie bedeutungsvoll Lexi entgegen.

Sie grinste. «Heb sie auf, die kommen schon noch zum Einsatz.»

25. KAPITEL

Am nächsten Tag, nach dem Frühstück, beschloss Wolf, nun erst mal Rosis Problem zu lösen. Er hatte Oxana in der letzten Zeit regelmäßig beschattet und kannte ihre Routine. In einer halben Stunde würde sie im Nagelstudio sitzen und sich waffenscheinpflichtige Nägel ankleben lassen. Er hatte verschiedene Szenarien durchgespielt, wie er mit ihr ins Gespräch kommen könnte, sich dann aber für den direkten Weg entschieden.

Er steckte Beas Einladung in die Innentasche seiner Anzugsjacke und machte sich auf den Weg.

Von draußen sah er, dass sie bereits bezahlte. Als Oxana aus dem Nagelstudio stöckelte, trat er auf sie zu. «Darf ich Sie zu einem Kaffee einladen?» Er lächelte gewinnend, versprühte Charme und Testosteron.

«Nein», sagte Oxana barsch und ging an ihm vorbei.

Wolf war verblüfft. Er lief hinter ihr her. Sie ging schneller. Er beschleunigte ebenfalls seinen Schritt und fasste nach ihrem Arm.

«Entschuldigen Sie …»

Oxana griff in ihre Handtasche. Und im nächsten Moment brannten Wolfs Augen fürchterlich. Pfefferspray. Und dabei hatte sie ihn noch nicht einmal voll erwischt.

«Verdammt! Was soll das? Wollen Sie eine Anzeige wegen Körperverletzung und tätlichem Angriff?»

«Ist Reflex. Sind so viele Verrickte auf Strraße.»

«Ja, allerdings. Eine steht direkt vor mir!»

Wolf rieb sich die Augen.

«Nicht rreiben. Mit kaltes fließende Wasserr auswaschen.»

Sie schien Erfahrung damit zu haben.

Wolf hatte die Augen fest zusammengekniffen und knurrte: «Haben Sie zufällig auch kaltes fließendes Wasser in Ihrer Handtasche?»

«Ja. Augen öffnen!»

Er öffnete mühsam die Augen, und sie sprühte ihn erneut an.

«Was soll das?», brüllte er.

Sie erkannte den Irrtum und rief: «Ist Errste-Hilfe-Spray. Gegen Pfefferspray.»

Bitte? Sie trug Gift und Gegengift in derselben Handtasche mit sich herum?

«Passiert mirr oft, müssen Sie wissen, deshalb hab ich immerr dabei.»

Wolf blinzelte ein paarmal. Tatsächlich, das Brennen schien etwas nachzulassen.

Sie drückte ihm den Spray in die Hand.

«Noch mal selber machen.»

Als er wieder einigermaßen schmerzfrei die Augen öffnen konnte und vorsichtig blinzelte, fauchte sie ihn an. «Weshalb Sie mich jagen?»

«Ich hatte Sie höflich angesprochen …»

«Warum?», bellte sie.

«Man hat mir einen Tipp gegeben, dass Sie an einer Einladung zum Empfang des Bürgermeisters Interesse haben könnten.»

Die Feindseligkeit wich aus ihrem Gesicht, und sie horchte interessiert auf.

Wolf zog Beas Einladung aus seiner Jackentasche und hielt sie lockend in die Höhe. Als sie danach greifen wollte, steckte er sie wieder ein. Sie sah ihn empört an, doch dann verstand sie offenbar.

«Okay. Ich kaufe. Sie nennen Preis, ich zahle.»

Am liebsten hätte Wolf dieser durchgeknallten Person einfach eine Unsumme abgeknöpft und wäre wieder gegangen, aber das war ja nicht der Plan und würde auch Rosis Problem nicht lösen.

«Nein, ich will kein Geld. Ich überlasse Ihnen die Einladung unter einer Bedingung ...»

Sie sah sich um. «Wir reden in Café.»

Sie griff nach seinem Arm und hakte ihn unter. «Ich fiehre, Sie nicht gut sähen, wägen Pfäfferspray.»

Wolf gab nach.

Als ihn jemand anrempelte, rief sie laut: «Aus dem Wäg, Platz frei firr blinde Mann.»

Wolf stöhnte. Diese Frau sollte man als Nummer elf auf die Liste der alttestamentarischen zehn Plagen setzen lassen.

Im Café platzierte sie sich an einen Tisch, direkt neben dem Eingang und bestellte Wodka für sie beide.

«Was ich muss tun?»

Es kostete Wolf ein wenig Überwindung, ganz professionell zur Tagesordnung überzugehen.

«Rosi Schmitt, die Besitzerin von ‹Rosis Bar›, wird von einem Sergej Petrow belästigt, weil er ihr Haus kaufen will. Jemand muss Sergej stoppen.» Er machte eine Pause.

«Ich nix kenne Sergej.»

«Schade, dann kommen wir nicht ins Geschäft.»

Er tat so, als wollte er wieder gehen.

Sie griff nach seinem Jackenärmel und zog ihn wieder auf den Stuhl.

Okay, sie hatte angebissen. Er überlegte, was er sich ausdenken könnte, um sie zu überzeugen und die Sache ins Rollen zu bringen. Da hatte er eine Idee. Er beugte sich vor. «Was ich Ihnen jetzt sage, bleibt unter uns: Rosi ist eine sehr gute Freundin des Bürgermeisters. Wenn man hier in der Stadt etwas werden will, lässt man Rosi in Ruhe.» Er lehnte sich zurück, um seine Lüge wirken zu lassen. Sie kämpfte mit sich. Dann beugte er sich wieder vor. «Reden Sie mit Ihrem Mann. Er weiß, was zu tun ist.»

«Jurij ist ährbare Geschäftsmann, nix hat zu tun mit Sergej.»

«Dann sagen Sie mir, an wen ich mich wenden soll.»

Sie schwieg.

Er zog die Einladung wieder aus der Jackentasche und betrachtete sie. «Schade», murmelte er.

Oxana nahm einen kräftigen Schluck Wodka. «Sie mirr gäben Einladung, ich mich kimmere um Prrobläm.»

«Umgekehrt wird ein Schuh draus: Sie sorgen dafür, dass Sergej Rosi in Ruhe lässt, und dann gebe ich Ihnen die Einladung.» Wolf grinste. «Und es wäre gut, wenn Sergej sich mit einem Blumenstrauß bei Rosi entschuldigen würde. Wenn das erledigt ist, treffen wir uns wieder.»

«Ist Deal.» Sie gab ihm ihre Telefonnummer, er wollte gehen, aber Oxana hielt ihn zurück. «Woher du weißt, wer ich bin?»

Wolf lächelte charmant. «Gnädigste, man kennt Sie.

Über schöne Frauen wird immer gesprochen.» Sie hob ihr Glas. Im Stehen stieß er mit ihr an.

«Pupsik, du gefällst mirr!», rief sie laut.

Zufrieden, dass sie nicht nach seinem Namen gefragt hatte, ging er.

26. KAPITEL

Lexi und Bea waren unterdessen auf Shoppingtour. Bea führte sie in ihre Lieblingsläden, und Lexi probierte bereitwillig die neuesten Modelle an. Die Erfahrung hatte ihr gezeigt, dass intensive Farben mehr Aufmerksamkeit erregten als gedeckte, und sie war inzwischen bereit, ihre Garderobe zu erneuern.

«Das sieht phantastisch aus!», rief Bea fast jedes Mal, wenn Lexi aus der Umkleidekabine trat.

«Findest du?» Lexi trug ein eng anliegendes Kleid mit tiefem Ausschnitt am Rücken.

«Du willst doch, dass Wolf dich sexy findet, oder nicht?»

Lexi hatte es aufgegeben abzustreiten, dass ihr Wolf gefiel.

«Da bahnt sich was an», kicherte Bea. «Dafür hab ich ein Gespür.» Sie zwinkerte Lexi verschwörerisch zu: «Ich gebe euch ja oft genug Gelegenheit, alleine zu sein. Nimm dieses Kleid und mach was draus!»

Lexi dreht sich noch einmal vor dem Spiegel. «Das ist nett von dir, Bea, aber vielleicht kannst du ja in Zukunft den Raum verlassen, ohne jedes Mal anzukündigen: ‹Ich lass euch dann mal alleine›.»

«Dann tüte du die Sache doch endlich ein, damit es offiziell ist und ich nicht immer Vorwände finden muss, die Wohnung zu verlassen.»

Lexi seufzte. Offiziell. So weit war sie noch lange nicht. Sie hatte noch nicht mal eine genaue Vorstellung davon, was sie von Wolf wollte. Er war ihr sympathisch. Keine Frage. Und er hatte Witz. Er war viel aufmerksamer, als Karsten es je gewesen war. Und sie wurde zunehmend nervöser, manchmal sogar unsicher, wenn sie mit ihm zusammen war. Lange konnte sie sich nicht mehr gegen seinen Charme wehren.

Beas Diagnose war eindeutig: «Du bist in ihn verliebt.» Lexi blieb skeptisch. In ihrem Alter? Und nach ihren Erfahrungen? Nein, sie wollte jetzt nicht darüber nachdenken. Aber trotzdem konnte es ja nicht schaden, blendend auszusehen.

Sie nahm das Kleid. Bei einer pink- und orangefarbenen Seidenbluse mit indisch anmutendem Paisley-Muster, die Bea ausgesucht hatte, war sie unsicher. Sie drehte sich immer wieder vor dem Spiegel hin und her. «Ist die nicht etwas zu auffällig?»

Bea zupfte daran herum. «Keine Sorge, die ist für mich. Ich wollte sie nur mal angezogen sehen.»

Lexi verschlug es für einen Moment die Sprache. «Das grüne Kleid und die lilafarbene Bluse – sind die auch für dich?», fragte sie dann und hielt die anderen Teile, die sich noch in der Umkleidekabine befanden, in die Höhe.

«Ja. Macht es dir was aus?»

«Nein, überhaupt nicht. Ich bin nur erleichtert, dass du diesen Fummel nicht für mich ausgesucht hast. Ich wusste nämlich nicht, wie ich dir sagen sollte, dass es mir zu laut und zu schrill ist.»

«Na prima, dann ist das ja geklärt.»

Sehr elegant wurde also entschieden, dass Lexi auch für

Bea bezahlen würde. Es machte Lexi nichts aus, sie tat es gerne, denn sie profitierte ja auch davon. Sie hatte Bea viel zu verdanken, ihr Leben war durch Bea bunt und unterhaltsam geworden.

«Und weil wir so fleißig waren, werden wir uns jetzt belohnen.» Bea hatte beste Laune und schwenkte die vollen Taschen hin und her.

«Wie?»

«Wir gehen ins Café dort drüben.» Bea wies mit einer der vollbepackten Einkaufstaschen auf die gegenüberliegende Straßenseite.

Was für eine Welt, in der man sich dafür belohnte, dass man gerade unanständig viel Geld ausgegeben hat!

«Das ist das beste Café der Stadt.» Und etwas leiser, so als würde sie ihr ein Geheimnis anvertrauen, flüsterte sie ihr zu: «Dort triffst du alles, was Rang und Namen hat.»

«Rang und Namen? In welchem Business?», lachte Lexi.

Bea grinste. «Im ‹Ich-suche-einen-Ehemann-Business›. Wo die Konkurrenz sehr hart ist. Und meist zwanzig Jahre jünger. Männer, die Geld haben, haben eine große Auswahl. Ich nicht. Denn ich habe hohe Ansprüche. Dieses Café hat sich vor einiger Zeit zu einer Art Singlebörse entwickelt. Du triffst nirgends so viele Männer, die auf der Suche sind, wie dort. Muss sich wohl rumgesprochen haben, dass Frauen gerne in Cafés gehen. Am besten gehen wir direkt in den hinteren Bereich, dort haben sie eine gutsortierte Bar eingerichtet.»

Bea hatte anscheinend einen Stammplatz in diesem Café. Ganz hinten an der Bar nahmen die beiden Platz. Von hier aus hatte man einen guten Überblick über das gesamte

Café und vor allem auf die ankommenden Gäste. Der vordere Bereich war wohl den Touristen vorbehalten, wie Bea erklärte. Wer etwas auf sich hielt, saß im hinteren Teil. Bea begrüßte beinahe alle Gäste mit Küsschen-Küsschen. Sie hatte sich wieder ganz in die Bühnen-Bea verwandelt und strahlte, lachte und plauderte. Lexi war fasziniert. Bea kannte wirklich Gott und die Welt. Während sie sich ihrem Nachmittags-Chardonnay widmeten, erzählte Bea ihr die ein oder andere amüsante Anekdote zu den Gästen. Ein Ehemann-Kandidat war allerdings weit und breit nicht zu sehen.

«Heute sind nur neureiche Blender und ungebildete Proleten da», resümierte Bea schließlich. «Nichts für mich. Ich will einen Feingeist, einen Connaisseur. Lass uns bezahlen.» Sie hielt nach der Bedienung Ausschau und kniff plötzlich die Augen zusammen.

«Jetzt schau dir das doch mal an. Das ist doch unser Wolf! Da vorne, direkt neben dem Eingang. Was macht der denn da mit dieser billigen Russin?»

Wolf war gerade aufgestanden und stieß mit der Frau an.

Die Stimme der Russin schallte durch den Raum. «Pupsik, du gefällst mirr!»

«Schau mal nach, was Pupsik heißt», sagte Bea.

Lexi griff nach ihrem Handy und googelte. «Puppe. Eine etwas dickere, kleine Babypuppe. Sinngemäß: Kleiner Liebling, Schätzchen. Es ist ein russischer Kosename.»

«Uäh!», machte Bea. «Die hat er bestimmt aus einem Katalog.»

Als Lexi wieder aufsah, hatte Wolf das Café verlassen.

«Unsinn! Das wird eine Klientin sein», sagte Lexi.

«Ja, mit der Ausrede kommt ein Privatdetektiv immer durch.»

«Bea, was soll das?»

«Nein, im Ernst, Lexi: Was wissen wir eigentlich über ihn? Ich meine, was macht er, wenn er nicht arbeitet? Hat er Freunde? Hat er Familie? Hat er eine Freundin? Ein Typ wie er lebt doch nicht wie ein Mönch», sagte Bea.

Lexi sah Bea verwundert an.

«Macht dich das nicht nervös? Jemanden in deine Wohnung zu lassen, ohne ihn wirklich zu kennen?»

«Ach Bea! Ich hab dreißig Jahre lang mit jemandem zusammengelebt, den ich nicht kannte. Weißt du, Garantien gibt es nicht im Leben. Man wagt etwas und hofft einfach, dass es gutgeht.» Lexi klang sicherer, als sie sich tatsächlich fühlte. Bea hatte Zweifel gesät. Die saßen nun wie kleine Stachel.

27. KAPITEL

Der Tisch war gedeckt, das Essen hatte Wolf auch schon bestellt. Heute gab es russische Spezialitäten. Er war guter Laune. Er würde Rosis Auftrag zu deren vollster Zufriedenheit erledigen. Vor allem, wenn Sergej Rosi tatsächlich einen Blumenstrauß vorbeibringen und sich entschuldigen würde. Auf dem Nachhauseweg kam ihm die Idee, Lexi Blumen mitzubringen. Er hatte schon bezahlt und den Blumenladen wieder verlassen, als ihm einfiel, dass er besser auch für Bea einen Strauß kaufen sollte. Mit ihr musste er sich ebenso gutstellen. Bestimmt steckten die beiden unter einer Decke. Bea würde wissen, wo Lexi das unterschlagene Geld aufbewahrte. Sie würde er leichter zum Plaudern bekommen.

Äußerst charmant empfing er seine beiden Mitbewohnerinnen. «Der Champagner ist bereits gekühlt. Darf ich den Damen ein Gläschen anbieten?» Er machte eine ausholende Geste zur Küchentheke, wo alles arrangiert war.

«Gibt es einen Grund für all das?», erkundigte sich Bea.

«Nur, dass ich bestens gelaunt bin.»

«Und was hat zu deiner guten Laune geführt?»

«Ein Gentleman genießt und schweigt. Zum Wohl, die Damen.»

Nachdem er einen Schluck getrunken hatte, fragte

Wolf: «Na, was habt ihr zwei Hübschen denn heute unternommen?»

«Wir waren shoppen», sagte Bea. Dann sah sie ihn lauernd an. «Und womit hast du dir heute die Zeit vertrieben?»

Er lachte: «Ich vertreibe mir nicht die Zeit, ich arbeite.»

«Ach, so nennst du das.»

Dann wandte sie sich an Lexi. «Wolf hat Blumen für uns besorgt», sagte sie und sah Lexi vielsagend an. «Männer bringen nur Blumen mit, wenn sie ein schlechtes Gewissen haben.»

«Das gilt nur für Ehemänner», stellte Wolf klar.

Er wunderte sich. Was hatten die beiden denn? Bea schien leicht feindselig und Lexi war auffallend schweigsam.

«Unser Essen ist bereits da», sagte er. «Also, wann immer ihr wollt, können wir loslegen.»

«Was gibt es denn?», fragte Bea.

«Russisch.»

Bea sah Lexi schon wieder bedeutungsvoll an.

«Nicht euer Geschmack?», erkundigte sich Wolf.

«Hauptsache, es ist dein Geschmack», spöttelte Bea.

Nach dem Essen zog sich Bea für ein spätes Date um. Wolf machte ein anerkennendes Gesicht und ein Daumen-hoch-Zeichen, als Bea in ihrer Abendgarderobe erschien.

«Wo geht's hin?», fragte Lexi.

«Lizard Lounge. Ist das nicht ein genialer Name? Ein *Lounge Lizard* ist ein gut gekleideter, süßholzraspelnder, notorischer Betrüger, der in schicken Lounges herumhängt, um reiche Frauen kennenzulernen.» Ihr Blick ruhte streng auf Wolf.

«Also ein Wartehallen-Eidechserich», rief Wolf fröhlich. «Und der trifft dann auf eine weibliche Bar-Fliege. *Lounge Lizard* und *Bar Fly*. In jedem Detektivroman hockt eine *Bar Fly* an der Theke und rechtfertigt den frühen Alkoholgenuss mit: ‹It's always five o'clock somewhere›.»

«Ich muss los.» Bea winkte Lexi zu.

«Wer ist denn heute der Glückliche?», erkundigte sich Lexi.

«Friedrich Köhler. Ex-Vorstand einer Versicherungsgesellschaft. Gut aussehend, distinguiert und geschieden. Seine Frau hat ihn wegen eines Jüngeren verlassen.» Sie lächelte, als sie hinzufügte: «Tja, auch das gibt es.»

Bea hatte zurzeit drei Kandidaten am Start: Thorsten Lehmann, Friedrich Köhler und Fred Ziegler, Inhaber einer Werbeagentur.

«Er hat dich also zum vierten Mal gefragt?»

Bea nickte. Sie hatte Lexi und Wolf in ihre Vorgehensweise eingeweiht: Ihre Kavaliere mussten erst einmal einen Ausdauertest bestehen. Die ersten drei Einladungen lehnte sie stets ab. Nie schroff, stets entschuldigend. Sehr freundlich gab sie vor, leider keine Zeit zu haben. Kam es zu einer vierten Einladung, dann nahm sie an. Damit hatte sie die Ungeduldigen und die Aufreißer schon einmal aussortiert. Und die Feiglinge und die Unsicheren. «Denn mit solchen Männern kann ich eh nicht», sagte sie. Gefiel ihr ein Mann, dann gab sie ihm Gelegenheit, sie öfter zu sehen, indem sie auf denselben Veranstaltungen auftauchte. Nicht zufällig, sondern sorgfältig geplant.

«Viel Spaß.»

Bea rauschte aus der Wohnung.

Wolf war froh, nun mit Lexi alleine zu sein.

«Ist was?», fragte er sie direkt.

«Wieso?»

«Bea war irgendwie etwas merkwürdig. Habt ihr beide Stress miteinander?»

«Nein.»

Lexi drehte sich zu ihm. «Wir haben dich heute Nachmittag im Café gesehen.»

«Und?»

Lexi sah ihn abwartend an. «Also?»

«Sekunde mal, ist das hier ein Verhör? Darf ich nicht im Café sitzen? Brauche ich dafür deine Genehmigung? Und wieso spionierst du mir hinterher?»

«Mach mal halblang. Bea und ich waren schon längst im Café, bevor du dorthin kamst. Von Spionieren kann also nicht die Rede sein.»

«Okay, aber wieso klingst du so vorwurfsvoll?» Er grinste. «Du solltest mich eher bedauern und trösten. Hast du die Russin gesehen?»

Lexi nickte. «Und gehört, *Pupsik*!»

Sie lachten beide. Wolf stöhnte: «Grauenvoll. Ich hab gelitten. Aber man kann sich seine Aufträge nicht aussuchen.»

«Also, genau genommen kann man das sehr wohl ...»

Wolf zuckte die Schultern. Dann fragte er: «Hat Beas merkwürdiges Verhalten etwas damit zu tun?»

«Sie geht davon aus, dass du was mit Frau Pupsik hast.»

«Himmel! Was denkt sie von mir?»

«Offensichtlich nichts Gutes», lachte Lexi.

Stress mit Bea konnte er nicht brauchen. Er musste sich mit ihr gutstellen.

28. KAPITEL

Schon am nächsten Tag ergab sich für Wolf die Gelegenheit, Bea zu versöhnen. Sie waren alleine in der Wohnung, er bewunderte ihre neuen Kleider, ihren guten Geschmack und schließlich sie selbst. Sie nahm die Komplimente großzügig an, ganz so, als würde sie ihm damit einen Gefallen tun.

Er bot ihr an, einen Latte macchiato zu machen.

«Ja, bitte. Und leg ein paar von den Espressobohnen in Schokolade dazu.» Sie machte es sich so lange auf dem Sofa gemütlich.

Er servierte ihr den Kaffee, und sie hielt ihm die neueste Ausgabe der «Vogue» hin. «Schau mal, was hältst du von dieser Jacke?»

«Würde phantastisch an dir aussehen.» Dann wechselte er das Thema. «Sag mal, Bea, du hast dir doch einen Safe einbauen lassen.»

«Ja.»

«Ich denke nämlich auch darüber nach.»

«Wofür brauchst du denn einen Safe?»

«Na, für meinen Job. Da gibt es immer wieder delikate Unterlagen, die sicher verwahrt werden müssen. Jedenfalls würde ich mir deinen Safe gerne mal ansehen.»

«Klar», nickte Bea, stand auf und sagte: «Komm mit.»

Der Safe war sehr klein, viel passte da nicht rein.

Es befanden sich mehrere Samtschatullen und -beutel darin, die sicher Schmuck enthielten, ein dünner, etwas schmutziger Briefumschlag, wahrscheinlich mit Geld. Und ein sehr schicker Schuhkarton, in dem Wolf ebenfalls Geld vermutete. Aber der Größe nach zu urteilen nicht mit der Summe, nach der Carlos suchte. Wolf war ein wenig enttäuscht.

«Macht einen guten Eindruck», nickte er. «Bist du zufrieden?»

«Was gibt es da groß zufrieden zu sein? Ich mach ihn auf. Mach ihn zu. Fertig. Er funktioniert.»

Bea schloss den Safe wieder, und sie gingen zurück ins Wohnzimmer.

Hier war das Geld also nicht. Aber was hatte es mit diesem Lager auf sich? Am besten wäre, wenn er Bea dazu brachte, mit ihm dorthin zu fahren.

«Sag mal, Bea, als ich hierhergezogen bin, habe ich meine Möbel bei Nachbarn im Keller untergestellt. Aber die brauchen jetzt den Platz, und ich muss mir was Neues suchen. Was hast du eigentlich mit deinen Möbeln gemacht?»

Bea zögerte kurz. «Eingelagert.»

«Du hast also einen Lagerraum gemietet?»

Wieder überlegte Bea. Dann nickte sie.

«Sag mal, ist da noch Platz? Könnte ich da vorübergehend was unterstellen? Nicht viel, nur ein paar Kleinigkeiten.»

Bea dachte lange nach. Schließlich sagte sie: «Ja.»

«Wunderbar. Könnten wir da mal vorbeifahren?»

«Jetzt?» Bea schien deutlich unwillig, ihren gemütlichen Platz auf dem Sofa zu verlassen. «Ich hab eigentlich keine Lust, noch mal aus dem Haus zu gehen.»

Wolf tat so, als überlege er. Dann sagte er: «Weißt du, es gibt ja eigentlich auch keinen Grund, dass du mitkommst. Ich schaff das alleine. Sag mir, wo das Lager ist, gib mir den Schlüssel, und ich erledige das jetzt gleich.»

«Okay.» Sie wollte aufstehen und den Schlüssel holen, hielt dann aber noch mal inne: «Ist bei deinen Möbeln etwas Wertvolles dabei?»

Wolf zögerte. Was wäre die richtige Antwort, damit sie ihr Angebot nicht zurückziehen würde? «Wieso?»

«Na, ich will nicht, dass da was Teures rumsteht.»

«Oh, da brauchst du bei meinen Sachen keine Sorge zu haben. Hat alles nur sentimentalen Wert.»

Sie holte den Schlüssel und schrieb die Adresse auf ein Stück Papier. Dann hielt sie inne. «Hm, ich weiß nicht ...»

Wolf atmete tief ein. Er war so nah am Ziel! Was war denn nun noch? Er sah sie fragend an.

«Ich sollte das vielleicht vorher mit Lexi absprechen.»

«Du meinst, Lexi hätte etwas dagegen, wenn ich ein paar Sachen in dein Lager stelle?»

«Ja, stimmt. Vergiss es.»

Sie gab ihm Schlüssel und Adresse, und er schoss zur Tür raus.

Seine Euphorie sank allerdings drastisch, nachdem er Beas Lager mehrfach und gründlich durchsucht hatte. Nichts. Kein Geld, kein Gold, kein Schmuck, keine Wertsachen, absolut überhaupt nichts, was irgendeinen Wert darstellen würde. In diesem Lager befand sich wirklich nur alter, unbrauchbarer Sperrmüll! Was zogen die beiden hier ab?

Wolf setzte sich ernüchtert auf einen wackeligen alten Klappstuhl. Er war mit seiner Weisheit am Ende. Der Stuhl brach unter ihm zusammen. Na prima. Das passte. Er blieb auf dem Boden sitzen. Was nun? Er verzichtete darauf, Carlos mitzuteilen, dass die Durchsuchung des Lagers nichts ergeben hatte. Damit würde er noch ein paar Tage warten. Bis dahin hatte er hoffentlich eine neue Spur. Er ärgerte sich, dass er selbst den Vorschlag gemacht hatte, prozentual an seinem Fund beteiligt zu werden. Er wäre besser bei seinem üblichen Tagessatz geblieben. Wenn er nichts fand, bekam er kein Geld. Und alles war umsonst! Nein, so weit war er noch nicht. Er würde Bea jetzt ganz offensiv nach Lexi und ihren Finanzen ausfragen müssen.

29. KAPITEL

Lexi räumte den Frühstücktisch ab. Sehr geräuschvoll stellte sie das Geschirr in die Spülmaschine.

«Lexi, das Geschirr kann nichts dafür», rief ihr Bea von der Couch aus zu. Bea blätterte die neueste Ausgabe des Stadtmagazins durch und informierte Lexi über aktuelle Ausstellungen.

«Wofür?» Lexi drehte sich zu Bea.

«Dafür, dass du auf Wolf sauer bist.»

«Ich bin nicht sauer auf Wolf, sondern auf dich.»

«Auf mich?»

«Ja, weil du mal wieder nur rumsitzt und nicht mithilfst!»

«Na, ich weiß nicht, ob es nicht doch mit Wolf zu tun hat. Du bist bestimmt frustriert, weil du mit ihm nicht weiterkommst.»

«Überhaupt nicht!»

Bea ignorierte ihren Widerspruch. «Ich denke, du solltest ihn mal dazu bringen, sich zu äußern. Was ist denn nun mit euch? Wird das was oder nicht?»

«Das wird sich schon noch zeigen. Ich lasse den Dingen ihren Lauf.»

«So wird das nie was. Männer in seinem Alter haben immer noch die große Auswahl. Bei Frauen unseres Alters sieht das ganz anders aus. Und Wolf ist ein Frauentyp.

Du kannst also davon ausgehen, dass du eine Menge Konkurrenz hast. Du musst was tun, wenn du ihn für dich gewinnen willst. Streng dich mal ein bisschen an. Sei etwas netter zu ihm, schmeichle ihm, lobe ihn, umgarne ihn.»

«Und in welchem Universum führt das zum Erfolg?»

«In meinem. Mir fressen die Männer aus der Hand, weil ich ihnen immer das Gefühl gebe, dass sie etwas ganz Besonderes sind. So binde ich sie an mich. Und ich habe ihre ungeteilte Aufmerksamkeit, und sie interessieren sich nicht mehr für andere Frauen.»

Lexi schüttelte den Kopf. «So wie Thorsten? Der mich in der Havanna Bar angequatscht hat und mit mir essen gehen wollte?»

Bea richtete sich auf. «Bitte? Was redest du da?»

«Als ich als Carilla in der Havanna Bar war. Da war er auch da, mit seinem Kompagnon. Er hat ein Gespräch mit mir angefangen und mir seine Karte gegeben.»

«Was ist denn das für eine Geschichte? Das erfindest du doch jetzt bloß, um mich zu ärgern.»

«Nein, es war so.»

«Und wieso hast du mir das nicht erzählt?»

«Ich wollte dich nicht verletzen.»

«Toll. Und wieso sagst du es mir jetzt?»

Lexi schwieg betroffen. Dann seufzte sie: «Weil ich eine dämliche Zimtzicke bin? Tut mir leid, Bea. Ich weiß, dass du es nett gemeint hast, mit deinen Tipps wegen Wolf und so. Aber es nervt mich und macht mich ein bisschen nervös.»

Bea vertiefte sich wieder in ihr Magazin. Lexi seufzte erneut und räumte die Küche vollends auf.

Wolf war bereits sehr früh aus dem Haus gegangen, seine Dienste waren zurzeit sehr gefragt.

Es klingelte. Lexi reagierte nicht. Sie erwartete keinen Besuch. Als es zum zweiten Mal klingelte, ging Bea zur Sprechanlage.

«Überraschung!», schallte es durch den Hörer. «Mach die Tür auf, Bea!»

Bea erschrak. «Das sind Freundinnen von mir. Was mach ich denn jetzt?»

«Na, die Tür auf, würde ich vorschlagen.»

«Du verstehst nicht, ich ... das ist kompliziert. Ich hab nicht gesagt, dass ich hier ... also ...»

Lexi nickte. «Du hast so getan, als sei es dein Penthouse.»

«Ja.»

«Kein Problem, lass sie rein. Das kriegen wir schon hin.» Lexi musste lachen. Bea war einfach ein Fall für sich.

Bea hatte die Verstimmung auch vergessen. Sie umarmte Lexi. «Du bist ein Schatz!» Dann drückte sie auf den Türöffner.

Bea hatte verschiedene Cliquen, nach Interessensgebieten sortiert. Mit den einen ging sie in Kunstausstellungen, mit anderen probierte sie neue Restaurants aus, wieder andere waren ihre Golf-Ladys. Vor der Tür stand die Männerfang-Clique. Dass man so etwas auch haben konnte, amüsierte Lexi.

Sie staunte nicht schlecht, als die Damen erschienen: Alle drei hatten exakt das gleiche Styling und schnatterten wild durcheinander.

«Wir wollten jetzt endlich mal deine neue Wohnung sehen.»

«Wir haben immer auf eine Einladung gewartet, aber du bist wohl zu beschäftigt mit deinen Jungs.»

«Ich hab mir übrigens einen Banker geangelt, Bea.»

«Wie war's denn gestern noch in der Lizard Lounge?»

«Ja, erzähl's uns. Du warst da mit einem extrem gutaussehenden Herrn.»

Bea schien etwas überfordert mit der Situation.

«War das der Vorstandstyp?»

«Woher kennst du ihn?»

«Wie geht's weiter? Trefft ihr euch noch mal?»

Bea holte tief Luft, hob den Kopf und war mit einem Mal wieder ganz Bea. Stolz und strahlend flötete sie: «Ja. Er ist fa-bel-haft!»

«Und, wird das was?»

«Ich hab mich noch nicht entschieden.»

«Gegen wen tritt er denn an?»

«Thorsten?»

«Oder Fred mit der Werbeagentur?»

«Thorsten ist doch noch hinter dir her. Oder gibt es da was Neues?»

Bea antwortete nicht, aber das störte die drei Freundinnen nicht, sie unterhielten sich untereinander und beantworteten sich gegenseitig die Fragen, die sie eigentlich an Bea gerichtet hatten.

«Setzt euch. Möchtet ihr etwas trinken?», fragte Bea und machte eine einladende Geste.

Wie aufgescheuchte Hühner flatterten die drei nun durch die Wohnung und schnatterten weiter: «Die Wohnung ist ja ein Traum!»

«Noch cooler als deine Villa!»

«Ich liiiebe dieses Penthouse!»

Lexi stand an der Seite und freute sich über die Komplimente, fast hätte sie «Danke» gesagt. Keine der Damen hatte bisher von ihr Notiz genommen. Sollte sie sich vorstellen? Hm. Sie trug nur einen plüschigen Jogginganzug. Als Beas Freundin würde sie keinen guten Eindruck machen.

Spontan hatte sie eine andere Idee. «Buenos dias, Señoras! Darf ich anbieten eine café?» Als die Aufmerksamkeit nun auf ihr lag, lächelte sie und sagte: «Mi nombre es Lucia Perez de Bolivia. Ich versorge la casa por Señora Beatrisa.»

Keine sagte etwas.

Egal, denn diese Information war für Bea gedacht.

«Por favor, tome asiento.» Lexi dirigierte die Damen zum Sofa.

«Latte macchiato? Espresso? Cappuccino? Señora Beatrisa?»

Bea sah Lexi ungläubig an.

«Cappuccino. Con mucho gusto.» Lexi steuerte die Küche an. Bea folgte ihr und flüsterte leise: «Was tust du denn da?»

«Dich retten. Dein Ansehen wahren. Setz dich hin, ich bring euch den Kaffee. Dann verschwinde ich.»

«Lexi, du bist großartig! Vergiss dein Handy nicht. Ich ruf dich an, sobald sie wieder weg sind.»

Nachdem Lexi den Kaffee serviert hatte, ging sie nach hinten, um ihre Handtasche zu holen.

Im Flur zwischen den Zimmern hörte sie Wolfs Handy klingeln. Er war nicht da. Lexi zögerte kurz, dann betrat sie vorsichtig sein Zimmer. Auf der Kommode lag ein vibrierendes und klingelndes Mobiltelefon.

Lexi kämpfte mit sich, das Klingeln hörte nicht auf. Sie ging dran.

«Detektei Wolf, guten Tag.»

«Wolf? Hab ich die falsche Nummer? Ich wollte Herrn Novak sprechen.»

Verflixt.

«Dann sind Sie hier richtig. Detektei Wolf Novak», sagte Lexi so, als hätte sie nie etwas anderes gesagt. Es wirkte.

«Ah, okay. Ist Herr Novak zu sprechen?»

«Nein, er ist …» Wie nannte man das? «Bei einem Außeneinsatz. Kann ich etwas ausrichten?»

«Ja, gerne. Sagen Sie ihm bitte, ich hätte mich sehr über die Blumen gefreut, er wäre absolut genial, und er soll so bald wie möglich bei mir vorbeikommen.»

«Und wie ist Ihr Name?»

«Rosi Schmitt.»

«Vielen Dank, ich werde es ausrichten.» Lexi legte auf.

Hatte Bea mit ihren Vermutungen doch recht? Was wusste sie von Wolf? Wie viele Frauen gab es in seinem Leben? Und waren alle Klientinnen? Wenn er unterwegs war, warum hatte er dann sein Handy nicht dabei?

Lexi sah sich zum ersten Mal in Wolfs Zimmer um. Sie öffnete Schubladen und Schränke. Nichts. Sie fand nur Kleidung. Keine persönlichen Dinge. Alles wirkte, als wäre er hier im Urlaub. Sehr merkwürdig.

Wer weiß, wer dieser Wolf wirklich war? Sollte sie einen Privatdetektiv engagieren, um das herauszufinden?

Ach was. Es ging sie nichts an.

Sie holte ihre Handtasche und verließ die Wohnung.

30. KAPITEL

Einige Stunden später betrat Wolf fast gleichzeitig mit Lexi die Wohnung.

«Schickes Outfit», kommentierte er ihren plüschigen Jogginganzug und grinste. «Ist Fitnesswoche in der WG? Wo ist Bea? Trägt sie dasselbe in Grün?»

«Bea ist mit ein paar Freundinnen unterwegs», war Lexis knappe Antwort. «Und übrigens: Eine Rosi hat angerufen. Ich soll ausrichten, dass sie sich über die Blumen gefreut hat.»

«Rosi? Und sie hat Blumen bekommen? Perfekt!» Wolf strahlte.

Sergej musste bei Rosi gewesen sein. Oxana hatte ganze Arbeit geleistet! Wunderbar. Er musste ihr nur noch die Einladung geben, und der Fall wäre abgeschlossen.

Eine Sekunde später verflog seine Freude: Wie kam es, dass Lexi ihm das ausrichtete?

«Woher weißt du das?»

«Sie hat angerufen.»

Etwas misstrauisch fragte er: «Wo hat sie angerufen?»

«Auf deinem Handy.»

«Du gehst an mein Handy?»

«Du hast es hier liegen lassen.»

«Es lag in *meinem Zimmer*. Ich hatte es vergessen. Deshalb bin ich zurückgekommen.»

Lexi nickte. «Es liegt auf der Kommode.»

Wolf atmete tief durch. Lexi spazierte einfach so in sein Zimmer, wenn er nicht da war? Und ging an sein Handy? Er hatte etwas Mühe, das ganz normal zu finden. Carlos hatte ihn vor ihr gewarnt. Wie sollte er reagieren? Jetzt durfte er keinen Fehler machen.

Er lächelte Lexi an. «Versteh mich bitte nicht falsch, der Gedanke, dass du in meinem Zimmer bist, gefällt mir eigentlich durchaus. Allerdings nicht, wenn ich nicht auch dort bin.»

Lexi drehte sich um. «Vergiss nicht, dich bei Rosi zu melden», und verließ den Raum.

Wolf sah ihr verblüfft hinterher. Dann holte er sein Handy und ging.

Rosi stand hinter der Theke. Als sie Wolf sah, machte sie ein doppeltes Daumen-hoch-Zeichen.

Wolf nickte. «Freut mich, dass alles zu Ihrer Zufriedenheit verlaufen ist.»

Er überreichte ihr seine offizielle Rechnung. Sie warf einen Blick darauf und nahm das Geld aus der Kasse.

«Sergej kam also tatsächlich mit einem Blumenstrauß und hat sich entschuldigt?»

Rosi nickte und schob ihm einen Umschlag über die Theke. «Hier ist Ihre Prämie.»

«Vielen Dank. Dann werde ich Ihnen eine Rechnung über diesen Betrag schicken.»

«Die Prämie läuft ohne Rechnung.» Rosi lächelte, beugte sich näher über die Theke und flüsterte: «Und jede Woche, die vergeht und in der mich der Russe nicht belästigt, liegt so ein Umschlag für Sie hier.»

Wolf sah sie erstaunt an. «Das klingt so, als wollten Sie mir Schutzgeld bezahlen.»

Sie nickte. «Ja. Und ich bin nicht die Einzige, die dazu bereit ist. Melnikow macht einigen Leuten hier im Viertel das Leben schwer. Der Typ da vorne zum Beispiel hat auch jede Menge Ärger mit diesem Sergej.»

Rosi winkte einen kleinen, schmierig aussehenden Mann, der am anderen Ende der Bar stand und einen Korn trank, zu sich. Mit seiner Adlernase und den spärlichen blonden Haaren sah er aus wie ein federloses Raubvogelbaby. Als er zu ihnen kam, deutete Rosi auf Wolf und sagte stolz: «Das ist er. Mein Mann für alle Fälle. Wolf Novak. Und das ist Freddy Kowalski. Ihm gehört der ‹Rote Engel›.»

Freddy. Freddy das Frettchen, überlegte Wolf. Passt vielleicht noch besser als das Raubvogelbaby. Als Freddy den Mund öffnete, verstärkte sich der Eindruck: Er hatte kleine Nagetierzähne und eine schnarrende, leise Stimme.

«Ich bin seit über dreißig Jahren hier. Hab Eins-a-Mädchen. Alle bei mir angestellt, Sozialversicherung, Krankenversicherung, alles legal. Die haben es gut bei mir. Aber jetzt kommt Sergej mit seinem Billigimport aus Russland und macht mir das Geschäft kaputt. Kümmern Sie sich darum.»

Wolf zog die Stirn in Falten. Hatte ihn gerade ein Zuhälter engagiert? Das gefiel ihm nicht. Ganz und gar nicht. Mit Oxana hatte er einen Glückstreffer gelandet. Einen einmaligen Glückstreffer. Das war nicht zu wiederholen.

«Zurzeit bin ich ausgebucht. Tut mir leid. Ich kann keine neuen Klienten annehmen.»

«Ich zahle das Doppelte», näselte Freddy.

«Das ist sehr großzügig, aber wie gesagt, ich habe keine Zeit.» Er verabschiedete sich. «Frau Schmitt, vielen Dank.»

Er würde nie wieder hierherkommen. Und künftig musste er seine Auftraggeber besser überprüfen, bevor er für sie arbeitete. Er sollte es bei Versicherungen, Anwälten und gehörnten Ehepartnern belassen. Das waren klar geregelte Aufgaben. Er beschattete, schoss Fotos, schrieb einen Bericht, kassierte sein Geld und fertig.

Sobald Oxana die Karten hatte, war das Kapitel «Rotlicht» ein für alle Mal abgeschlossen.

Blieb nur noch der Auftrag von Carlos. Der ihm immer mehr zu schaffen machte. Nicht nur, weil er nicht vorankam und immer noch keine Idee hatte, wo das viele Geld abgeblieben war. Sein größeres Problem war, dass er sich eingestehen musste, dass er sich in Lexi, die eigentlich nur das Ziel einer Observation sein sollte, verliebt hatte. Sehr unprofessionell. Das war ihm bisher noch nie passiert.

31. KAPITEL

Bea war Lexi nicht nur dankbar für ihren Auftritt als Lucia Perez aus Bolivien, sie fand ihre Vorstellung auch ausgesprochen kreativ und amüsant. Lexi hatte sie gerettet, das rechnete sie ihr hoch an.

Gemeinsam waren die beiden zu einer Vernissage gegangen und standen nun mit einem Glas Champagner und wenig Begeisterung vor einem der Exponate eines aufstrebenden Künstlers.

«Also, für mich ist das einfach bloß ein zerbrochener Backstein», flüsterte Lexi Bea zu. «Kriegst du in jedem Baumarkt für weniger als einen Euro. Und dann ist er noch heil.»

«Aber aus diesem hier wächst ein Löwenzahn raus.»

«Und das rechtfertigt den Preis von 750 Euro? Ich bin kurz davor zu sagen: Ist das Kunst, oder kann das weg?»

«Nicht so laut!», mahnte Bea.

Lexi machte im Flüsterton weiter. «Mal im Ernst, das sieht hier aus wie nach einem Amoklauf eines Heimwerkerkönigs.»

Bea lachte und sah sich um. Ein Hammer, der, von Pilzen umgeben, aus einem Stück Erde ragte; eine Säge, die von Moos bedeckt war; eine Spitzhacke, um deren Griff sich ein Wespennest gebildet hatte. «Er hat sich Mühe gegeben», versuchte sie Lexi zu besänftigen.

«Es ist banal», lautete Lexis abschließendes Urteil.

Bea zuckte die Schultern. «Aber der Champagner ist gut, und die Häppchen schmecken lecker.»

Da musste Lexi ihr beipflichten. Sie ließen sich ihre Gläser wieder füllen.

In dem Moment quietschte hinter ihnen plötzlich jemand: «Bea, Schätzchen!» Eine Frau umarmte Bea, Küsschen rechts, Küsschen links, dann fiel ihr Blick auf Lexi. «Hallo, ich bin Mona Bergmann.»

Lexi zögerte. Mona war eine der Freundinnen, die ihr unlängst den unangemeldeten Besuch im Penthouse abgestattet hatten. Auch Bea hielt die Luft an. Würde Mona Lexi wiedererkennen?

Mona sah Lexi eindringlich an, dann schnappte sie plötzlich nach Luft.

«Entschuldigen Sie», rief sie und zog Bea beiseite. «Sag mal, ist das nicht deine Putzfrau?»

Bea hatte keine Gelegenheit, sich mit Lexi abzusprechen. Was tun? Leugnen? Nein.

«Ja. Das ist der neueste Trend. Man geht gelegentlich mit dem Personal aus, so hält man die Leute und versichert sich ihrer Loyalität.»

«Ist nicht wahr!»

«Probier's mal, wirst sehen.»

Mona schien ein wenig irritiert. Aber Bea war immer für eine Überraschung gut. Deshalb ging sie nicht näher darauf ein, sondern wechselte das Thema.

«Ich bin mit Richard hier.»

«Richard?»

«Der Banker. Ich muss ihn dir unbedingt vorstellen. Du musst mir sagen, wie du ihn findest.»

Mona verschwand in der Menge, Bea ging zu Lexi zurück.

«Sag mal, hat sie mich erkannt?»

«Du meinst als Putzfrau?»

«Haushaltshilfe bitte. Darauf legen wir Wert.»

«Ja. Hätte nie gedacht, dass sie sich das Gesicht vom Personal einprägt. Dabei hast du wirklich schlampig ausgesehen.»

«Steckt in dieser Mitteilung irgendwo ein Kompliment für mich?»

«Nein, sorry. Ich hab übrigens gesagt, es wäre jetzt ‹in›, mit der Putzfrau auszugehen. Wenn du willst, kannst du spanisch sprechen und die Lucia-Perez-Nummer spielen.»

Als sie den Herrn sah, auf den Mona nun einredete, begann Bea zu schimpfen: «Das glaub ich ja jetzt nicht!»

«Was ist?»

Sie wies mit dem Kopf in Monas Richtung. «Das ist der Geschäftsführer der Bank, mit der ich im Clinch liege. Die mein Geld versenkt hat. Dem werd ich was erzählen, wenn der sich hier blicken lässt.»

Lexi zog die Stirn in Falten. «Lass uns lieber gehen, hier liegen zu viele Mordinstrumente rum, ich will dich nicht im Gefängnis besuchen müssen.»

Bea ließ sich schimpfend von Lexi nach draußen führen.

«Banker sind nichts anderes als Verbrecher, sie tragen nur bessere Anzüge, ich sag's dir!», wetterte sie vor sich hin.

Lexi versuchte sie zu trösten. «Ja, alles Idioten! Aber wir sind doch vorbereitet. Lass sie ruhig kommen. Bei dir ist nichts mehr zu holen. Sag Thorsten nun endlich, er soll die Privatinsolvenz in die Wege leiten.»

«Was für eine Schmach! Mein Image, mein Ansehen –

alles hin. Wie steh ich denn dann da? Dann wissen alle, dass ich kein Geld mehr habe!»

«Bea, es führt kein Weg daran vorbei. Du siehst doch, wie schnell du auffliegen kannst. Mona erzählt ihrem Freund von dir und deinem Penthouse, dann stehen sie vor der Tür, und dir bleibt sowieso nichts anderes übrig. Du kannst es nicht länger aufschieben.»

Bea sah Lexi völlig deprimiert an: «Das ist der absolute Tiefpunkt in meinem Leben. Wer hätte gedacht, dass ich mit sechzig plötzlich die Hand zum Schwur heben muss und öffentlich bekennen muss, dass ich pleite bin?» Sie sah auf. «Hab ich eben sechzig gesagt?»

Lexi nickte.

«Himmel, da siehst du mal, wie fertig ich bin.»

32. KAPITEL

Wolf scheute sich ein wenig vor dem erneuten Kontakt mit Oxana, aber nachdem sie offensichtlich ihren Teil der Abmachung eingehalten hatte, musste er ihr nun die Karten geben. Schließlich überwand er sich und rief sie an.

«Aaah, Pupsik!», trötete sie, nachdem er sich gemeldet hatte.

Er seufzte.

«Es gäht um meine Einladung?»

«Ja, ich würde sie Ihnen gerne geben.»

«Ich bin bei Svetlana.»

Sie nannte ihm Straße und Hausnummer.

Als er vor der Adresse stand, die ihm Oxana genannt hatte, stöhnte er auf. Es war ein Beauty-Salon. Sie bestellte ihn zu ihrem Friseur?

Kopfschüttelnd betrat er den Laden. «Ah, Pupsik!», rief sie, als er hinter ihr im Spiegel auftauchte.

Sie schnippte kurz mit dem Finger und deutete neben sich, Svetlana rollte augenblicklich einen Stuhl neben Oxana, auf dem Wolf Platz nehmen sollte.

Nein, so nicht, entschied er. «Wie lange dauert es noch?», fragte er die Friseurin, die sich gerade an Oxanas Haaren zu schaffen machte.

«Zwei Stunden.»

«Gut, dann komme ich in zwei Stunden wieder.»

Oxana blickte ihn verärgert an. Dann sagte sie: «Na gut. Aber dann wir gähen in unsere kleine Café.»

Nein, ganz sicher nicht. Aber das würde er ihr später erklären. «Ich hole Sie hier ab.»

Als Oxana zwei Stunden später den Friseursalon verließ, streckte sie ihm die Hand entgegen. Er griff etwas verblüfft danach, doch sie zog sie weg und sagte. «Nicht Hand. Einladung!»

Er zog die Einladung hervor und gab sie ihr.

Oxana strich ehrfürchtig über die Karte. Dann stutzte sie.

«Steht darauf Name von fremde Frau!» Sie sah ihn böse an.

«Einem geschenkten Gaul ...»

«Was ist mit Pferd?»

«Ich wollte damit sagen, dass der Name keine Rolle spielt. Sie müssen nur die Einladung vorzeigen.»

Oxana wiegte den frisch gestylten Kopf hin und her und entschied dann zu Wolfs Erleichterung: «Ist okay. Ich mache Ausnahme. Aber nächstes Mal ich will meine Name auf Karte.»

«Aber sicher doch.»

Oxana nickte zufrieden.

«Was ich ziehe an?»

Wolf sah auf die Einladung.

«Dresscode: Black Tie», las er vor. «Es wird erwartet, dass Männer im Smoking kommen, Damen in eleganten langen Abendkleidern oder Cocktailkleidern.»

«Ich muss kaufen neue schicke Outfit.»

Wolf nickte und verabschiedete sich.

«Chalt!», rief sie und bohrte den feuerrot lackierten Nagel ihres Zeigefingers in seine Brust.

«Du kommst mit, Pupsik. Du musst sagen, in wälche Kleid ich sähe hinreißend aus.»

Er schüttelte den Kopf. «Nein. Ganz sicher nicht. Ihrem Mann wird es nicht gefallen, wenn ich mit Ihnen einkaufen gehe. Und ich vermeide Situationen, die zu Missverständnissen mit Ehemännern führen. Ich will keinen Ärger mit Ihrem Mann.»

«Vielleicht du hast schon. Vielleicht er hat schon gesähen uns beide zusammen. Jurij ist sehrr eifersichtig.»

Sie machte einen Schritt auf ihn zu. Er starrte sie fassungslos an. Diese Frau hatte wohl nicht mehr alle Latten am Zaun. Was hatte sie vor? Welches Spiel spielte sie mit ihm? Hatte er jetzt die Frau eines russischen Mafiabosses an der Backe?

Wolf bemühte sich, ganz normal weiterzuatmen. Und er versuchte zu lächeln.

Oxana sah ihn abwartend an.

«Viel Spaß auf dem Empfang!», sagte er, drehte sich um und suchte das Weite.

Er ging schneller, als er es normalerweise tat, und verlangsamte seinen Schritt erst wieder, als er in eine weniger belebte Seitenstraße abgebogen war. Gerade wollte er tief Luft holen, als von hinten zwei Männer zu ihm aufschlossen. Beide überragten ihn mühelos, packten ihn links und rechts an den Oberarmen und hoben ihn in die Luft.

Nachdem er sich vom ersten Schreck erholt hatte, versuchte er es mit Humor: «Okay, nette Aussicht von hier oben. Wär aber nicht nötig gewesen.»

Daraufhin ließen sie ihn los. Leider nicht synchron, was

seine Landung auf dem Boden nicht sehr elegant aussehen ließ und sie auch ein wenig schmerzhaft machte.

«Na, das müssen wir aber noch üben», meinte Wolf und zupfte sich seinen Anzug zurecht.

Daraufhin riss einer der beiden an der Brusttasche, der andere am Ärmel. Es machte ratsch!, und Wolf hoffte, dass das mehr für die schlechte Qualität des Anzuges sprach als für die Kräfte der beiden.

«Ich sollte wirklich bessere Anzüge tragen.»

Keiner der beiden hatte bisher einen Ton gesagt, dafür schubsten sie ihn nun wie einen Spielball zwischen sich hin und her.

«Hey Jungs, also ich denke, wir sollten uns vielleicht erst mal vorstellen, bevor es so persönlich wird. Mit wem hab ich denn die Ehre?»

Es war ihm klar, dass er sie damit weiter reizte, aber sein Stolz verbot es, sich in irgendeiner Art und Weise beeindruckt oder verängstigt zu zeigen.

Doch genau darum schien es den beiden zu gehen. Statt einer formellen Begrüßung holte einer der beiden nun aus und knallte seine Faust gegen Wolfs Kinn. Wolf taumelte. Seine Lippe war aufgeplatzt.

«Du Lektion gelernt?», bellte ihn der andere an. Na, wenigstens einer von beiden konnte reden. Russischer Akzent. «Du nix mehr mit Oxana treffen!», bellte der Riese jetzt.

Wolf fiel aus allen Wolken. Oxana? Ein ganz normaler Überfall wäre ihm lieber gewesen. Denn das bedeutete, dass diese zwei Jurij Melnikows Schergen waren. Er hatte sich beim örtlichen Mafiaboss unbeliebt gemacht!

Wolf konnte sein Unbehagen nicht länger verbergen.

Das zauberte ein Lächeln auf das grobe Gesicht des Hünen mit Sprachbegabung.

Wolf hob beide Hände in die Höhe: «Kein Problem.»

«Wir Auge auf dich! Nächstes Mal wir dich sähen, du kriegst Abreibung.»

Wolf verkniff sich zu fragen, was das denn dann eben gewesen wäre? Ein freundliches Gespräch? Der Typ zog seine Anzugjacke zur Seite, und Wolf konnte eine Pistole sehen. Seit wann bezogen «Abreibungen» den Einsatz einer Schusswaffe mit ein? Wolf schluckte. Es war allerdings nicht der Moment, nachzufragen. Der Schweigsame schubste ihn noch einmal kräftig zum Abschied, dann gingen die beiden.

Wolf lehnte sich gegen die Wand. Noch nie war er in eine Schlägerei geraten. Noch nie war er bedroht worden. Und schon gar nicht von der Russenmafia.

Er musste konzentriert ein- und ausatmen: Es dauerte, bis er sich ein wenig beruhigt hatte.

Shit! Das war ein Albtraum! Würden die ihn ab jetzt beschatten? Ließ Jurij seine Frau immer beschatten? Oder hatte Oxana Jurij von ihm erzählt? Hatte sie seinen Namen preisgegeben? Wobei – den kannte sie ja gar nicht. Und seine Adresse ebenfalls nicht. Aber Beas Name stand auf der Einladung. Könnte das für Bea ein Problem werden? Was, wenn doch jemand herausbekam, wo er jetzt wohnte? Hatte er die ganze WG in Schwierigkeiten gebracht?

Er musste dringend mit Bea und Lexi reden. Er musste ihnen alles beichten.

Über Umwege und unter Berücksichtigung sämtlicher Vorsichtsmaßnahmen, um eine Verfolgung auszuschließen, machte er sich auf den Weg zur Wohnung.

33. KAPITEL

«Gott, wie siehst du denn aus?», rief Bea, als Wolf die Wohnung betrat.

Auch Lexi sah ihn erschrocken an.

Wolf lächelte etwas gequält. «Tja, lustige Story», begann er. «Ich mach mich vielleicht erst mal salonfähig, dann erzähle ich euch alles.»

«Hast du eine Bank ausgeraubt?»

«Gott, nein!»

«Bist du ausgeraubt worden?»

Wolf überlegte kurz. «Nein.»

«Nun sag endlich was passiert ist!», schimpfte Bea.

Wolf holte tief Luft.

«Es könnte sein, dass ich den Boss der hiesigen Russenmafia verärgert habe.»

Bea schwieg einen Moment. «Sind wir davon auch irgendwie betroffen?», fragte sie äußerst misstrauisch.

Wolf machte ein schuldbewusstes Gesicht. «Weiß ich noch nicht.»

«Wieso hast du ihn verärgert?»

Wolf seufzte. «Es hat mit seiner Frau Oxana zu tun.»

«Man fängt auch kein Verhältnis mit verheirateten Frauen an!», zeterte Bea los. «Ich sag immer ...»

Wolf hob abwehrend die Hände. «Ein Verhältnis? Mit dieser Kröte? Gott, nein!»

«Also, was war nun?», fragte Lexi und bemühte sich um einen sachlichen Ton.

Wolf seufzte: «Alles fing damit an, dass ich einen Auftrag aus dem Rotlichtmilieu angenommen hatte, der ...» An dieser Stelle stoppte er, lächelte und sagte mit sanfter Stimme zu Lexi: «... unter anderem dazu geführt hat, dass ich dich kennengelernt habe. Ein Highlight in meinem bisherigen Leben. Also kann ich es noch nicht einmal bereuen ...»

«Sülz hier nicht rum, sondern komm zum Punkt», drängte Bea.

Lexi warf ihr einen verärgerten Blick zu, aber Bea hatte ihren Blick auf Wolf gerichtet.

«Bin ich in Lebensgefahr oder nicht?»

Wolf beeilte sich nun, die ganze Geschichte zu erzählen und kein Detail auszulassen.

«Und jetzt?», bellte Bea. Sie war auf dem Kriegspfad.

Wolf seufzte: «Also, im schlimmsten Fall stellt Oxana fest, dass der Bürgermeister Rosi überhaupt nicht kennt. Dann weiß sie, dass ich sie belogen habe. Sie sagt es ihrem Mann, der sich dadurch ebenfalls hereingelegt fühlt und an mir ein Exempel statuieren lässt, um klarzumachen, dass man sich mit ihm nicht anlegt.» Er zuckte die Schultern. «Falls er mich nicht schon vorher hat umlegen lassen, weil Oxana dieses Eifersuchtsspiel mit ihrem Mann spielt. Dann ist da ja auch noch Rosi, die dann eventuell wieder Besuch von Sergej bekommt und sauer auf mich sein wird. Wie sauer, kann ich nicht einschätzen. Wenn ich Glück habe, will sie nur ihr Geld zurück. Und jetzt hat sie mich auch noch weiterempfohlen. Im Rotlichtmilieu!»

Bea war empört: «Das heißt, die werden dann hier auftauchen?»

«Nein, bei mir zu Hause.»

«Ich denke, du wohnst hier?»

«O ja, na klar. Ich meinte, meine alte Adresse. Also, das ist sozusagen die gute Nachricht: Niemand weiß, dass ich hier wohne.»

«Und im besten Fall?», fragte Bea.

«Ich glaube, den gibt es nicht», seufzte Wolf.

«Toll gemacht, Meisterdetektiv», schimpfte Bea. «Und was erwartest du jetzt von uns?»

Wolf wusste nicht, was er sagen sollte.

«Lexi, jetzt bist du gefragt. Du hast doch immer eine Idee.» Bea schaute sie auffordernd an. Und Wolf erklärte sie: «Sie denkt nämlich wie ein Verbrecher.»

Lexi warf Bea einen bösen Blick zu.

«Das war ein Kompliment», stellte Bea klar.

«Merkwürdiges Kompliment.»

«Du weißt doch, wie ich das meine, deine Pläne sind immer wasserdicht, du berücksichtigst alles und ...»

Lexi stoppte sie. «Ist gut jetzt.»

«Nun sag schon», drängte Bea. «Wie schlimm hat er die Sache versemmelt? Was ist zu tun?»

Lexi überlegte. «Oxana hat, was sie wollte: Sie geht zum Empfang. Falls sie den Bürgermeister anspricht, wird der sie nur für eine Verrückte halten. Und Rosi hat bloß Wolfs alte Adresse, und damit kann sie auch nur die weitergeben. Wolf sollte sein Telefon abmelden, seine Homepage schließen, vorerst nicht mehr arbeiten, eine Zeitlang abtauchen.»

Bea wandte sich an Wolf: «Und wieso hast du gedacht, es würde auch uns betreffen?»

Wolf seufzte. «Die Einladung ...»

Lexi war gerade selbst darauf gekommen: «Auf der Einladung steht Beas Name.»

«Genau!» Bea war total empört. «Die Frau des russischen Mafiabosses vergnügt sich unter meinem Namen auf dem Empfang des Bürgermeisters? Hast du sie noch alle? Wie kannst du so etwas machen?»

«Als ich dir 1000 Euro für die Einladung bezahlt habe, hast du keine weiteren Fragen gestellt.»

«Ach, wie hätte ich denn auf die Idee kommen sollen, mich zu erkundigen, ob meine Einladung in den Händen einer Verbrecherbande landet?» Bea sah Lexi an: «Die Mafia kennt meinen Namen! Was nun?»

Lexi winkte ab. «Da seh ich kein Problem. Oxana wollte eine Einladung, und die hat sie bekommen. Das wird für dich keine Folgen haben.»

«Na hoffentlich.» Bea warf Wolf einen bitterbösen Blick zu.

Bei Wolf setzte eine Erkenntnis ein, die ihm ganz und gar nicht gefiel: «Das heißt ja, ich muss mein bisheriges Leben aufgeben und völlig neu anfangen.»

Lexi zuckte die Schultern: «Und? Was ist dagegen einzuwenden?»

Sie schien die Einzige zu sein, die das so sah. Bea hatte die Augenbrauen hochgezogen, Wolf die Stirn in Falten gelegt.

Lexi winkte ab. «Egal. Man darf keine Angst vor Neuanfängen haben. Schon gar nicht in unserem Alter!»

Wolf war nicht sehr glücklich. «Und wie soll ich Geld verdienen?»

«Du hast doch deine Pension.»

«Die hinten und vorn nicht reicht. Was denkst du, wieso ich noch arbeite?»

«Du lebst doch jetzt in einer WG. Das ist günstiger, als wenn man alleine lebt.»

«Na ja, also nicht in dieser. Ihr lebt auf ziemlich hohem Niveau. Aber davon abgesehen», fuhr Wolf fort, «womit soll ich mich denn den ganzen Tag lang beschäftigen?»

«Also weißt du, für jemanden, der sowohl vor der lokalen Unterwelt, also auch vor der russischen Mafia, auf der Flucht ist, bist du ganz schön maulig. Arbeite weiter, wenn du willst, aber wehe, du lockst einen deiner Verbrecher hierher.»

«Oder er zieht aus», meinte Bea. «Er stellt schließlich ein Gesundheitsrisiko für uns dar.»

Wolf war entsetzt über diesen Vorschlag, und die offene Feindseligkeit kränkte ihn. Er sah Lexi fragend an.

«Ich hab meinen Vorschlag schon gemacht. Schließ deine Homepage mit dem Hinweis, dass du dein Büro aufgibst und dass du wegziehst. Dann bist du auf Nummer sicher.»

Wolf schien das noch nicht zu überzeugen. «Das heißt, ich soll alles, was ich mir im Laufe der Jahre aufgebaut habe, aufgeben?»

«Hast du eine Wahl?»

Am nächsten Tag wartete Wolf, bis er hörte, dass Lexi und Bea die Wohnung verlassen hatten. Dann erst kam er aus seinem Zimmer. Er wollte Beas bösen Blicken ausweichen. Am liebsten wäre er zurück in seine Wohnung gezogen, aber wer weiß, ob Jurijs Leute nicht doch herausbekommen würden, wer er war und wo er wohnte. Er würde sich eine neue Wohnung suchen müssen. Bis dahin würde er hierbleiben. Er sollte mal Kassensturz machen. Was könnte er sich von seiner Pension leisten, ohne nebenher zu arbeiten? Aber es war nicht nur das schmalere Einkommen, das ihm Sorgen machte, es war der Gedanke, dass er seinen Beruf aufgeben sollte. Er fühlte sich noch zu jung, um nicht mehr zu arbeiten. Seine Arbeit machte ihm Spaß. Sie hielt ihn wach und lebendig. Ohne Arbeit war er flügellahm. Nein, nicht zu arbeiten war für ihn auf Dauer keine Lösung. Es musste Gras über die Sache wachsen, dann würde er einen Weg finden.

Vorsichtig trat er vom Flur in den großen Wohnraum. Er hatte wirklich Mist gebaut. Ein exotischer Auftrag, eine falsche Entscheidung, und sein Leben war aus den Angeln gehoben.

Wolf setzte sich an den Esstisch und öffnete seinen Laptop. Lexis Vorschlag folgend, teilte er auf seiner Homepage mit, dass sein Büro geschlossen war. Wegen Umzug. Auf seinem Business-Handy sprach er eine gleichlautende Mitteilung auf. Er hatte noch ein bisher nicht genutztes Handy, das kam nun vorläufig zum Einsatz.

Und was machte er mit seinem letzten Auftrag, der noch offenstand? Mit Lexi war er nicht sehr weit gekommen. Er hatte keine Infos für Carlos. Und er hatte nun auch keine Lust mehr, weiterzusuchen. Es gab eh keine Optionen mehr. Weiß der Kuckuck, wo Lexi das Geld hatte. Vielleicht hatte sie es ja auch nicht. Oder nicht mehr. Egal. Er wollte Lexi nicht länger ausspionieren. Es war ihm gleichgültig, ob sie diesen Carlos nun reingelegt hatte oder nicht. Er würde Carlos darüber informieren, dass er den Auftrag nicht erledigen könne. Basta. Leider würde die Bezahlung auch ausbleiben, aber das ließ sich nun auch nicht mehr ändern. Per SMS fragte er an, ob er ihn anrufen könne. Bisher hatte sich gezeigt, dass Carlos eigentlich rund um die Uhr ansprechbar war. So war es auch diesmal. Carlos rief kurz darauf an.

«Was gibt es?», fragte er.

Wolf berichtete, dass alle seine Versuche erfolglos geblieben waren.

Carlos zögerte einen Moment, dann sagte er: «Gut, dann kommen wir so also nicht weiter. Vergessen Sie's.»

«Tut mir leid.»

«Nun ja, zumindest haben wir in einer Art Ausschlussverfahren festgestellt, wo das Geld nicht ist. Ich werde mir eine andere Vorgehensweise überlegen.»

«Okay. Nochmals: Sorry, dass ich Ihnen nicht helfen konnte.»

«Sie haben mir durchaus geholfen. Geben Sie mir noch die Adresse und Telefonnummer von Frau Langendorf, und ich überweise Ihnen 1500 Euro.»

Wolf war angenehm überrascht, dass er nun doch noch Geld bekommen sollte. Bereitwillig diktierte er ihm Lexis Telefonnummer.

Nachdem er aufgelegt hatte, überkam ihn ein schlechtes Gewissen. Er hatte einen Fehler gemacht. Er hätte Carlos nicht Lexis Nummer geben sollen!

Grübelnd ging er in die Küche, um sich einen Kaffee zuzubereiten. Ein Gefühl von Reue machte sich in ihm breit.

Wenn Lexi je herausbekäme, dass er ihre Nummer weitergegeben hatte, würde sie annehmen, er hätte ihre Freundschaft ausgenützt. Gut, zunächst hatte er genau das getan, aber inzwischen hatten sich die Dinge geändert. Lexi bedeutete ihm viel. Sehr viel. So viel, dass er sie nicht verlieren wollte.

34. KAPITEL

Lexi und Bea hatten einen Beauty-Tag eingelegt. Als sie nach Hause kamen, lag eine Notiz von Wolf auf dem Tisch: «Bin kurz weg. Keine Sorge. Hab Sicherheitsvorkehrungen getroffen. Bis gleich, Wolf.»

Bea zuckte mit den Schultern, sie hieß Lexis Entscheidung, ihn weiter in der WG wohnen zu lassen, nicht gut. Aber es war Lexis Wohnung und damit ihr Ding. Sie ging in ihr Zimmer, um sich umzuziehen.

Als das Telefon klingelte, ging Lexi arglos dran und meldete sich.

«Hallo, cara mia! Wie ich höre, hast du dich bestens eingelebt. Schickes Penthouse übrigens.»

Karsten!

Lexi musste heftig schlucken. Jetzt war das eingetreten, wovor sie sich immer gefürchtet hatte. Er wusste, wo sie wohnte.

«Du hast dich für eine WG entschieden, höre ich. Wenn ich mir so die Fotos von dir ansehe, muss ich sagen: Du siehst phantastisch aus. Besser und jünger denn je.»

Lexi wurde blass, wankte zum Esstisch und setzte sich. Er hatte Fotos von ihr? Woher? Wieso war er über ihr Leben informiert?

Karsten fuhr fort: «Mir geht es übrigens blendend, mach dir also keine Sorgen. Ich habe entschieden, nicht mehr zu arbeiten; ich will meine Zeit mit meinem Kind verbringen. Aber da gibt es ein kleines Problem. Du hast meine Konten auf den Caymans geplündert. Ich hatte dich offensichtlich unterschätzt. Aber egal. Jedenfalls: Ich will mein Geld zurück.»

Lexi schluckte, ihr wurde etwas schwindelig, aber sie korrigierte ihn: «*Unser* Geld.»

«*Mein* Geld. Ich hab dafür gearbeitet.»

«Bei einer Scheidung hätte ich die Hälfte bekommen.»

«Du hast dich aber nicht scheiden lassen. Du hast einen anderen Weg gewählt.»

Er schwieg.

Sie schwieg ebenfalls.

Dann sagte er: «Innerhalb der nächsten Woche erwarte ich dich in Puerto Rico. Mit dem Geld. Der gesamten Summe. Nun ja, du hattest ein paar Ausgaben, da will ich großzügig sein, auch das Penthouse kannst du behalten. Aber ich erwarte mindestens achtzig Prozent meines Geldes bar in einem Koffer.»

«Puerto Rico?», echote Lexi. Irgendwie war das das einzige Wort, das ihr in Erinnerung geblieben war.

«Ja. Hier lebe ich jetzt. Dolores wollte das so. Ihr Bruder Pablo ist nach San Juan gezogen. Er ist ihr einziger Verwandter, sie hängt sehr an ihm. Pablo Dominguez war der Despachante in La Guaira, mein Kontaktmann in Venezuela. Er hat mir Dolores vorgestellt.»

Lexi knurrte leise. Glaubte er, das würde sie interessieren? «Und wenn ich das nicht tue?»

Karsten lachte. «Ja, das ist das Schöne an deinem Plan, mich einfach sterben zu lassen: Du hast dich damit selbst in Schwierigkeiten gebracht und dich in meine Hand begeben. Jetzt kann ich entscheiden, was du tun musst Du kannst es nicht mehr rückgängig machen, und du kannst deinen Betrug auch nicht gestehen, sonst landest du vor Gericht und mit ein wenig Glück auch im Gefängnis. Du denkst, du hast mich schachmatt gesetzt und handlungsunfähig gemacht? Fehlanzeige. Dass ich tot bin, dass ich nicht mehr existiere, ist überhaupt kein Problem. Im Gegenteil, es passt mir ganz gut. Und als Gegenleistung für das Geld bringe ich dich nicht wegen Mordes ins Gefängnis.»

«Bitte? Ich hab dich nicht ermordet!»

«Tja, das wissen aber nur wir beide. Was, wenn jemand der Polizei einen Tipp gibt, dass ich keines natürlichen Todes gestorben bin? Und Beweise auftauchen, dass ich umgebracht wurde. Wer profitiert von meinem Tod? Richtig! Meine Ehefrau. Mord verjährt nicht, wir haben es also noch nicht einmal eilig. Also mein Angebot: Ich bleibe tot und sobald ich mein Geld habe, vernichte ich die Beweise, die darauf hindeuten, dass du mich umgebracht hast.»

Lexi erstarrte. Sie befahl sich, ganz normal weiterzuatmen, ganz ruhig zu bleiben, nicht zu paniken.

«Ach ja und übrigens: Sei so nett und überweise dem Privatdetektiv, den ich eingeschaltet habe, bitte 1500 Euro. Das ist das Honorar, das ich ihm für seine Recherche versprochen hatte. Ich gebe dir seine Kontonummer und seinen Namen. Ich will keine Spuren hinterlassen, das weißt du ja. Aber ich will auch niemandem etwas schuldig bleiben.»

Lexi war in höchster Anspannung. Sie hatte blanke Angst davor, was er nun sagen könnte.

Und als Karsten den Namen Wolf Novak sagte, ließ

sie das Telefon fallen und war wie versteinert. In diesem Zustand fand Bea sie vor, als sie frisch frisiert und umgezogen wieder aus ihrem Zimmer kam.

«Himmel, was ist los?»

Bea trat auf Lexi zu. «Hey, was ist passiert? Du bist kreidebleich. Rede mit mir!»

Lexi sah Bea an, als würde sie sie nicht erkennen.

«Lexi!» Bea schüttelte sie leicht. Lexi begann zu weinen. «Ich hasse Wolf!», schluchzte sie. «Er ist … Er hat … O Gott! Ich bin so dämlich!»

Bea setzte sich neben sie und strich ihr beruhigend über den Arm. «Okay. Also nun wissen wir zumindest schon einmal, um wen es geht. Wolf ist also ein Schurke.»

«Ein Verräter, ein Betrüger, ein Lügner, ein gewissenloser Schuft!»

«Was in Gottes Namen hat er denn angestellt?»

Lexi schnaufte wütend. «Er hat sich bei uns eingeschlichen, um mich auszuspionieren. Im Auftrag meines Exmannes. Er hat sich von ihm dafür bezahlen lassen, Informationen über mich weiterzugeben.»

«Ach du lieber Himmel», rief Bea. «Aber Lexi, dein Mann ist doch tot.»

«Nein. Er hat eben angerufen.»

Bea sah Lexi in die Augen. «Es ist alles okay, atme mal tief durch und beruhige dich.» Sie strich Lexi sanft über den Rücken. «Geht's wieder? Also, um auf deinen Mann zurückzukommen …»

«Der will mich ins Gefängnis bringen. Wegen Mordes. Wenn ich ihm nicht alles Geld zurückgebe.»

Bea sah sie eindringlich an und sagte ganz langsam: «Dein – Mann – ist – tot.»

«Nein, ist er nicht.»

«Okay», sagte Bea gedehnt. «Vielleicht erzählst du mir mal, wieso du der Meinung bist, er sei nicht tot.»

Stumm hörte sie Lexis unglaubliche Geschichte an.

«Und nun droht er, mir seine Ermordung zu unterstellen. Er sagt, er hätte Beweise dafür. Aber ich habe ihn nicht umgebracht! Es kann keine Beweise dafür geben», schloss Lexi schließlich ihren Bericht. «Es sei denn, er fabriziert sie.»

Bea schwieg. Sie wirkte betroffen.

«Was ist? Hast du keine Meinung dazu?», fragte Lexi.

«Also das ... ist schon heftig», kommentierte Bea nach einer Weile.

«Ja, genau! Es ist einfach unglaublich, dass er mich als Mörderin hinstellen will.»

«Ich finde, dass es ziemlich abgebrüht von dir war, ihn für tot erklären zu lassen.» Bea war sichtlich erschüttert. «Und uns hast du die ganze Zeit im Glauben gelassen, dein Mann sei verstorben. Reife schauspielerische Leistung. Chapeau!»

Lexi ärgerte sich über Beas Reaktion.

«Nun spiel bitte nicht den Moralapostel, Bea. Du misst mit zweierlei Maß. Du hast uns doch hier auch eine Geschichte vorgegaukelt. Reiche *Lady of Leisure*! Du bist auf der Flucht vor deiner Bank. Und hast Privatinsolvenz angemeldet.»

«Also, das ist etwas ganz anderes, bei mir leben alle Beteiligten noch.»

«Mein Mann lebt auch noch!»

«Trotzdem. Das ist was anderes.»

«Na hör mal! Hab ich dir nicht geholfen, deine Wertsachen hierher zu schmuggeln oder unter falschem Namen zu verkaufen? Das fandest du prima, hattest keine moralischen Bedenken. Klar, war ja auch zu deinem Vorteil. Aber wenn jemand seinen Mann für tot erklären lässt, ist das plötzlich was ganz Schlimmes.»

Bea sagte nichts. Lexi sah sie an. Dann stutzte sie und fragte erschrocken: «Es ist schlimm, nicht wahr?» Sie schlug die Hände vors Gesicht. «O Gott, was hab ich getan?» Dann sah sie Bea verzweifelt an. «Ganz ehrlich ... in dem Moment ... Es ist irgendwie einfach so passiert, eins kam zum anderen, und ich war wie auf Autopilot und eh ich mich versehen habe ...» Sie blickte sich um. «... bin ich hier in dieses Penthouse eingezogen und hab eine nette Urnenbeisetzung für Karsten organisiert.»

Sie fiel in sich zusammen und sah auf den Boden. Beide schwiegen.

«Trotzdem bin ich kein schlechter Mensch. Ich war ein Opfer der Umstände», fügte Lexi nach einer Weile hinzu.

Dann schwiegen sie wieder.

Nachdem sie eine ganze Weile wortlos nebeneinandergesessen hatten, machte Bea Lexi ein Friedensangebot: «Also, in einem Punkt muss ich dir recht geben: Wolf ist eine linke Socke. Schmeichelt sich hier ein, tut lieb und nett und kameradschaftlich, dabei war alles Berechnung, weil er einen Job zu erledigen hat. Pfui Teufel!»

«Er hat sich auf unglaublich hinterhältige Art und Weise an mich herangeschlichen. Führt ein *zufälliges* Treffen im Imperial herbei, verwickelt mich in ein Gespräch, umgarnt mich, horcht mich aus und zieht dann auch noch hier ein.»

«Was wirst du jetzt tun?»

«Seine Koffer packen und sie ihm in die Hand drücken, wenn er hier erscheint.»

«Hm.»

«Was? Keine gute Idee?»

«Also, es ist schon eine Verletzung der Privatsphäre, wenn du einfach in sein Zimmer gehst und …»

«Verletzung der Privatsphäre – drauf gepfiffen! Was ist denn mit meiner Privatsphäre?!»

«Sag ihm doch, dass du nicht mehr mit ihm unter einem Dach leben möchtest.»

«Das tue ich ja, wenn ich ihm wortlos seinen Koffer in die Hand drücke.»

«Wie wäre es, wenn ich das übernehme?»

«Seinen Koffer packen?»

«Nein, ihm mitteilen, dass er seinen Koffer packen möge und ausziehen soll. Dann musst du dich nicht so aufregen.»

«Ich will mich aber aufregen.»

Sie stürmte in die Küche, zog Gummihandschuhe an, schnappte sich einen Müllsack und verschwand damit in Wolfs Zimmer. Kurze Zeit später schleppte sie den gefüllten Müllsack vor die Wohnungstür.

«So, jetzt fühle ich mich schon viel besser. Der betritt diese Wohnung nicht mehr.» Lexi nahm wieder Platz. Sie fühlte sich nicht wirklich besser. Nicht im Geringsten, aber sie hielt an dem Gedanken fest. «Deine Aufgabe, Bea, ist es nun, dir von ihm den Wohnungsschlüssel wiedergeben zu lassen. Du sagst ihm aber nicht, wieso. Keine Erklärung. Das soll ihm aus heiterem Himmel passieren», knurrte sie.

Als sie Wolf vor der Tür hörten, flüchtete Lexi in ihr Zimmer.

«Bea, du weißt, was du zu tun hast», flüsterte sie, bevor sie verschwand.

Kurze Zeit später klopfte Bea an ihre Tür.

«Du kannst wieder rauskommen!»

Sie öffnete die Tür. «Alles erledigt? Ist ... er weg?», fragte sie. Sie konnte sich nicht überwinden, Wolfs Namen auszusprechen.

Bea nickte und drückte ihr Wolfs Wohnungsschlüssel in die Hand.

«Ich möchte dir etwas zeigen», sagte sie und führte sie vor die Wohnungstür.

Auf der Fußmatte, da wo Lexi zuvor den Müllsack mit seinen Kleidern hingeworfen hatte, lag ein großes Buch, in Zellophan eingepackt, mit einer Schleife darum. Es war ein Märchenbuch vom «Cigaretten Bilderdienst Hamburg» von 1939. Das gleiche, das Lexi beim Umzug vergessen hatte.

Sie riss ungläubig die Augen auf.

Bea sagte: «Das ist von Wolf. Für dich. Ich wusste nicht, ob ich es reinholen sollte.»

Lexi fing hemmungslos an zu weinen. «So ein Idiot!» Bea schüttelte den Kopf. Sie verstand nichts mehr.

35. KAPITEL

Als sich Lexi wieder ein wenig beruhigt hatte, sagte Bea ganz vorsichtig: «Dürfte ich dich vielleicht mal auf etwas hinweisen?»

Da Lexi keinen Widerspruch einlegte, fuhr sie fort: «Dein eigentliches Problem ist Karsten.»

Lexi sah sie irritiert an.

«Solltest du dir jetzt nicht eher mal Gedanken darüber machen, was du wegen Karsten unternimmst?»

«Er hat klare Anweisungen gegeben. Ich soll im Laufe der nächsten Woche mit dem Geld nach Puerto Rico kommen.»

«Und? Machst du es?»

«Muss ich ja wohl. Er hat gedroht, dass er sonst der Polizei einen anonymen Hinweis geben wird, dass Karsten Langendorf keines natürlichen Todes gestorben ist, sondern von seiner Ehefrau ermordet wurde. Und glaub mir, das Letzte, was ich gebrauchen kann, ist, dass die ganze Angelegenheit aufgewühlt wird. Das kann nur schlecht ausgehen für mich.»

«Hm. Okay. Aber ich würde vorschlagen: Überweise ihm das Geld und gut ist.»

«Er besteht darauf, dass ich es ihm in bar übergebe.»

«Wo hast du denn das Geld?»

«Wieso willst du das wissen?»

«Wieso fragst du das denn in diesem misstrauischen Ton? Vertraust du mir nicht?»

Lexi lachte bitter: «Wolf hab ich auch vertraut. Genauso wie Karsten. Ich vertraue immer Menschen, denen ich nicht vertrauen sollte.»

Bea zuckte die Schultern. «Gut, kann ich verstehen. Ich denke aber, du solltest nicht alleine reisen.»

«Und wieso nicht?»

«Na ja, du hast deinen Mann für tot erklären lassen. Jetzt erpresst er dich, will dir einen Mord unterschieben. Weiß der Kuckuck, wieso er dich wirklich in Puerto Rico haben will.»

«Gott, was willst du damit sagen?»

«Dass du nicht alleine reisen solltest.»

«Und mit wem bitte soll ich da hinfahren?»

«Entschuldige mal – mit mir natürlich.»

«Du würdest mitkommen?»

«Sicher! Was ist denn das für eine Frage! Du hast mir ja auch geholfen, jetzt bin ich dran.»

Lexi sah Bea dankbar an. Bea schüttelte den Kopf und umarmte sie. «Du bist vielleicht ein Schäfchen! Natürlich stehe ich dir bei.» Dann ließ sie Lexi wieder los. «Aber du kannst doch nicht mit so viel Geld reisen.»

«Hab ich doch schon mal gemacht. Als ich mit dem Geld von den Caymans hierherkam. Ich hab es im Koffer transportiert. Man chartert einfach einen Privatjet, die werden seltener kontrolliert.»

Beas Augen funkelten vor Aufregung: «Das heißt, wir fliegen mit einem Privatjet nach Puerto Rico? So viel Geld hast du?»

«Noch. Bald nicht mehr.»

«Dann such ich uns in Puerto Rico zwei reiche Plantagenbesitzer, und wir verbringen unseren Lebensabend in der Karibik.»

Lexi sah Bea an. «Du denkst auch, im Himmel ist Jahrmarkt.» Dann seufzte sie: «Außerdem will ich keinen Plantagenbesitzer. Ich wollte Wolf.»

«Hey, wir beide sind Überlebenskünstler. Uns wird schon was einfallen.»

TEIL 3

PUERTO RICO

36. KAPITEL

Eine Woche später betraten Lexi und Bea ihr Hotel in San Juan. Es war das teuerste und luxuriöseste Hotel, das sie hatten finden können. Lexi wollte noch einmal aus dem Vollen schöpfen, es sich richtig gutgehen lassen und das Leben genießen, bevor sie keinen Cent mehr besaß.

Bea hatte nichts dagegen, ganz im Gegenteil. «Genau meine Devise: Wenn schon untergehen, dann mit Stil!» Den Vormittag verbrachten sie damit, die Altstadt von San Juan zu erkunden. Sie liefen durch malerische kleine Straßen mit bunten Häusern; der Kolonialstil des 16. und 17. Jahrhunderts dominierte. Nicht nur die angenehm warme Temperatur vermittelte ein karibisches Gefühl, auch die Atmosphäre war freundlich, gut gelaunt und exotisch. Aus kleinen Bars drangen lateinamerikanische Klänge, kleine Geschäfte reihten sich aneinander, alles wirkte sehr idyllisch, wenn nicht gerade die Kreuzfahrtpassagiere, deren Schiffe direkt am Hafen von Old San Juan anlandeten, die Gassen verstopften und mit ihrem lauten Geschnatter sogar die Musik übertönten. Bea und Lexi wichen dann in kleine Seitenstraßen aus.

Bea war vor einer Bar stehen geblieben. Bevor sie Lexi fragen konnte, hatte die sich bereits auf einen der Stühle gesetzt. Für den Abend war die Übergabe des Geldes an Karsten geplant. Lexi war schweigsam und sehr nervös,

Bea versuchte das durch besondere Fröhlichkeit und aufmunterndes Geplapper auszugleichen. Um Lexi etwas abzulenken, hatte sie vorgeschlagen, sich die Stadt anzusehen. Doch auch Bea war unruhig. Immer wieder checkte sie so unauffällig wie möglich ihr Handy.

Als der Kellner kam, fragte Bea ihn nach einem landestypischen Getränk. In tadellosem Englisch sagte er: «Typisch ist der Café con leche: Espresso und Dosenmilch, zu gleichen Teilen gemischt.»

«Ist da Alkohol drin?»

Der Kellner verstand. «Eine Alternative wäre Barrilito, ein einheimischer Rum, oder Medalla, das puerto-ricanische Bier.»

Bea schüttelte den Kopf.

«Dann würde ich eine Piña Colada vorschlagen. Sie wurde vor vierzig Jahren hier erfunden. Weißer Rum, Ananassaft, Kokoscreme und ein kleiner Schuss Sahne.»

Bea sah Lexi fragend an. Lexi zuckte die Schultern.

Der Kellner fuhr mit seinen Erläuterungen fort. «Ihr Drink sollte auf alle Fälle Rum enthalten, denn Rum ist *das* Getränk der Karibik. Schon die Freibeuter und Piraten, die hier bevorzugt vor Anker gingen, begossen erfolgreiche Plündereien mit Rum.»

Bea sagte auf Deutsch zu Lexi: «Also, von erfolgreicher Plünderei kann bei uns wohl keine Rede mehr sein, was?»

Lexi seufzte.

Der Kellner ergänzte: «Sir Francis Drake hat vor über vierhundert Jahren seiner Mannschaft einen Vorläufer des Mojitos serviert: Rum mit Limettensaft und Minze.»

«Mojito?», fragte Bea Lexi.

Lexi zuckte die Schultern.

«Ebenfalls ein Klassiker: Daiquiri, Hemingways Lieblingsdrink. Weißer Rum, frisch gepresster Limettensaft und Zuckersirup aus Rohrzucker.»

Lexi zuckte wieder nur unschlüssig die Schultern.

Der Kellner bewies Geduld und Ausdauer. «Ein anderes Getränk, das auf Rum basiert und schon über hundert Jahre alt ist, ist der Cuba Libre, kubanischer Rum mit amerikanischer Coca-Cola und Limettensaft. ‹Viva Cuba libre – Es lebe das freie Kuba.› Das war der Schlachtruf der kubanischen Unabhängigkeitsbewegung, als man auf die Befreiung Kubas von der spanischen Kolonialherrschaft anstieß.»

«Wär das nicht was?», fragte Bea. «Unabhängigkeit, Befreiung?»

Lexi reagierte nicht.

Bea wurde mürrisch. «Also, ich würde auch gerne auf etwas anstoßen, aber mir fehlt ein Drink in der Hand. Entscheide dich jetzt, Lexi!»

«Alle vier!», entschied Lexi.

Bea war begeistert. «Wunderbar! Das ist die richtige Einstellung.»

Als die Drinks gebracht wurden, reihte Bea sie nebeneinander auf. «Na, wenn wir jetzt nicht in Urlaubsstimmung kommen, dann weiß ich auch nicht. Zum Wohl! Oder wie sagt man hier? Salud?»

Lexi seufzte. «Von Urlaubsstimmung bin ich weit entfernt.»

«Du hast ja auch noch keinen Drink probiert. Los!»

Lexi nahm einen kräftigen Schluck Cuba Libre. «Es ist nicht nur das Geld, das heute Abend weg ist. Was mich viel mehr beschäftigt, ist, dass ich Karsten gegenübertreten muss. Ich hasse den Gedanken. Ich wollte ihn nie wiedersehen.» Sie schwieg kurz, dann sagte sie: «Aber vor allem ist es ...» Sie brach ab.

Bea beendete ihren Satz: «Wolf!»

Lexi seufzte und nickte.

«Lexi, ich hab dir doch schon gesagt, du solltest mit ihm reden. Gib ihm eine Chance, dir seine Version zu erzählen. Kann doch sein, dass er gar nicht wusste, dass er dich im Auftrag deines Ehemannes ausspioniert. Vielleicht ist er reingelegt worden. Vielleicht hat Karsten sich als jemand anderes ausgegeben und ihm eine wilde Story erzählt, und Wolf dachte, er hilft jemandem, dem Unrecht widerfahren ist. Vielleicht ist Wolf davon ausgegangen, dass du eine Verbr..., Betrü..., dass du etwas Kriminelles gemacht hast, und nur deshalb hat er sich auf den Auftrag eingelassen.»

«Ach ja?» Lexi sah Bea äußerst misstrauisch an. «Wie kommst du denn auf so konkrete Ideen und Erklärungen?»

«Ich ... hab darüber nachgedacht und bin einfach mal davon ausgegangen, dass Wolf nicht so übel ist. Und außerdem hat er sich in dich verliebt.»

«Blödsinn!»

«Du weißt, dass es kein Blödsinn ist. Und du bist auch in ihn verliebt!»

«Ja, und das ärgert mich am meisten! Ich bin so dämlich! Immer falle ich auf Betrüger rein!»

Bea seufzte. Dann straffte sie sich und sagte: «Jetzt konzentrieren wir uns nur noch darauf, welchen der Drinks wir zu unserem heutigen Lieblingsgetränk küren werden.»

Ohne großen Enthusiasmus schloss sich Lexi Beas Versuchsreihe an.

Bea hatte darauf gehofft, dass der Genuss von Alkohol Lexi etwas aufheitern würde. Doch das Gegenteil war der Fall. Nachdem sie die Drinks getestet hatten und sich für den Mojito als Sieger entschieden hatten, war Lexis Laune noch schlechter geworden. Wie durch ein Vergrößerungsglas sah sie all ihren Kummer und jammerte: «Wahrscheinlich geschieht es mir recht. Ich hätte meinen Mann nicht umbringen sollen.»

«Lexi! Nicht so laut. Und außerdem hast du ihn nicht umgebracht. Er ist quicklebendig und erpresst dich!»

«Ich hab einfach kein Glück mit Männern.»

«Ist doch gar nicht wahr!»

«Doch!», rief Lexi trotzig und sah Bea vorwurfsvoll an.

Bea sagte nichts.

«Ich will die ganze Sache jetzt einfach nur noch hinter mich bringen. Karsten kriegt heute Abend sein Geld, und dann will ich das alles so schnell wie möglich vergessen.» Sie seufzte. «Ich muss noch einmal von vorn anfangen und mir einen Job suchen.»

Bea sagte aufmunternd: «Das muss ich doch jetzt auch. Hey, suchen wir uns gemeinsam was.»

«Kein Mensch stellt Leute in unserem Alter ein! Wir sind am Ende!», sagte Lexi düster, griff nach dem Cuba Libre und trank den Rest in einem Zug.

Beas Plan war nicht aufgegangen, nun musste sie Lexi wieder ausnüchtern.

«Hör zu, Sonnenscheinchen, wir sollten jetzt irgendwo zu Mittag essen», sagte Bea. Sie griff nach ihrem Reiseführer. «Mal sehen, was die puerto-ricanische Küche zu bieten hat.»

Während sie las, informierte sie Lexi: «Man würde bei einer Insel vielleicht erwarten, dass die Leute besonders viel Fisch essen, aber die Puerto Ricaner bevorzugen Meeresfrüchte und Schalentiere. Sie essen viel Hühnchen, Reis und Bohnen. Arroz con Pollo ist sehr beliebt, Reis mit Huhn. Oder Asopao. Ein suppenartiges Schmorgericht aus Reis mit Huhn, Fisch oder Krabben. Dann wäre da noch die schwarze Bohnensuppe und Jueyes, scharf gewürzte gebackene Krebse. Wir sollten auch Mofongo probieren, ein Kloß aus frittierten Kochbananen. Frittierte Kochbananen, Tostones genannt, ist ein Snack, den man wie Chips essen kann und der oft als Beilage gereicht wird. Erstaunlich viele ihrer Speisen sind frittiert. Zwei Würzmischungen dominieren die puerto-ricanische Küche: Adobo und Sofrito. Die Puerto Ricaner nennen ihre Küche ‹Cocina Criolla›, kreolische Küche. Sie ist eine einzigartige Mischung aus den Einflüssen verschiedener Völker und Kulturen, nämlich den Ureinwohnern, Tainos genannt, ein zu den Arawak gehörendes Volk, den Spaniern, zurückgehend auf die Kolonialzeit, und nicht zu vergessen, die afrikanische Küche durch die Sklaven.» Bea sah von ihrem Buch auf und fragte Lexi: «Na, was wollen wir essen?»

«Ich hab keinen Hunger.»

Bea wusste nicht mehr weiter. Erneut kontrollierte sie ihr Handy. Keine Nachricht.

37. KAPITEL

«Schon erstaunlich, dass so viel Geld in einen einzigen Koffer passt», stellte Bea mit Blick auf den kleinen Bordkoffer fest, den Lexi hinter sich herzog, als sie sich auf den Weg zu Karsten machten.

«Es sind 500er-Scheine, das spart Platz.»

«Wie viel wiegt eine Million?»

«Etwas über zwei Kilo.»

«Und wie viel Kilo wiegt der Koffer?»

«Ich ziehe ihn hinter mir her. Also ist er mir zum Tragen zu schwer», meinte Lexi nur.

Bea gab auf. «Ich möchte noch mal darauf hinweisen, dass ich es nicht gut finde, dass wir hier mutterseelenalleine mit so viel Geld durch die Gegend laufen. Und dann auch noch im Dunklen!»

«Erstens sind hier jede Menge Leute, wir laufen schließlich die Touristenroute durch die Altstadt, und zweitens ist es nicht dunkel. Alles ist hell erleuchtet. Jetzt mach mich nicht noch nervöser, als ich eh schon bin.»

Lexi hatte die Lippen zusammengepresst und bemühte sich, ganz ruhig zu wirken. Sie wollte sich nicht unterkriegen lassen. Sie hatte etwas gewagt, es hatte nicht geklappt. Nicht lange zumindest. Gut, das war halt so. Shit happens. Was ihr wirklich zu schaffen machte, war die Tatsache, dass sie ein zweites Mal auf einen Mann hereingefallen war. Wieso lernte sie denn nicht? War sie wirklich so ein naives Schäfchen?

«Essen wir dort auch was?», fragte Bea in ihre Gedanken hinein.

«Wo?»

«Na, in dem Restaurant.»

«Gott, nein. Wir geben ihm das Geld, und dann nichts wie weg.»

Karsten hatte sie zu einem Lokal mitten in der Altstadt bestellt. «Wir mischen uns unter die Touristen, da fallen wir am wenigsten auf. Und ein Koffer ist da auch kein ungewöhnlicher Anblick», hatte er gesagt.

«Wir könnten doch auch erst was essen und ihm anschließend das Geld geben», schlug Bea vor. Sie ging langsamer. «Ich bin ziemlich hungrig.»

«Nein, erst die Arbeit», sagte Lexi und beschleunigte ihren Schritt.

Sie bog in eine Seitenstraße ein, das Lokal konnte sie schon von weitem an der großen Leuchtreklame erkennen.

Bea war hinter ihr hergeeilt und hielt sie nun am Arm fest. «Warte», sagte sie.

«Was ist?», fragte Lexi und schüttelte etwas unwillig Beas Hand ab, sie blieb jedoch stehen.

«Wir sollten da nicht alleine reingehen.»

«Ach, haben wir die Wahl? Wer soll mitkommen? Die Kavallerie?»

«Ja», sagte Bea, zückte ihr Handy und wählte eine Nummer. Sie hörten es klingeln: ganz in der Nähe.

Lexi sah sich erstaunt um. Da stand Wolf vor ihr.

«Gott sei Dank», stieß Bea erleichtert hervor. «Wieso

kommst du jetzt erst? Und wieso hast du dich nicht gemeldet? Ich hab mir schon Sorgen gemacht.»

«Um mich oder um Lexis Geld?»

Er wartete ihre Antwort nicht ab. «Guten Abend, die Damen.»

Lexi stand da wie vom Donner gerührt und schnappte nach Luft.

«Hey, ganz normal weiteratmen!» Wolf lächelte schief. «Ich hoffe, es ist ein freudiger Schreck.»

Lexi starrte ihn wortlos an.

«Ich hab dich vermisst, Lexi, du fehlst mir. Und ich will dir helfen und mich entschuldigen und alles erklären. Hab ich schon gesagt, dass ich dich vermisst habe?»

«Wieso bist du hier?», stieß sie hervor.

«Also, ich dachte, das hätte ich gerade gesagt.»

«Er ist schon ein paar Tage hier, er hat recherchiert. Und dabei kam ihm ein Verdacht ...», sagte Bea. Sie wandte sich an Wolf: «Hast du etwas rausgekriegt?»

Wolf nickte und klopfte auf die Brusttasche seiner Jacke.

Lexi sah Bea böse an. «Woher weiß er, dass wir hier sind?»

«Hör dir lieber an, was er herausgefunden hat», sagte Bea und nickte Wolf zu. «Nun sag es schon!»

«Dolores und Pablo Dominguez tragen nicht denselben Namen, weil sie Bruder und Schwester sind, sondern weil sie *verheiratet* sind.»

Lexi sah Wolf ungläubig an. «Ist – nicht – wahr!»

Wolf zog einen Zettel aus seiner Jackeninnentasche und reichte ihn Lexi. Es war eine Kopie der Heiratsurkunde.

Nachdem Lexi sie eingehend studiert hatte, fragte sie Wolf: «Woher hast du die?»

«Das Internet funktioniert hier genauso wie in Deutschland.»

«Das ist unglaublich!»

«Was? Dass ich das herausgefunden habe?»

«Ja. Das auch. Aber ich dachte jetzt erst mal an Dolores und Pablo. Wenn das stimmt, dann bedeutet das doch, dass sie Karsten reingelegt haben und ihn ausnehmen wollen wie eine Weihnachtsgans.»

«Sieht so aus.»

«Ändert das etwas für mich? Nach wie vor wird er das Geld wollen und mir damit drohen, Beweise, die es so aussehen lassen, als hätte ich ihn umgebracht, den Behörden zuzuspielen.»

Wolf lächelte: «Es wird etwas anders ablaufen, als Karsten denkt. Die Sache mit Dolores und Pablo ist nur das Sahnehäubchen. Für dich. Als Genugtuung. Dann kommt der eigentliche Plan zum Einsatz.»

Lexi sah Wolf gespannt an, dann fiel ihr ein, dass sie ja wütend auf ihn war. Sie wandte sich abrupt an Bea und deutete auf Wolf. «Sag ihm, dass ich nicht mehr mit ihm rede.»

«Hör ihm zu, es ist in deinem Interesse.»

«Mein Interesse ist, ihn nicht mehr zu sehen!», zeterte Lexi.

Wolf räusperte sich. «Wenn sich der Beschuldigte mal kurz einmischen dürfte: Lexi, du bist zu Recht sauer auf mich, und du kannst damit fortfahren, sobald wir hier alles geregelt haben. Aber jetzt konzentrieren wir uns lieber erst mal auf unsere nächsten Schritte.»

«Wir?», schnappte Lexi. «Es gibt kein *Wir* mehr!»

«Doch. Und zwar so lange, bis ich meinen Patzer wiedergutgemacht habe. Lass mich dir helfen.»

Da Lexi nicht sofort reagierte, knuffte Bea sie in die Seite und sagte: «Nun stell dich nicht so an. Du kannst jede Hilfe brauchen, die du kriegen kannst. Und Wolfs Plan ist super! Er wird dir gefallen.»

«Im Moment gefällt mir hier gar nichts!» Lexi wollte sich weder beruhigen noch sich auf irgendwelche dubiosen Pläne einlassen. «Das ist alles nur verwirrend. Und ich kann keinen klaren Gedanken fassen.»

«Das ist verständlich», sagte Wolf. «Erst mal bring ich dich zurück ins Hotel», entschied er. Er griff mit der einen Hand nach dem Koffer, die andere Hand legte er sanft an Lexis Ellbogen. So führte er sie durch das Gewühl der Leute zurück.

Lexi blieb plötzlich stehen. «Aber Karsten wartet doch auf mich.»

«Schreib ihm eine SMS, du wärst verhindert. Mach einen neuen Termin aus. Du musst das Treffen mit ihm noch hinauszögern. Wir brauchen noch ein paar weitere Informationen», erklärte Wolf. «Lass uns im Hotel darüber reden.»

«Wohnst du etwa im selben Hotel wie Bea und ich?»

«Nein, das kann ich mir nicht leisten. Hab etwas außerhalb eine kleine Pension gefunden. Mit Familienanschluss.»

«Also, wenn Dolores und Pablo ein Ehepaar sind, von wem ist das Kind? Von Karsten oder Pablo?», wollte Lexi wissen.

«Wir tippen auf Pablo», sagte Bea.

«Bevor du Karsten triffst, brauchen wir noch mehr Infos über das Verhältnis zwischen Pablo und Dolores. Wann und wo treffen sie sich? Worüber reden sie? Und ganz wichtig: aussagekräftige Fotos von den beiden», sagte Wolf. «Dabei könnte ich Hilfe gebrauchen. Vor allem brauche ich jemanden, der fließend Spanisch spricht.» Er sah Lexi an.

Sie zuckte nur die Schultern. Sie war nach wie vor überfordert von der Situation, aber ihr Widerstand sank. Sie war froh, dass Wolf da war und die Regie übernommen hatte. Willig ließ sie sich von ihm durch den Touristenstrom zum Hotel führen.

38. KAPITEL

Pablo Dominguez arbeitete bei der «Autoridad de los Puertos de Puerto Rico», der Hafenbehörde. Er war für die Zuweisung von Liegeplätzen und die Abwicklung der Löschung für Cargo-Schiffe zuständig. Die Terminals für die Frachtschiffe lagen im Puerto Nuevo, auf der Südseite der Bucht von San Juan. Die Lage war ideal für den Weitertransport der Waren, da der neue Hafen gut an das Verkehrsnetz angebunden war.

Wolf wartete vor dem Gebäude der Autoridad, an der Calle Lindbergh. Er hatte ein Auto gemietet, um mobil zu sein, denn eine Verfolgung per Taxi schied aus mehreren Gründen aus, einer davon war die Sprachbarriere, obwohl Lexi etwas spöttisch angeboten hatte, ihm beizubringen, auf Spanisch zu sagen: «Folgen Sie diesem Wagen.»

Wolf hatte ein kleines, etwas ramponiertes Auto gewählt und nachlässige Kleidung angezogen, die seiner Einschätzung nach ein Hafenarbeiter in seiner Freizeit tragen würde. Wolf würde auf dem Gelände warten, bis Pablo Feierabend hatte, und ihm dann folgen; in der Hoffnung, ein etwas privateres Treffen zwischen ihm und Dolores auf Fotos festzuhalten, dass nicht nach «Ein-Bruder-trifft-seine-Schwester» aussah. Doch auch dieser Einsatz führte nicht zum Erfolg. Pablo traf sich bloß mit ein paar Kumpels in einer Bar.

Früh am nächsten Morgen stand Wolf mit seinem Mietwagen in der Straße, in der Pablo wohnte.

Wolf hatte bei seiner Arbeit immer sehr viel Zeit im Auto verbracht und einfach nur vor Häusern gewartet, bis sein Beschattungsobjekt kam oder ging. Es war eine langweilige Aufgabe. Das war nun anders, denn während er darauf wartete, dass Pablo seine Wohnung verließ, telefonierte er. Mit Lexi. Er war bestens gelaunt. Sie hatte darauf bestanden, dass er in ihr Hotel übersiedelte, und ein Zimmer für ihn besorgt. Sie hatte sich beruhigt, schien sogar froh darüber zu sein, dass er hier war. Sie war zugänglich, freundlich, hatte sich seine Erklärung angehört, wie er zu dem Auftrag von Karsten gekommen war, und hatte zumindest aufgehört, ihm Vorwürfe zu machen. Wolf war ungeheuer erleichtert und, ja, auch glücklich. Er musste sich eingestehen, dass er sein Leben lang auf eine Frau wie Lexi gewartet hatte. Über vierzig Jahre hatte ihn das Schicksal warten lassen. Er war nicht sicher, ob ihn das ärgern sollte oder ob er dankbar sein sollte, dass es überhaupt noch passiert war. Letzteres, entschied er.

Er sah auf die Uhr. Er wartete nun schon über zwei Stunden. «Ich hätte mir eigentlich denken können, dass er kein Frühaufsteher ist», sagte er zu Lexi am Telefon.

In dem Moment trat Pablo aus dem Haus. Doch er ging nicht zu seinem Auto, sondern machte sich zu Fuß auf den Weg in Richtung Altstadt. Das war gut, denn Wolf hatte sich heute als amerikanischer Tourist getarnt: Hawaiihemd, Bermudashorts, Stadtführer in der Hand, Fotoapparat um den Hals. Er würde in der Unmenge der Touristen, die von den Kreuzfahrtschiffen an Land gespült wurden, nicht auffallen.

Wolf gab Pablo einen Vorsprung, dann stieg er aus seinem Wagen.

«Ich muss jetzt los», sagte er zu Lexi.

Sein Handy hatte er in der Brusttasche seines Hawaiihemdes, beim Telefonieren benutzte er sein Headset.

«Wo geht er hin?», fragte Lexi.

«Hoffentlich zu Dolores.»

Wolf hatte entschieden, dass Lexi im Hotel blieb, denn es bestand die Möglichkeit, dass Dolores oder Pablo Lexi erkennen würden. Also Innendienst für Lexi; den Einsatz im Außendienst sollte Bea übernehmen.

«Nein, Altstadt», korrigierte Wolf nun. «Vielleicht will er einen Kaffee trinken, bevor er ins Büro fährt.»

Doch dann bog Pablo Richtung Park ab. Aus Erfahrung wusste Wolf, dass Männer wie Pablo keinen Spaziergang im Park machten. Nicht morgens, nicht an einem Arbeitstag und vor allem nicht alleine. Er mutmaßte, dass Pablo dort eine Verabredung hatte.

«Gib mir mal Bea.»

«Hallo, Chef», raunte Bea ins Telefon. «Was gibt's?»

«Es ist so weit, jetzt brauche ich Unterstützung, du musst kommen. Parque de las Palomas.»

«Schon unterwegs.»

Pablo hatte einen Bekannten getroffen, sie palaverten. Wolf war an ihm vorbeigegangen und stand nun am Eingang zum Park.

Kurz darauf kam Bea. «Was ist der Plan? Was soll ich tun?», fragte sie mit blitzenden Augen.

Wolf deutete mit dem Kopf auf Pablo. «Da vorn ist er. Wenn er sich mit Dolores trifft, spazierst du mit einem Abhörgerät einfach unauffällig hinter ihnen her.»

«Das ist alles?» Bea schien etwas enttäuscht. «Ich dachte, Detektivarbeit wäre etwas aufregender.»

«Verfolgungsjagden mit Autos kommen nächste Woche dran.»

Nach einer Weile setzte Pablo seinen Weg fort. Er ging an ihnen vorbei, in den Park. Bea und Wolf folgten ihm mit viel Abstand. Der Park war kleiner, als Wolf erwartet hatte, aber da er auf der Liste der Sehenswürdigkeiten von San Juan stand, war er gut besucht.

«Gott, das ist ja grässlich mit den vielen Tauben», jammerte Bea. «Und gefüttert werden die auch noch.» Pablo steuerte auf eine Bank zu, auf der eine junge Frau saß. Neben ihr stand ein Kinderwagen.

«Das wird Dolores sein», sagte Wolf und begann zu fotografieren. Volltreffer: Dolores stand auf, und die beiden lagen sich in den Armen. Es folgte ein inniger Kuss. Klick. Ein überzeugendes Foto. Dann nahm Pablo das Kind auf den Arm, herzte und küsste es. Er legte das Baby wieder in den Kinderwagen und setzte sich zusammen mit Dolores auf die Bank.

Wolf ließ die Kamera sinken.

«Bin ich jetzt dran?», fragte Bea.

«Ja, aber Planänderung, weil sie nicht spazieren, sondern auf der Bank sitzen, und du kannst dich ja schlecht danebenstellen. Schaffst du es, das Abhörgerät unauffällig in dem Kinderwagen zu platzieren? Dann wären wir auf Nummer sicher, auch, falls sie aufstehen und rumlaufen.»

«Krieg ich hin. Wie sehen Abhörgeräte aus?»

«Wie ganz normale Alltagsgegenstände. Sie sind mit Mikroelektronik ausgestattet und können Gespräche über mehrere Stunden aufzeichnen.»

«Hast du so was dabei?»

Wolf zeigte ihr seine Auswahl: USB-Sticks, Kugelschreiber, Feuerzeuge.

Bea griff nach dem USB-Stick. «Wie schaltet man das Ding an?»

«Nur auf den Knopf hier drücken.»

Bea nickte.

«Was hast du vor?», fragte Wolf.

«Was heißt: ‹ach, wie süß› oder ‹wie niedlich› auf Spanisch?»

Wolf gab die Frage an Lexi weiter.

«Qué linda. Beziehungsweise lindo», lautete die Antwort.

Bea machte sich ohne weitere Erklärung auf den Weg zu Pablo und Dolores.

Wolf lief hinter ihr her. «Hey, wir teilen uns normalerweise mit, was wir planen», beschwerte er sich.

«Ich überrasche dich lieber.»

Bea warf den Kopf zurück und spazierte los.

Sie lief an Pablo und Dolores vorbei, blieb stehen, beugte sich über den Kinderwagen und rief: «Qué linda!»

«It's a boy!», sagte die junge Frau auf Englisch. Beas Spanisch hatte wohl nicht überzeugend geklungen.

«He is so cute!», zirpte Bea.

«Thank you», nickte die junge Frau.

Bea verabschiedete sich und kehrte in einem großen Bogen zu Wolf zurück.

Sie strahlte. «Ich hab eine Wanze im Kinderwagen platziert! Jetzt können wir hören, was die beiden sagen.»

«Es ist keine Wanze, sondern ein Aufnahmegerät. Wir wissen erst dann, worüber sie geredet haben, wenn wir den USB-Stick wiederhaben und Lexi uns die Aufnahme übersetzt. Wenn die zwei sich getrennt haben, musst du das Gerät zurückholen.»

Bea war begeistert. «Mit Vergnügen!»

Wolf grinste. «Du wärst ein guter Außendienstmitarbeiter.»

«Ich bin in allem gut, wenn es mir Spaß macht. Was tun wir jetzt?»

«Warten. Bis die beiden sich voneinander verabschieden.»

Sie warteten.

«Das ist ziemlich langweilig», beschwerte sich Bea nach einer Weile.

Wolf nickte. «Daraus besteht der größte Teil meines Jobs. Warten.»

Bea seufzte. «Das wär nichts für mich. Also ich verstehe nicht, wie du daran Spaß haben kannst.»

Dann schubste sie Wolf an. «Sie verabschieden sich. Ich muss los. Diesmal werde ich von der anderen Seite kommen.» Sie überlegte. «Kannst du sie irgendwie ablenken, wenn ich bei ihr bin?»

«Kein Problem.»

Während Bea sich auf den Weg machte, folgte Wolf Dolores. Als Bea auf ihrer Höhe war, grüßte sie Dolores freundlich, bewunderte erneut das Kind und fragte nach seinem Namen.

«Felipe.»

Wolf hatte Dolores inzwischen eingeholt und sprach sie an. «Excuse me. I am looking for the Plaza de Armas.»

Er hielt ihr seinen Stadtplan hin. Dolores beugte sich über den Stadtplan und zeigte ihm den Weg.

Als Bea kaum merklich nickte, verabschiedete sich Wolf. «Thank you very much. Have a nice day.»

«Muchas gracias!» Dolores lächelte ihn freundlich an. «Enjoy your trip!»

Auch Bea sagte freundlich adios und ging an Wolf vorbei in die andere Richtung.

Als sie sich vor dem Park wiedertrafen, jubelte Bea: «Bin ich nicht genial! Das ist genau mein Ding! Ich liebe deine Arbeit.»

«Vor fünf Minuten hast du noch gejammert, wie langweilig es sei.»

«War es ja auch. Lass uns mit der Beute zurück ins Hotel gehen, damit Lexi uns sagen kann, worüber sie geredet haben.»

Im Hotel hatten sie sich in Lexis Zimmer zurückgezogen; sie wollten auf keinen Fall Mithörer haben. Bea hatte beim Roomservice Lunch geordert.

Wolf schob den USB-Stick in seinen Laptop, ließ die Aufnahme ablaufen und beobachtete gespannt Lexis Gesicht, während sie lauschte.

Lexi schien lange Zeit genervt oder gelangweilt, doch dann riss sie plötzlich die Augen auf.

«Was ist?», fragten Bea und Wolf gleichzeitig.

«Ach, du meine Güte!», rief Lexi und wurde etwas blass. Sie stoppte die Aufnahme.

«Nun sag schon!», verlangte Bea.

«Moment bitte, ich will sicher sein, dass ich alles richtig verstanden habe. Gib mir mal einen Block und einen Stift.»

Bereit, jedes Wort mitzuschreiben, spulte sie kurz zurück und ließ die Aufnahme erneut ablaufen. Sie stoppte, notierte, ließ weiterlaufen, schrieb weiter, bis sie schließlich fertig war. Sie biss sich auf die Lippen und atmete tief durch.

«Okay. Der Reihe nach. Pablo erkundigte sich im Detail nach ‹seinem› Sohn. Also können wir davon ausgehen, dass er der Vater ist. Karsten hat Dolores offensichtlich nicht erzählt, dass ich ihn für tot erklären ließ, sondern nur, dass er untergetaucht sei. Welchen Grund auch immer er ihr dafür gegeben hat – darüber haben die beiden nicht gesprochen. Aber dann kam etwas sehr Beunruhigendes. Ich lese euch diesen Teil des Gesprächs mal im genauen Wortlaut vor, und ihr sagt, was ihr davon haltet.»

Sie nahm ihren Block und begann zu lesen.

«Dolores: Er nervt. Ich hab keine Lust mehr.

Pablo: Stell dich nicht so an, ist doch bald vorbei. Er hat doch gesagt, dass sein Kontaktmann ihm in den nächsten Tagen das Geld bringen wird.

Dolores: Das sagt er seit Wochen! Aber es passiert nichts.

Pablo: Hör auf zu jammern. Wir haben schon so viel Zeit investiert, da kommt es auf ein paar Tage auch nicht mehr an.

Dolores: Felipe sieht dir immer ähnlicher, je älter er wird.

Pablo: Und? Ein Neffe kann doch seinem Onkel ähnlich sehen.

Dolores: Vielleicht hat er ja doch kein Konto auf den Caymans.

Pablo: Natürlich hat er das. Er hat sich immer nur zehn Prozent auf das Konto in Caracas überweisen lassen, den Rest haben wir an seine Firma auf den Caymans überwiesen. Und das hat er unter Garantie immer so gemacht, egal, mit wem er zusammengearbeitet hat. Glaub mir, da ist eine ganz schöne Summe zusammengekommen. Mit dem Geld müssen wir nie mehr arbeiten.

Dolores: Verpatz es nicht.

Pablo: Was soll das? Ich verpatz schon nichts.

Dolores: Wir dürfen keine Fehler machen!

Pablo: Können wir gar nicht. Er ist untergetaucht, er hat doch selbst alle Spuren verwischt. Er hat gute Vorarbeit geleistet.

Dolores: Trotzdem!

Pablo: Frau! Geh mir nicht auf den Wecker. Sobald wir das Geld haben, verschwinden wir doch eh von hier.

Dolores: Dann sag mir jetzt, was du tun wirst.

Pablo: Ich mache einen netten Bootsausflug mit ihm. Hab ihm schon vorgeschlagen, dass wir mal Hochseefischen gehen sollten. Fand er gut. Und wenn er von dem Ausflug nicht zurückkommt ... Niemand wird ihn vermissen.»

Lexi sah in die Runde und fragte: «Bilde ich mir das jetzt ein, oder stimmt es, dass Dolores und Pablo vorhaben, Karsten um die Ecke zu bringen?»

39. KAPITEL

Keiner antwortete auf Lexis Frage. Alle sahen sie nur entsetzt an.

Bea fand als Erste Worte. «Also vielleicht ziehen wir da die falschen Schlüsse ...» Sie sah fragend in die Runde.

Wolf kratzte sich am Kinn. Erst an der rechten Seite, dann an der linken. Er fuhr sich mehrmals mit der Hand durch die Haare, schließlich seufzte er: «Ich befürchte ... also ... Es lässt nicht allzu viele Interpretationen offen.»

«Was tun wir jetzt?», fragte Lexi. «Polizei?»

Keiner äußerte sich. Aber ihre Gesichter zeigten durchweg einen ablehnenden Ausdruck. Polizei schied wohl aus, da erstens noch kein Verbrechen begangen worden war und zweitens Karsten offiziell sowieso bereits tot war. Der Erklärungsbedarf war zu groß. Und selbst wenn die örtliche Polizei ihnen glaubte, führte das dazu, dass Lexi eine Straftat gestehen müsste.

«Wir sollten es Karsten erzählen», sagte Wolf.

Bea meinte: «Fast tut er mir ein bisschen leid. So als Mordopfer ...» Dann blitzten ihre Augen wieder auf. «Aber hey, eigentlich geschieht es ihm doch recht. Also, nicht unbedingt, dass er jetzt auf einer Hit-list gelandet ist, aber dass Dolores ihn hintergangen und reingelegt hat und ihm auch noch ein Kind untergeschoben hat! Hach! Das Leben neigt zu ausgleichender Gerechtigkeit.»

Wolf wandte sich an Lexi. «Du entscheidest, was wir tun.»

«Wir sagen es ihm. Bei allem, was er getan hat – das hat er nicht verdient. Aber es ist irgendwie gruselig, und ich fühle mich auch mitverantwortlich dafür.»

«Wieso denn das?»

«Na ja, ich hab den beiden viel Arbeit abgenommen, den Weg geebnet sozusagen. Es ist leichter, einen Toten umzubringen, als jemanden, der offiziell noch lebt.»

«Unsinn», sagte Bea. «Die beiden wissen doch gar nicht, dass er tot ist. Und die hätten das so oder so gemacht. Das hat mit dir nichts zu tun. Aber es war Karstens Glück, dass du ihn ... also, na ja, du weißt schon. Denn sonst hätte er dich nicht angerufen, dich nicht erpresst, und du könntest ihn jetzt nicht warnen.» Sie grinste: «Das hat doch auch was: Erst lässt du ihn für tot erklären, dann rettest du ihm das Leben, haha!»

«Dann bleibt es bei unserem eigentlichen Plan. Lexi verabredet sich mit ihm zum Abendessen. Bestell ihn hier ins Hotel.» Wolf nahm Lexis Hand. «Ich hoffe, das wird nicht allzu schlimm für dich.»

Lexi atmete tief ein. «Na ja, also, ich hatte eigentlich gehofft, ihn nie wiedersehen zu müssen.»

«Bist du noch sehr wütend auf ihn?»

Lexi sah Wolf tief in die Augen und lächelte: «Nein. Mit seiner Untreue hat er mir den größten Gefallen getan. Sonst hätte ich dich doch nie kennengelernt.»

Glücklich lächelnd nahm er auch Lexis andere Hand und sagte: «Ich muss ihm wohl auch dankbar sein. Du hast in meinem Leben eine Leere gefüllt, von der ich gar nicht wusste, dass sie da war, und jetzt kann ich nicht mehr ohne dich ...»

Bea atmete laut hörbar aus. «Da muss ich jetzt aber nicht dabei sein.»

«Unterbrich ihn doch nicht mitten im Satz!», tadelte Lexi.

«*Leben*, wollte er sagen. Er kann nicht mehr ohne dich leben. Und ich geh jetzt mal und lass euch alleine. Ich hab gestern an der Bar eine Gruppe von argentinischen Geschäftsmännern kennengelernt, die hier im Hotel wohnen. Vielleicht kann ich sie zu einem very early sundowner überreden. Ich mach mich mal an die Arbeit.»

Beinahe fluchtartig verließ sie Lexis Zimmer.

40. KAPITEL

Bea war es tatsächlich gelungen, einen der Argentinier von seiner Herde zu trennen und ein Dinner Date mit ihm zu vereinbaren.

«Ramon ist fabelhaft», schwärmte Bea. «Gutaussehend, charmant und reich.»

«Und du weißt, dass er reich ist, weil er es dir gesagt hat?»

«Du klingst so misstrauisch.»

«Ich bin es auch. Wer erzählt denn, dass er reich ist? Das machen nur Hochstapler und Proleten.»

«Er hat es nicht gesagt. So etwas wittere ich. Ich erkenne die Zeichen.»

Sie saßen am frühen Abend auf der Hotelterrasse und tranken einen Cocktail.

«Was macht er denn in Puerto Rico?»

«Geschäfte. Er ist mit einer Gruppe von Investoren hier, die die Übernahme eines puerto-ricanischen Unternehmens vorbereiten.»

«Von der Bar aus?»

«Bitte?»

«Na, die meiste Zeit hängen sie an der Bar rum.»

«Was hast du nur? Nun entspann dich doch mal.»

«Zeig ihn mir.»

Bea reckte den Kopf und sah zur Bar rüber.

«Der dritte von links.»

«Ja, er sieht gut aus», räumte Lexi ein.

Als Wolf kam, stand Bea auf. «Ich muss mich jetzt fertig machen. Aus irgendeinem Grund dauert es von Jahr zu Jahr länger, bis ich blendend aussehe. Wenn das so weitergeht, werde ich in ein paar Jahren mittags um zwölf anfangen müssen, mich für ein Dinner Date zurechtzumachen», seufzte sie.

Wolf hatte sich zu Lexi an den Tisch gesetzt und ein Medalla bestellt.

Lexi hatte ihm nun endlich das lange versprochene romantische Abendessen gewährt.

«Sag mal, was hältst du davon, wenn wir mit Bea und Ramon zusammen essen?», schlug sie vor.

«Nichts. Ich wollte mit dir alleine sein.»

«Ich würde diesem Ramon aber gerne mal auf den Zahn fühlen. Ich kenne die Argentinier, ich kann sicher besser beurteilen, ob er was taugt oder nicht.»

«Misch dich da nicht ein. Bea ist alt genug, sie wird schon wissen, was sie tut.»

«Sie gehen in ein supertolles Restaurant, französische Küche, hochgelobt, sehr schick und stylish», lockte sie.

Wolf lächelte. «Die beiden werden es sicher genießen. Während wir zwei ganz begeistert sein werden von einem authentischen puerto-ricanischen Dinner in einem kleinen, etwas abgelegenen Lokal, wo nur Einheimische hingehen. Ein Geheimtipp übrigens.»

«Woher hast du den *Geheimtipp*? Aus einem Reiseführer?»

Wolf lachte. «Von meiner Pensionswirtin. Als ich noch bei ihr gewohnt habe, war ich mal mit ihr und ihrer Familie da.»

Lexi sah ihn dankbar an. «Das war so lieb von dir, dass du hierhergeflogen bist, um mir zu helfen.»

«Es war das Mindeste, was ich für dich tun konnte.»

«Siehst du, manchmal ist man dankbar für Einmischung …»

«Aber nicht immer.»

«Du hast recht. Bea kriegt das auch alleine hin. Außerdem klingt dein Lokal viel spannender.»

«Willst du mit dem Auto fahren oder laufen? Es sind etwa zwanzig Minuten zu Fuß.»

«Lieber laufen, es ist ein perfekter Abend für einen Spaziergang.»

In dem kleinen Lokal bestellte Wolf Arroz con Gandules, Reis mit Erbsen.

«Das Entscheidende bei diesem Gericht ist das Würzmittel: Sofrito. Zwiebeln, Knoblauch, Paprika, Tomaten, Koriander werden in Öl angeschwitzt und mit zerstoßenem Achiote, dem rot färbendem Annatto-Samen gemischt, wodurch die typische Farbe entsteht. Schon die Mayas haben Annatto-Samen als Würz- und Färbemittel genutzt», erläuterte Wolf.

Lexi musste lachen: «Du hast deine Hausaufgaben gemacht.»

«Vorbereitung und Recherche ist alles.»

«Einmal Detektiv, immer Detektiv. Selbst wenn's ums Essen geht.»

«Nicht nur für einen Detektiv, auch für jemanden, der die Dame seines Herzens beeindrucken will. Arroz con Gandules ist das puerto-ricanische Nationalgericht, für Feiertage und besondere Anlässe.»

«Und heute ist ein besonderer Anlass?»

Er sah sie liebevoll an. «Allerdings. Auf dieses Essen warte ich, seit ich dich kennengelernt habe.»

Er griff nach ihrer Hand. «Wie geht es mit uns weiter, Lexi?»

Sie lächelte und sagte: «Lass uns erst mal den morgigen Abend hinter uns bringen, dann machen wir Pläne. Ich will zuerst die Sache mit Karsten klären.»

41. KAPITEL

Lexi saß im Restaurant des Hotels an einem Tisch, der für drei Personen eingedeckt war. Sie wartete auf Karsten, den Sie per SMS herbestellt hatte. Auf dem Boden neben ihr stand eine Reisetasche. Sie war nervös, drehte ihre Serviette in den Händen. Der Kellner hatte Anweisung, erst zu kommen, wenn sie nach ihm winkte. Sie wollte ungestört mit Karsten reden, es würde sie aus dem Konzept bringen, wenn ständig jemand zum Tisch käme. Sie hätte sich jedoch zumindest ein Wasser bestellen sollen, ihr Mund war trocken. Aber jetzt war es zu spät, denn sie sah Karsten auf sich zukommen. Ihr wurde ganz heiß und etwas übel, in ihren Ohren sirrte es. Normal weiteratmen, befahl sie sich. Einfach normal weiteratmen. Sie musste sich zusammenreißen, ganz souverän blieben, ganz ruhig und – wenn sie es schaffte – vielleicht sogar freundlich. Aber ihre Lippen waren nicht zu einem Lächeln bereit. Sie wurden schmal, und ihr Gesicht zeigte deutliche Abweisung. Egal, so ging es auch. Sollte er ruhig sehen, dass sie nicht happy war, ihn zu treffen. Aber sie würde es ganz geschäftlich abhandeln, sich nicht auf Diskussionen einlassen.

Als Karsten an den Tisch trat, warf er zufrieden einen Blick auf die Tasche. Er lächelte sie tatsächlich an. «Du siehst phantastisch aus. Mein Tod scheint dir gut zu bekommen.»

Sie hatte schon den Mund für eine scharfe Erwiderung geöffnet, da stoppte sie sich selbst. Was hatte Wolf ihr eingeschärft? Nicht auf ihn eingehen, egal, was er sagt und was er tut, lass dich nicht provozieren, lass dir nicht das Heft aus der Hand nehmen, du bestimmst den Gesprächsverlauf.

«Spar dir das Geplänkel. Hast du die angeblichen Beweise dabei?», fragte sie kühl.

Er setzte sich und reichte ihr einen Umschlag. Dann deutete er auf die Tasche: «Ich nehme an, die ist für mich.»

Sie nickte und er griff danach. Sie öffnete den Umschlag. Es waren nur leere Blätter darin.

«Was soll das?», fragte sie.

«Es gibt keine Beweise.»

«Du hast dir nicht mal die Mühe gemacht, Beweise zu fabrizieren?»

«Wozu? Hat doch auch so funktioniert: Du bist doch hier.»

Er öffnete die Reisetasche. Wühlte darin herum, sah sie dann ärgerlich an. «Und was bitte soll das?»

In der Tasche war Kleidung. Nagelneue Herrenkleidung, Karstens Größe, Schuhe, Kulturbeutel, etwas Lektüre, so als würde er auf einen Business-Trip gehen.

«Du hast mir eine Reisetasche gepackt?»

«Ja, du wirst sie brauchen», nickte sie. «Hab ich etwas vergessen?»

«Sehr witzig. Wo ist das Geld?»

«Darüber reden wir gleich.»

Er funkelte sie an, und mit drohendem Unterton in der Stimme sagte er: «Ich kann das mit den Beweisen immer noch nachholen.»

«Die Mühe kannst du dir sparen. Du hast mehr zu verlieren als ich. Bevor ich mich wegen Mordes verurteilen lasse, gebe ich lieber die Urkundenfälschung, Irreführung der Behörden und was sonst noch zu. Aber du wirst dann erklären müssen, woher du deine Millionen hast.»

Karsten sah sie ungläubig an. «Bitte? Das ist nicht dein Ernst!»

Lexi sagte nichts, aber ihre Miene war sehr entschlossen.

«Siehst du den Mann da vorne an der Bar?», fragte sie ihn.

«Der Typ im dunklen Anzug mit Sonnenbrille, der sich für einen FBI-Agenten hält?»

«Er *ist* vom FBI», sagte Lexi und musste Karsten insgeheim recht geben, denn Wolf spielte seine Rolle nicht sehr überzeugend. «Er ist hier, weil er einen anonymen Tipp bekommen hat. Sein Spezialgebiet ist Wirtschaftskriminalität.»

Karsten war zwar nicht allzu sehr beeindruckt, aber doch ein wenig auf der Hut.

«Seit wann ist das *FBI* für Puerto Rico zuständig?»

«Puerto Rico ist ein Außengebiet der USA; das FBI hat hier in San Juan eine eigene Abteilung.» Sie lächelte: «Siehst du die Dame an der Bar? Die einen Aktenkoffer neben sich stehen hat?»

Karsten sah zu der Frau rüber. Sie setzte sich in Positur, warf ihre Haare zurück und zwinkerte Karsten kokett zu.

«Ja, ich sehe sie», sagte er, während sein Blick weiter auf der Dame ruhte. Lexi schüttelte innerlich den Kopf: Nicht zu fassen, selbst in so einer Situation hatte Karsten noch die Nerven zu flirten.

«Das ist meine Freundin Bea. Wenn ich ihr ein Zeichen gebe, geht sie zu dem Agenten und deutet auf dich.»

Karsten brach nur ungern den Blickkontakt mit Bea ab. «Selbst wenn ich dir diese Story glauben würde, was erwartest du, was ich tun würde? Ängstlich das Weite suchen?»

«Karsten, du bist in großen Schwierigkeiten. Was jetzt kommt, ist eine Gefälligkeit. Von mir für dich. Immerhin haben wir ja eine lange gemeinsame Geschichte, und ich hatte ein schönes Leben, solange ich dir in völliger Ahnungslosigkeit überallhin gefolgt war. Da ist also noch ein Rest von Sympathie, der dir jetzt das Leben retten wird.»

«Lexi! Nicht so pathetisch, bitte.»

«Hör einfach zu, Karsten!»

Er schwieg.

Lexi sagte: «Dolores und Pablo sind keine Geschwister, sondern ein Ehepaar. Die beiden sind verheiratet.»

Karsten lehnte sich zurück und zog abweisend eine Augenbraue in die Höhe.

«Felipe ist nicht dein Sohn, sondern Pablos.»

Er beugte sich wieder nach vorne. «Lexi, jetzt reicht es aber, so einen Blödsinn höre ich mir nicht an!»

Lexi legte Wolfs Fotos von Pablos und Dolores' innigem Kuss und die Kopie der Heiratsurkunde auf den Tisch. Zunächst unwillig, dann aber mit immer größerem Interesse und schließlich mit blanker Ungläubigkeit sah sich Karsten die Fotos und das Dokument an. Lexi ließ ihn seine Erschütterung durchleben.

Er war blass geworden. «Das gibt's doch nicht!», stieß er hervor.

«Und ich bin noch nicht fertig», sagte Lexi. «Jetzt kommt der eigentlich wichtige Punkt: Dolores und Pablo planen, dich umzubringen.»

«Bitte?»

«Hör es dir selbst an.»

Sie legte ein Tablet auf den Tisch, schloss die Ohrhörer an, steckte den USB-Stick ein und schob alles zu Karsten rüber. Karsten warf ihr einen verachtungsvollen Blick zu, tat jedoch, was sie gesagt hatte. Obwohl er sich bemühte, keine Miene zu verziehen, konnte man an seinem Gesicht ablesen, dass er alle negativen Emotionen durchlebte, die der Psyche des Menschen zur Verfügung stehen, während er sich die Aufnahme anhörte. Am Ende zog er die Ohrhörer ab und saß reglos und mit versteinerter Miene da.

«Starker Tobak, was? Du hast dir mit Dolores die Falsche ausgesucht. Es ging jahrelang gut mit deinen Verhältnissen, aber irgendwann holt es einen eben ein.»

Langsam erwachte er wieder zum Leben: «Wenn du nicht diese Nummer mit meinem vorgetäuschten Tod durchgezogen hättest, dann wäre das alles nicht passiert.»

«Doch. Aber dann wäre ich bald eine echte Witwe.»

Sie wollte es eigentlich nicht ansprechen, aber nun brach es doch aus ihr heraus. «Wie hattest du dir das eigentlich vorgestellt? Hast du geglaubt, du kannst ganz fröhlich eine Ehe mit mir führen und nebenher noch eine Familie haben?»

«Früher oder später hätten wir wohl eine Lösung gefunden.»

«Hättest du mir die Wahrheit gesagt?»

«Nein.»

«Und wenn ich gesagt hätte, dass ich alles weiß?»

«Ich hätte es abgestritten.»

Lexi wurde wütend. Schnell versuchte sie sich wieder zu beruhigen. «Ich wollte damals keine Aussprache und will sie jetzt auch nicht. Das Thema ist für mich erledigt.»

Karsten sah sie lange an. «Keine Schadenfreude, kein Frohlocken, kein ‹Geschieht-dir-recht›?»

«Nein.»

Er zuckte die Schultern und lächelte beinahe, als er sagte: «Ich muss ehrlich zugeben, ich bin sogar ein wenig beeindruckt, wie geschickt und konsequent du diese Nummer mit meinem Ableben durchgezogen hast.»

Lexis Miene blieb unbewegt.

Nun zeigte sich ein Anflug von Grinsen auf seinem Gesicht. «Wenn ich gewusst hätte, was in dir steckt, hätten wir hervorragend zusammenarbeiten können.»

«Und wenn ich gewusst hätte, was in *dir* steckt, hätte ich dich niemals geheiratet.»

«Du weißt, dass ich dich immer geliebt habe. Und wenn Dolores mir nicht erzählt hätte, dass sie ein Kind von mir bekommt, wäre sie auch nur eine von vielen geblieben. Ich hätte dich nie verlassen. Du bist gegangen.»

Nicht darauf eingehen! Weiter im Text, mahnte sich Lexi.

«Die Reisetasche hab ich nicht ohne Grund für dich gepackt. Du solltest von hier verschwinden. Je schneller, desto besser.»

Karsten brauchte eine ganze Weile, bevor er antworten konnte. Er musste sich erst sammeln. Dann nickte er. «Ja, sollte ich.»

«Wie willst du das anstellen?»

Karsten reagierte nicht, seine Gedanken hingen an einem Punkt fest.

«Ich kann es nicht fassen, dass Dolores so etwas tun würde. Und Pablo! Meine Güte, ich hab ihm vertraut!»

Er musste schwer schlucken. Bei Lexi kam Mitleid auf, sie musste sich zurückhalten, ihn nicht zu trösten.

Er atmete tief ein, dann wieder aus. Schließlich sagte er: «Ich will sie nicht mehr sehen. Ich kann sie nicht mehr sehen, sonst raste ich aus. Ich meine, o mein Gott! Was für ein perfider Plan!»

Er blickte auf die Tasche, dann sah er Lexi an. «Da ist alles drin, was ich brauche?»

«Natürlich. Ich hab jahrzehntelang deine Koffer gepackt.»

Er nickte. «Ich verschwinde noch heute Nacht. Mit dem nächsten Frachter nach Südamerika.»

«Kriegst du das hin, ohne Papiere?»

«Natürlich. Ich hab's ja auch hierher geschafft. Alles nur eine Frage des Geldes.»

Das war das Stichwort. Er zuckte zusammen. Dann sah er Lexi an. «Dass du mir mein Geld wiedergibst, ist jetzt wohl keine Option mehr?» Er wartete ihre Antwort nicht ab, sondern sagte: «Tja, ich werde wohl wieder von vorn anfangen müssen.» Er schüttelte den Kopf. «Von wegen ruhiger Lebensabend.»

«Ich gebe dir die Hälfte deines Geldes.»

Karsten sah sie ungläubig an.

Sie winkte Bea zu, die den Koffer schnappte und zu ihnen an den Tisch kam.

«Hi, ich bin Bea», gurrte sie Karsten an.

Lexi warf ihr einen tadelnden Blick zu.

«Entschuldige, Macht der Gewohnheit», flüsterte Bea ihr zu.

Karsten reagierte nicht. Er hatte den Koffer geöffnet und schnell wieder geschlossen. Es war Geld drin.

Er sah Lexi überrascht an. Dann grinste er. «Du hast doch noch eine Schwäche für mich. Du hättest mich auch ohne Geld gehen lassen können.»

«Das hat nichts mit Schwäche zu tun, sondern mit Fairness. Bei einer regulären Scheidung hätte ich ja auch nur die Hälfte bekommen.»

Karsten sah Lexi nachdenklich an. «Ich glaube, ich habe in unserer Ehe einen Fehler gemacht.»

«Einen? Dreiundzwanzig, wenn ich deine Verhältnisse richtig gezählt habe», sagte Lexi.

«Siebenundzwanzig. Aber nachdem das jetzt alles geklärt ist, könnten wir doch einen Neuanfang versuchen. Los, komm mit mir. Wir waren doch immer ein gutes Team.»

Lexi sah ihn erstaunt an. «Nein, waren wir nicht.»

«Aber jetzt sind neue Umstände eingetreten. Jetzt sind wir auf Augenhöhe.»

«Sind wir nicht.»

«Bist du sicher, dass du nicht mit mir kommen willst?»

«Ganz sicher», antwortete Lexi.

Karstens Blick fiel auf Bea.

«Karsten!», fauchte Lexi scharf. «Adios!»

Sie nahm die Speisekarte und wandte sich an Bea. «Was wollen wir essen?»

Karsten war aufgestanden. In der einen Hand hielt er die Reisetasche, in der anderen den Aktenkoffer.

«Ist noch was?», fragte Lexi kühl.

Er sah seine Frau lange an, lächelte schließlich und sagte: «Danke.» Es klang ehrlich. Dann grinste er: «Euren FBI-Agenten könnt ihr jetzt zu euch an den Tisch winken und wie geplant zu Abend essen.»

«Wie kommen Sie denn darauf?», fragte Bea verblüfft, denn genau das hatten sie vor.

«Der Tisch ist für drei Leute eingedeckt, und ich bin ziemlich sicher, dass Lexi mich nicht zum Essen einladen wollte. Außerdem sehen echte Agenten nie so gut aus.»

Diese letzte Bemerkung führte dazu, dass Lexi ein Lächeln übers Gesicht huschte.

«Schöne Grüße an meinen Nachfolger», sagte Karsten daraufhin.

Bea hatte Karsten die ganze Zeit fasziniert angesehen. Als er gegangen war, seufzte sie: «Auf den wäre ich auch reingefallen.»

42. KAPITEL

Beim Frühstück am nächsten Tag war Lexi bestens gelaunt. «Jetzt machen wir erst mal Urlaub», verkündete sie. «Wie wär's mit Sightseeing? Was muss man gesehen haben?»

Wolf blätterte in den Unterlagen über die Insel, die man ihm im Hotel gegeben hatte.

«Hier gibt es seit 1936 eine Produktionsstätte des Rumherstellers Bacardi, Casa Bacardi, die wir besichtigen könnten. Eigentlich war Bacardi in Kuba beheimatet. Bereits 1864 gründete der Spanier Facundo Bacardí i Massó in Santiago de Cuba seine Firma. 1960 wurden sie von Fidel Castro enteignet. Heute hat die Firma ihren Hauptsitz in Hamilton, auf Bermuda.»

Kurzer Blick zu Lexi, die eifrig nickte.

«Das Bacardi-Zeichen, die Fledermaus, gilt in Kuba als Symbol für Glück, Gesundheit und Familienzusammenhalt. Und in den alten Gebäuden der Destillerie lebten damals Schwärme von Fledermäusen. So kam der Firmengründer auf die Idee, eine Fledermaus als Logo für seinen Rum zu verwenden.»

«Gibt's da auch Verkostungen?», erkundigte sich Bea.

«Klar.»

«Dann gehen wir hin. Und heute Nachmittag an den Strand.»

«Guter Plan. Nimm doch deinen Ramon mit.»

Ein paar Tage verbrachten sie in diesem Rhythmus: Vormittags Sehenswürdigkeiten, Lunch, nachmittags Strand, abends Dinner und ein paar Drinks in einer Bar. Lexi hatte während ihrer Ausflüge immer mal wieder nachdenklich gewirkt, sie schien gelegentlich abgelenkt zu sein und hatte sich mehrmals Notizen gemacht. Über die Heimkehr nach Deutschland hatte bisher niemand gesprochen, keiner hatte einen Rückflug gebucht. Als sie eines Nachmittags am Strand auf ihren Liegen unter dem Sonnenschirm lagen, wandte sich Lexi an Bea: «Was ist mit Ramon?»

«Was soll mit ihm sein?»

«Ist es dir ernst mit ihm? Er ist sehr nett, scheint okay zu sein. Wird es eine gemeinsame Zukunft für euch geben?»

Bea seufzte. «Ach, ich weiß nicht. Er spricht kein Deutsch, ich kein Spanisch, wir reden nur Englisch miteinander, und irgendwie finde ich das auf Dauer anstrengend. Ich hab das Gefühl, ich kann ihn gar nicht richtig kennenlernen. Dass wir verschiedene Sprachen sprechen, trennt uns, es kommt keine echte Nähe zustande. Und in einer Woche fliegt er eh zurück.»

«Vielleicht ist es ja nicht nur ein Sprachproblem?»

«Kann sein. Jedenfalls: Das mit Ramon hat keine Zukunft.»

«Also muss ich den nicht einplanen?»

«Wobei?»

«Ach, nur so 'ne Idee, ist noch nicht spruchreif. Kannst du mir mal die Sonnencreme reichen?»

Nach einem gemütlichen Abendessen im Hotel sah Lexi Bea und Wolf ernst an. «Jetzt kommt die unvermeidliche

Frage …» Sie machte eine kurze Pause, dann fuhr sie fort: «Es geht darum, wie es jetzt mit uns weitergeht. Bleiben wir zusammen?»

«Wolf und du?»

«Ähm …» Lexi wurde etwas rot. «Nein, ich meinte jetzt eigentlich uns drei. Ich rede von unserer WG.»

«Was hältst du von einer Hotel-WG in der Karibik?», schlug Bea vor.

«Was hältst du davon, deine Privatinsolvenz sauber abzuhandeln, dir brav einen Job zu suchen und die nächsten sechs Jahre zu arbeiten?»

«Du weißt, was ich von Arbeit halte.»

Lexi lachte. «Ja. Aber es kommt auf die Art der Arbeit an.»

«Du hast eine Idee?»

«Deine Aktion … über die wir nicht sprechen dürfen, hat mich drauf gebracht. Wir könnten was für alte Leute tun.»

«Modeberatung für Senioren? Im großen Stil? Ach Lexi!»

«Ich dachte nicht an Mode. Das ist ja nicht das einzige Problem, das ältere Leute haben.»

Sie wandte sich an Wolf: «Wie sehen deine Pläne aus?»

«Außer mit dir Zeit zu verbringen?» Er lächelte Lexi an. «Ich würde gerne weiter als Privatdetektiv arbeiten.»

«Gut. Lasst und das doch kombinieren.»

Bea spottete: «Wir geben älteren Privatdetektiven Stylingtipps?»

Lexi ignorierte den Kommentar. «Ich eröffne eine Privatdetektei. Speziell für alte Leute. Die sind ja besonders oft Opfer von Betrügern. Und wir kümmern uns darum. Da ich jetzt immer noch genug Geld habe, können wir das auch ohne Honorar machen, wenn es sich jemand nicht leisten kann. Und ich kann noch mehr tun. Viele alte Leute müssen heutzutage auch noch im Ruhestand arbeiten, weil die Rente nicht reicht. Ich engagiere sie als freie Mitarbeiter. Alte Leute wären prima als Privatdetektive geeignet; man übersieht sie, man traut ihnen nichts mehr zu, und sie wirken harmlos.»

Wolf lachte, dann hielt er inne und meinte: «Du hast recht. Gar keine schlechte Idee.»

Lexi freute sich. «Wir könnten mit den Verbrechern anfangen, die alte Leute anrufen und unter fadenscheinigen Gründen versuchen, von ihnen Geld zu erschwindeln oder ihre Kontonummer herauszufinden, die erzählen, jemand sei verunglückt und sie sollen schnell Geld überweisen, na, ihr wisst schon. Wir sollten denen das erschwindelte Geld wieder abluchsen und den Opfern zurückgeben.»

«Wir wären die Robin Hoods für Senioren», spottete Bea.

Lexi warf ihr einen tadelnden Blick zu und fuhr fort: «Das Gute daran wäre, dass Wolf sich im Hintergrund halten kann, bis er von der *Most-wanted*-Liste der Russenmafia wieder verschwunden ist. Er kann sich auf den Innendienst konzentrieren, Internet-Recherche, Telefonate und so weiter. Er könnte sein Know-how weitergeben und die Mitarbeiter anlernen.» Sie sah Wolf fragend an. «Wir ködern die Betrüger mit Senioren, die du dafür speziell ausgebildet hast. Was hältst du davon?»

«Ich bin dabei! Deine Idee ist genial.»

«Super!»

Lexi wandte sich an Bea. «Was meinst du? Wollen wir zusammen auf Verbrecherjagd gehen? Du musst doch eh nachweisen, dass du arbeitest, wegen deiner Privatinsolvenz. Ich stell dich ein.»

Bea schwieg.

«Was ist?», fragte Lexi nach.

«Ich überlege noch.» Dann sagte sie: «Wenn wir noch Heiratsschwindler auf unsere To-do-Liste setzen, hätte ich mehr Spaß daran. Das beinhaltet dann nämlich schicke Restaurants, tolle Bars und elegante Kleidung. Das wäre mehr mein Ding. Und ich bin gut im Männeranlocken. Ich wäre auch bereit, mein Know-how weiterzugeben und ein paar gutaussehende Seniorinnen anzulernen.»

Lexi musste lachen. «Klingt perfekt, so machen wir's.»

«Gut. Abgemacht. Ich leite dann die Abteilung Heiratsschwindel. Und falls bei meinen Kandidaten jemand dabei ist, der blendend aussieht, charmant und intelligent ist, jede Menge Geld hat und kein Heiratsschwindler ist ...»

«... hast du Ehemann Nummer drei gefunden», ergänzte Lexi.

Bea nickte.

«Wunderbar», rief Lexi enthusiastisch. «Ich denke, das verlangt jetzt doch nach einem Fläschchen Champagner. Stoßen wir auf unsere gemeinsame Zukunft an.»

Lexi wollte den Kellner rufen, doch Bea meinte: «Lasst uns in eine Bar mit Blick aufs Meer gehen.» Sie seufzte. «Solange wir noch hier sind, will ich so intensiv wie möglich das karibische Flair genießen.» Sie sah Lexi an: «Bist du sicher, dass es keine Option ist, einfach für immer hierzubleiben und nichts zu tun?»

Wolf lächelte sie charmant an. «Dafür bist du doch noch viel zu jung, Bea.»

Bea strahlte. «Da hast du recht!»

Lexi grinste und nickte Wolf anerkennend zu.

Sie verließen das Restaurant und schlenderten durch die Altstadt. Doch bevor sie zur Strandpromenade kamen, blieb Bea vor einer Bar stehen und rief begeistert: «Schaut mal!» Sie deutete auf den Eingang.

«Was?», fragte Lexi.

«Der Name der Bar!»

«Havanna Bar», las Lexi vor.

«Da fing alles an!», rief Bea. «Havanna Bar, im Imperial Hotel. Los, lasst uns reingehen.»

Wolf sah Lexi liebevoll an. Er hatte den Arm um ihre Taille gelegt und drückte sie nun fest an sich. «Ein Hoch auf die Havanna Bars dieser Welt. Vielleicht sollten wir uns Havanna Detektei nennen.»

«Oder ‹Alte Hasen Detektei›», sagte Lexi. «Von alten Hasen für alte Hasen.»

Bea war empört. «Alte Hasen?! Mensch Lexi!» Sie schimpfte und ereiferte sich: «Wenn du nur das Wort alt mal weglassen könntest. Wir sind nicht alt. Bevor ich nicht achtzig bin, nennt mich keiner alt! Wir sind die erste Generation wirklich junger Senioren. Und den Begriff Senioren kannst du auch gleich streichen, ich ...»

Lexi unterbrach sie und lachte. «Bea, atme einfach ganz normal weiter.»

Dank an Gabi –

für den Titel, die Krone und die Freundschaft!

Dora Heldt meets «Six Feet Under»

Der Leichenbestatter Frederick Ackermann hat ein ernstes Frauenproblem: Sobald er einer Angebeteten einen Heiratsantrag macht, stirbt sie. Und zwar auf der Stelle. Nachdem er die dritte Freundin auf diese Art verloren hat, sucht Frederick Hilfe bei einer Therapeutin. Und landet bei Gwendolyn. Sie hält seine Geschichte für Unsinn – bis ein erneuter Todesfall sie eines Besseren belehrt. Dramatisch wird die Sache, als sie erfährt, dass sich ihre Nichte in Frederick verliebt hat. Nun muss sie mit allen Mitteln verhindern, dass Frederick Britta einen Heiratsantrag macht – zur Not auch mit Hühner Voodoo ...

rororo 26658

MIX
Papier aus verantwortungsvollen Quellen
FSC® C083411

Das für dieses Buch verwendete FSC®-zertifizierte Papier
Lux Cream liefert Stora Enso, Finnland.